DU MÊME AUTEUR

Driven
Fueled
Crashed
Raced
Aced
Slow Burn
Sweet Ache
Hard Beat
Down Shift
Sweet Cheeks
Sweet Rivalry
UnRaveled
The Player
The Catch
Everyday Heroes, Cuffed #1
Everyday Heroes, Combust #2
Everyday Heroes, Cockpit #3

Play HARD

3. HARD TO SCORE

Titre de l'édition originale *: Hard to Score*

Publié par JKB Publishing, LLC

Édition en langue française : *Hard to Score* (série *Play Hard,* tome 3)
Photographies de couverture : © Amelia Fox/Shooting Star Studio/
Shutterstock/© Pete Saloutos/Getty Images
Conception de la couverture : Camille Decoster/Studio Hugo

Ouvrage dirigé par Isabelle Solal
Collection New Romance® créée par Hugues de Saint Vincent,
dirigée par Arthur de Saint Vincent

34-36, rue La Pérouse
75116 – Paris
www.hugoetcie.fr

ISBN : 9782755688054
Dépôt légal : mai 2021
Imprimé en France par Corlet imprimeur S.A.
N° d'impression : 21030499

NEW ROMANCE®

Play HARD

3. HARD TO SCORE

K. BROMBERG

Roman

Traduit de l'anglais (États-Unis)
par Marie-Christine Tricottet

Hugo Roman

Prologue

DREW

J'ENLÈVE MON CASQUE ET LÈVE MON VISAGE VERS LE CIEL, ACCUEILLANT AVEC BONHEUR l'air frais qui passe sur mes cheveux collés par la sueur.

En réalité, je cherche à gagner du temps. Je m'accorde une minute pour faire descendre le trac qui sourd en moi depuis plusieurs heures. Je m'autorise le temps qu'il faut pour réaliser que je suis bien ici, que je viens de participer aux tests préliminaires de sélection – un combiné de tests de compétences physiques et mentaux – de la NFL[1] et que je me suis montré à la hauteur.

– Excellente démonstration.

Je me retourne pour regarder l'homme au léger accent du Sud qui s'adresse à moi. De grande taille, les épaules larges, avec un double menton, mais je reconnais les yeux de l'homme plus jeune que j'ai vu sur de nombreuses photos dans mon enfance. De plus, il porte un polo orné sur le pectoral gauche de l'emblème qui ferait baver n'importe quel joueur de football américain.

---

1. La National Football League (NFL) est la Ligue professionnelle de football américain, elle regroupe 32 équipes professionnelles. (NdT, ainsi que pour les notes suivantes)

Les *Tennessee Tigers.*

Quatre fois champions du Super Bowl au cours des huit dernières années. Une des équipes les plus adulées et, par conséquent, bien souvent haïes de la NFL.

De tous les coachs présents sur ce fichu Combiné de tests du comité de sélection, il est le premier à me repérer. Bien sûr.

Satanée fatalité.

– Merci. J'ai eu de la chance aujourd'hui.

L'homme – Roger Molleman – éclate de rire.

– Je ne suis pas certain de te croire, parce qu'un tel talent, c'est difficile à simuler.

– Encore merci.

Il s'arrête à quelques pas de moi et incline la tête. Nos regards s'accrochent.

– C'est quoi ton nom, déjà ?

Il le sait très bien, il est inscrit sur les feuilles accrochées au clipboard qu'il tient serré sous son bras.

Et tous les efforts que j'ai faits durant ma courte vie trouvent leur justification à cet instant précis. Faire passer ce mensonge précis.

– Drew Hemmings.

Même après toutes ces années, ce nom garde une tonalité étrangère dans ma bouche.

– Ou Bowie. Je ne suis pas regardant.

– Où as-tu fait tes études ? J'ai vu quelque chose sur la feuille de statistiques, mais…

– À l'université Butler.

– Jamais entendu dire qu'un joueur de cette fac soit devenu pro. J'ai même pas la moindre idée d'où ça se trouve. Mais bon sang, fiston, comment t'expliques qu'on n'ait jamais entendu parler de toi ? Pourquoi tu ne joues pas dans l'une des douze équipes universitaires ? Comment je peux être sûr que tes résultats d'aujourd'hui ne sont pas dus à un coup de bol ?

– Vous ne pouvez pas.

Je hausse les épaules.

– Pour un type qui essaie de se faire recruter par la NFL, je trouve que tu ne te vends pas très bien.

– Je sais ce que je vaux. Quelqu'un me choisira, c'est sûr.

Il rit de nouveau et jette un regard circulaire sur les cinq autres entraîneurs qui se tiennent à environ trois mètres, les bras croisés, attendant visiblement pour me parler.

En les voyant, mon cœur se met à battre plus vite, mais devant Roger, je ne laisse paraître qu'un air cool, calme et indifférent.

– Tu es sûr de toi. Ça me plaît.

– Il vaut mieux, quand on est quarterback.

Il incline la tête et me scrute longuement.

– Ta façon de jouer… tu me rappelles quelqu'un, mais je n'arrive pas à mettre le doigt dessus.

Sais-tu que tu m'as tenu sur tes genoux quand je n'étais qu'un bébé ?

Te souviens-tu de l'homme que tu appelais ton meilleur ami et qui était mon père ?

Mais rien de cela n'a d'importance.

La seule chose qui compte, c'est que je suis ici, maintenant, et que je vais tirer parti de toutes les opportunités qui se présentent à moi, quelles qu'elles soient.

Le passé appartient à mon père.

L'avenir m'appartient.

– Est-ce qu'on n'a pas toujours cette impression en voyant un joueur ?

Je demande ça pour détourner son attention.

– Ouais, t'as raison.

Il regarde par-dessus son épaule les autres coachs qui patientent.

– T'as pas, je ne sais pas… un genre d'argumentaire à me présenter ? Quelque chose que je pourrais emporter avec moi, qui me pousserait, le soir des sélections, à donner ton nom plutôt que celui d'un autre de ces quarterbacks là-bas ?

Je pense à ce que m'a dit mon père. *Roger n'aime pas les lèche-bottes. Ce qui lui plaît, c'est une assurance un peu distante. Il aime répondre lui-même aux questions. Il a besoin d'avoir le contrôle.*

– Nan. Rien à dire. Votre équipe et son palmarès de victoires parlent pour eux-mêmes, tout comme mes statistiques et ma démonstration d'aujourd'hui.

Je pose mon casque sur le banc.

– Merci pour votre temps.

Je lui tends la main et il la regarde fixement, l'espace d'un instant, avant de la prendre et de la serrer.

– C'est tout ?

– C'est tout.

– Tu n'as rien de plus à dire ?

Je le regarde de nouveau dans les yeux avec un lent sourire tranquille.

– Comme je l'ai dit, j'aime mieux laisser parler le terrain. Cela devrait suffire comme preuve.

J'adore l'incrédulité avec laquelle il me dévisage. Cela veut dire qu'il ne m'oubliera pas. Cela veut dire que j'ai fait mon boulot.

– On se reverra, dit-il, les mains dans les poches, en se balançant sur ses talons.

– J'y compte bien.

C'est le seul indice que je lui donne de mon envie de jouer pour les Tigers.

Pas un de plus.

Et quand tout est dit – quand j'ai parlé à des coaches et bavardé avec d'autres joueurs que j'ai déjà admirés de loin –, je m'assieds dans les tribunes du Lucas Oil Stadium et je regarde autour de moi.

Je découvre les rangées de gradins qui se succèdent et finissent par former d'énormes murs qui dessinent un ovale autour de nous. J'imagine à quoi cela doit ressembler lorsque c'est bondé de spectateurs. Je m'imagine au centre du terrain avec le bruit des flashs et les cris des fans si forts que je dois hurler le signal de départ de l'action – et même comme ça, je doute que les joueurs de ma ligne offensive m'entendent. Il y aurait de l'adrénaline. Une poussée semblable à ce que j'imagine être l'effet d'une drogue… et même ça ne rivaliserait pas avec la sensation que procureraient soixante mille personnes qui vous acclament ou qui vous *sifflent*, vous et votre équipe.

Comment a-t-il pu y renoncer sans même se défendre ?

Mais lorsque je m'assieds sur ce banc et que je respire l'atmosphère ambiante, je sais que mon secret ne doit pas être divulgué. Je crains, si la vérité venait à être découverte, que la seule chose que j'ai toujours voulue s'écroule comme un château de cartes.

Lorsqu'il s'agit de sportifs, seules deux sortes restent dans la mémoire des fans et de l'histoire, les stars incontestables et celles qui sont mêlées à des scandales.

Je pourrais faire partie de la première catégorie.

Mais je crains que la seconde ne me prive de cette possibilité.

On dit que les fautes des pères rejaillissent toujours sur leurs enfants.

Pour mon bien, espérons que cela ne soit pas vrai.

1

BREXTON

– Alors comme ça, c'est pour moi que vous êtes restée à traîner dans le coin, dit Justin Hobbs avec un sourire arrogant, en rajustant la serviette qu'il a nouée autour de sa taille en sortant de la douche.

– J'ai des tas de raisons de traîner dans le coin, l'une étant d'assister au match qui s'est disputé cet après-midi.

Je parle du dernier match préparatoire que les Raptors ont joué avant que la saison ne démarre vraiment.

Je l'observe. Le corps typique du quarterback. Mince et tonique sans excès, juste ce qu'il faut pour un joueur de ligne offensive amené à se servir de son poids. Beau à beaucoup d'égards. Il ressemble à n'importe quel garçon du Midwest nourri au bœuf et à la bière, avec le hâle du fermier visible sur son torse nu.

À ceci près qu'il est originaire de Californie, qu'il possède la force d'un canon dans le bras et un ego sans pareil.

On m'avait prévenue.

– Alors ?

– Alors, l'équipe a bien joué. C'était un match de pré-saison, mais si cela augure de ce que la saison nous réserve, je dirai que vous êtes très en forme.

– Je sais que je le suis. Merci.

C'est le moment où j'ai envie de tourner les talons. C'est le moment où mon boulot devient incroyablement prévisible, et pour une fois, j'aimerais qu'il ne le soit pas.

– Je parlais de l'équipe en général.

– Et j'en suis le cœur, donc…

C'est dit sans honte. Pas la moindre. Mais je souris malgré tout.

– Donc cela s'adresse à vous, aussi, dis-je du bout des lèvres.

– Évidemment. C'est le quarterback qui fait l'équipe, non ?

Il regarde autour de lui et lance un sourire arrogant à l'un de ses coéquipiers avant de reposer les yeux sur moi.

– Mais je veux bien admettre que j'ai manqué de précision. J'ai l'intention de faire ce qu'il faut pour améliorer ça.

Un soupçon d'humilité. Je m'en saisis et le garde au chaud, parce que c'est une chose qui pourra m'être utile.

– Je suis contente de l'entendre.

– Bon, qu'est-ce que je peux faire pour vous, puisque je suppose que ce n'est pas pour rien que vous restez plantée là, devant moi ?

Il passe sa langue sur ses lèvres et me regarde des pieds à la tête en prenant son temps. Ce qu'il voit lui plaît, sans doute, mais encore une fois, d'après ce qu'on dit, il est plutôt exigeant sur le choix de ses conquêtes. Quand il a fini de me reluquer, nos regards se croisent de nouveau.

– Si on allait prendre un verre ou deux pour discuter de ce que vous avez à me demander ?

– J'ai entendu dire que vous n'étiez pas satisfait de votre agent.

Je regarde autour de moi. Il n'y a plus que quelques joueurs dans le vestiaire, et c'est pourquoi j'ai choisi ce moment pour y entrer. Moins il y a d'oreilles pour nous écouter, moins il y aura de rumeurs.

Mais il y en aura.

J'y compte bien.

– Ce n'est pas le cas de tout le monde ? demande-t-il.

– Pas de mes clients.

Je lui tends la main avec un sourire.

– Brexton Kincade. Kincade Sports Management.

Il prend tout son temps pour me serrer la main, à la façon de l'homme persuadé que je suis sensible à son charme. Ma seule réaction est de retirer ma main lorsqu'il la lâche tout en continuant à soutenir son regard.

– Eh bien, *Brexton Kincade,* je pense que vous allez devoir m'inviter à dîner en tête à tête pour discuter de la manière exacte dont vous pouvez me rendre service.

Il fait un pas vers moi.

– Et ne vous y trompez pas, je suis très exigeant sur le service.

Carrément.

Il a vraiment dit ça ?

Mon sourire ne flanche pas, bien que là, il ait atteint la limite de ce que je peux accepter en termes de grossièreté.

– C'est bon à savoir. Nous pouvons peut-être planifier quelque chose un jour de la semaine ? J'ai accès aux salles de conférences pendant cette période, alors le moment et l'endroit seraient parfaits pour discuter de tout ça.

Alors que la plupart des types perdraient leur superbe en voyant leurs sous-entendus ainsi ignorés, Justin, lui, c'est la serviette qui entoure ses hanches qu'il perd « accidentellement ». Et comme tout bon connard qui se respecte, il continue à me regarder d'un air amusé pour voir si je vais baisser les yeux.

Ce que je ne fais pas. Je refuse de lui donner cette satisfaction. À la place, je lui tends ma carte professionnelle, pas du tout impressionnée par la taille très commune de sa queue qui pend là, sous mes yeux.

– Voici mes coordonnés, si vous voulez me contacter.

– Je sais comment *vous* pouvez entrer en contact avec moi.

Je lève un sourcil.

– Je suis flattée. Vraiment.

– Oh, allez.

Il rigole en essayant de trouver une autre approche pour m'aguicher.

– J'attends de vos nouvelles.

Je recule d'un pas.

– Oh, au fait, il me semble que vous m'avez prise à tort pour quelqu'un que cela intéresserait de voir tomber votre serviette.

Je tourne les talons et j'entends quelques rires étouffés venant de ses coéquipiers qui ont surpris notre conversation. Je fais un signe de la main en sortant. Au moment où la porte se referme derrière moi, j'entends l'un des types traiter Justin de connard.

Il y a au moins une personne pour le remettre à sa place.

En temps normal, c'est moi qui l'aurais fait. Des quatre sœurs Kincade, je suis celle qui a une grande gueule et tout le monde sait que je n'ai pas ma langue dans ma poche, mais pas cette fois. Pas quand mon père m'a chargée de convaincre Justin de quitter son agent pour nous. Agent qui n'est autre que ce fameux connard, Finn Sanderson, autrement nommé Tête de Nœud dans ma liste de contacts.

Justin va être un emmerdeur de première, je le sens. Un joueur qu'un agent ne tolère que parce que c'est un super-investissement, indépendamment du fait qu'il soit exécrable sur le plan humain. Mais s'il doit permettre à Kincade Sports Management de redorer son blason après que Finn a tout essayé pour le ternir et le rabaisser, alors je suis partante.

Je ferais tout pour ma famille.

Du moins, c'était ce que je disais avant de le rencontrer.

À présent, alors que je parcours le labyrinthe des sous-sols du stade pour me rendre à mon deuxième rendez-vous de la soirée, je frémis à la perspective d'avoir à travailler avec lui.

Mais mon agacement n'est rien en comparaison des bâillements d'ennui que je réprime durant les quelques heures qui suivent, au cours desquelles je négocie, je cajole, je persuade le directeur général des New York Raptors que mon défenseur sans agent serait parfait pour l'organisation.

J'adore mon boulot, vraiment, mais ces derniers temps, je commence à en avoir un peu marre des ego surdimensionnés aux exigences absurdes. Surtout lorsque je fais tout pour les sortir de situations inextricables dans lesquelles ils se sont fourrés et dont les images ont été postées sur internet et sont devenues virales.

Je ne suis pas à proprement parler en burn-out, mais j'en ai vraiment ma claque de ces conneries.

Où sont passés les mecs sympas ?

Cette question tourne en boucle dans ma tête pendant que je traverse tout le stade pratiquement vide à présent pour rejoindre le parking qui se trouve à l'autre bout.

Je ronchonne de devoir marcher toute cette distance avec mes escarpins, mais c'est de ma faute. Je finirai peut-être, à un moment de ma vie, par ne plus arriver en retard.

Peut-être.

Mais je n'y compte pas trop.

Tout à coup, un bruit sur ma gauche me fait sursauter. C'est comme une lourde respiration, suivie de grognements, combinés avec je ne sais quoi. C'est un son qui ferait fuir la plupart des femmes normales. Moi, je me dirige dans sa direction et je me retrouve à la périphérie du parking, regardant à travers une clôture métallique, le pseudo-terrain d'entraînement de l'équipe.

Ou du moins c'est ce qu'il était avant que l'équipe n'en fasse construire un autre, plus moderne, à l'extérieur de la ville, il y a quelques années.

Quoi qu'il en soit, à la lueur de la lune, je discerne une silhouette sur le gazon. Il y a, attachée à son casque, ce qui me semble être une lampe frontale qui saute à chacun des mouvements qu'il fait. Une vingtaine de ballons de foot sont posés sur des supports tout autour du terrain miniature. Je le regarde ramasser au hasard les ballons les uns après les autres pour les lancer violemment dans l'une des cinq cages cibles disposées à différentes distances de lui.

Il répète toujours le même geste : il saisit un ballon, fait quelques pas de danse à reculons, le bras levé avec le ballon dans la main, pour ensuite balancer un boulet de canon directement dans la cible.

Je remarque son tee-shirt rouge, son short de gym avec une serviette coincée dans la ceinture, sur laquelle il s'essuie les mains tous les deux lancers, et le blanc de son casque.

– Ben, dis donc, je suis impressionnée.

Je me murmure à moi-même, étonnée mais ravie de le voir là.

– Justin Hobbs est bien le mec qu'il nous faut.

Je ne saurais dire à quand remonte la dernière fois où j'ai vu un joueur professionnel qui, ayant terminé un match en n'étant pas satisfait de son jeu, va directement sur le terrain pour travailler à l'améliorer.

Alors là ? Ça, c'est vraiment un homme que je peux représenter et vendre.

Les unes après les autres, il atteint toutes ses cibles avec à la fois un talent naturel et une subtilité extraordinaire.

C'est ça qui lui a manqué dans le match de cet après-midi. Bien sûr il est doué, mais là, une assurance instinctive émane de lui, qu'il va devoir réussir à traduire sur le terrain, sinon, je crains que l'année ne soit un peu mouvementée pour lui.

Et c'est *ça* que je ne lui ai pas dit en face.

Ce sont des choses que vous mettez de côté pour en parler avec votre client une fois qu'il a signé son contrat avec vous, pas lorsque vous essayez de le convaincre de le faire.

Mais il y a une lueur d'espoir énorme dans ce que je vois et ça, en soi, mérite que je reste là dans cette nuit estivale au lieu de prendre ma voiture pour rentrer chez moi.

Je ne sais pas pendant combien de temps j'observe Justin depuis le bord du parking, impressionnée par son talent et m'interrogeant sur le fait qu'il n'utilise pas l'éclairage qui surplombe la pelouse d'entraînement, mais assez longtemps pour qu'il fasse tout son circuit de lancers trois fois.

C'est seulement quand il court à petits pas vers le côté du terrain, qu'il s'assoit sur le banc en me tournant le dos et qu'il enlève son casque que je passe la porte ouverte dans la grille.

Il se retourne en entendant le claquement de mes talons et, au même moment, je me mets à parler.

– Je suis impressionnée. Entraînement après le match ? Il n'y a pas beaucoup de joueurs qui font ça de nos jours.

– Qu'est-ce…

Les mots lui manquent au moment où nos regards se croisent, mais l'homme qui balance des boulets de canon n'est pas Justin Hobbs.

Pas du tout.

Non, les yeux qui plongent dans les miens, d'une couleur mélangée de bleu et de vert, sont ceux pour lesquels, à plusieurs reprises durant mon adolescence, mon cœur s'est arrêté de battre.

Un éclair de reconnaissance les traverse en même temps que son expression change et qu'un sourire venu du passé s'affiche lentement sur ses lèvres.

– C'est pas vrai, mais c'est Brex la Peste ?

Mon cœur remonte dans ma gorge lorsque j'entends sa voix, et des dizaines de rêves d'adolescente centrés sur mon premier crush me reviennent par vagues. J'ai l'impression que mon cœur palpite dans ma poitrine à un rythme qu'il n'a pas connu depuis un temps fou.

Mais mon sourire, lui, reste aussi composé, même si j'ai l'impression que le sol se met à trembler sous mes pieds.

– Mais non ? Mais je rêve ? Drew Le Terrible ?

Je reprends le surnom enfantin de notre enfance, tout en me rappelant ceux plus secrets que mes amies lui donnaient lorsque nous sommes devenues adolescentes. Drew le sexy. Drew le rêveur. *Ah*… Drew… (*soupir*).

– Bon sang, cela fait une éternité que je n'avais pas entendu ce nom-là.

Le quarterback remplaçant des New York Raptors glousse doucement et se déplace très légèrement pour me regarder de la tête aux pieds.

J'en fais autant. Ses cheveux foncés sont coupés court, humides de sueur et tout ébouriffés. Sa peau est bronzée parce qu'il passe sa vie en extérieur, et son regard est sans complaisance lorsqu'il croise le mien de nouveau.

– Quoi ? Je veux dire – pourquoi – ou plutôt, comment ça se fait…

Je secoue la tête, une nervosité inattendue perce dans ma voix.

Comment avons-nous fait pour nous éviter pendant tout ce temps ?

Comment vas-tu ?

Comment s'expliquer, alors que nous travaillons dans le même secteur depuis si longtemps, que nos chemins ne se soient jamais croisés jusqu'à aujourd'hui ?

– Probablement pour les mêmes raisons pour moi que pour toi.

– Qu'est-ce que tu veux dire ?

– Tu as toujours eu du mal à ordonner tes pensées et à terminer tes phrases lorsque tu étais nerveuse. J'ai toujours trouvé ça mignon.

– Je ne suis pas nerveuse. Ni *mignonne.*

– C'est vrai. Au temps pour moi. Tu n'es pas mignonne du tout.

Drew humecte ses lèvres du bout de la langue.

– Tu es superbe.

Un court instant, je ne fais que le fixer en clignant des yeux pour m'assurer que j'ai bien entendu avant d'éclater de rire. Drew le Rêveur ne m'aurait jamais dit ça.

C'est quelque chose dont, moi, j'aurais sûrement rêvé et j'ai consigné dans mon journal intime que j'aimerais qu'il le dise, mais ce n'est pas une chose avec laquelle je suis à l'aise… alors je ris d'un air gêné.

Il rit lui aussi, et c'est tant mieux, parce qu'une gêne soudaine s'installe entre nous deux, deux gamins dont les parents qui étaient les meilleurs amis du monde et partaient en vacances ensemble… ont tout à coup fait comme s'ils ne se connaissaient plus, après que le scandale a éclaté.

– Merci. Je veux dire… ouais, merci.

Je danse d'un pied sur l'autre en m'efforçant de ne pas le regarder.

– Pourquoi tu es là ? Pourquoi tu n'allumes pas les projecteurs ? Pourquoi…

– Tu n'as pas perdu cette habitude de poser un million de questions à la fois, on dirait ?

Je fais comme si je ne fondais pas devant son sourire timide et ce ton amusé. *Mais c'est pourtant totalement le cas.*

– Et ça t'énerve toujours autant.

D'un geste de la main, je montre le terrain qui s'étend devant nous.

– Qu'est-ce que tu fais là dans le noir ?

– Ce que je fais toujours après un match.

– C'est-à-dire ?

– Je refais toutes les passes du match entier, tout seul, puisque je n'ai pas eu l'opportunité d'aller sur le terrain aujourd'hui. Je ne dois pas perdre la main au cas où on m'appellerait pour jouer.

Je suis impressionnée par sa réponse.

Et encore plus par sa motivation.

– Les Raptors sont trop radins pour mettre l'éclairage pour toi ?

Il rit.

– Non, c'est moi qui n'en veux pas. Si les projecteurs sont allumés, des gens viendront regarder, et je ne veux pas qu'on me regarde.

– Pourquoi pas ?

C'est une question légitime, mais j'y ai peut-être mis un peu trop d'ardeur parce que Drew secoue la tête.

– D'après ce que j'ai vu, tu es au moins aussi bon que Justin. En fait, je parierais que ton pourcentage de précision est plus élevé que le sien. Je ne connais pas tes statistiques, mais je ne vois pas pourquoi tu te contentes d'un poste de remplaçant ici alors qu'il y a un tas d'autres équipes dans lesquelles tu pourrais être titulaire.

– Bof.

C'est tout ce qu'il dit en se levant de son siège avant de secouer énergiquement la tête.

– Cela fait des années que je me pose la même question. On se demande bien pourquoi, en effet.

Il dit cela sur un ton tellement sarcastique que je me fige sur place.

– Tu crois vraiment que c'est à cause de…

– Cela fait sept ans que je suis sous contrat avec la NFL, dont quatre chez les Raptors. Je trouve ça intéressant que des tas de gens disent exactement ce que tu viens de dire – que j'ai le niveau pour passer quarterback titulaire –, et pourtant je n'ai toujours été que remplaçant.

– Je ne comprends pas…

– N'essaie pas. Tu vas te torturer l'esprit et tu n'auras jamais la réponse.

Il jette un coup d'œil à la personne qui le seconde.

– C'est bon, Steve ?

– Ouais. On va pouvoir s'y remettre dans quelques minutes.

– Ok.

Drew se tourne vers moi.

– Ça m'a fait plaisir de te revoir, Brex. Mais il faut que j'y retourne.

– Oui. Bien sûr. Je… moi aussi, ça m'a fait plaisir.

Nous restons plantés là, les yeux dans les yeux, tandis qu'un certain malaise s'installe entre nous.

– Je ne voulais pas t'interrompre. J'ai cru que tu étais…

– Justin Hobbs. Ouais, j'avais compris.

Je perçois une nuance d'agacement dans sa voix lorsqu'il remet son casque.

– Soit dit en passant, Justin ne fait jamais d'heures supplémentaires. Si tu es venue pour le recruter, il vaut mieux que tu le saches.

– Qui a dit que je voulais le recruter ?

Tout à coup, je me demande pourquoi je n'ai pas jeté mon dévolu sur Drew.

– Tout le monde.

Son sourire ne monte pas jusqu'à ses yeux.

– Merci pour le tuyau.

Je recule de quelques pas, hésitante, un peu comme si je n'avais pas envie de mettre fin à cette conversation, malgré cette impression de gêne soudaine. J'ai le sentiment qu'il y a beaucoup de choses que je voudrais dire, et pourtant je ne l'ai pas revu depuis près de dix ans. En fait, la dernière fois que je l'ai vu, il portait un short de surf, et des cheveux longs de surfer, et je l'observais de loin, rêvant qu'il me regarde autrement que comme la fille des amis de ses parents.

– On va se revoir, c'est sûr, dit-il en s'éloignant à petites foulées vers le terrain plongé dans l'obscurité, sans ajouter un mot.

Je reste là à le regarder un petit moment, figée dans le plus étrange des sentiments d'indécision. À me demander pourquoi une conversation qui a démarré d'une façon aussi plaisante et enjouée s'est terminée en me laissant un goût amer dans la bouche.

– Bon… ben d'accord, je marmonne pour moi-même en shootant dans un caillou imaginaire du bout de ma chaussure avant de quitter le terrain comme j'y suis entrée.

En tant qu'agent, je sais bien qu'il est préférable de ne pas embêter un joueur pendant qu'il s'entraîne. *Je le sais.* Alors, pourquoi ai-je autant de mal à mettre un pied devant l'autre et à m'éloigner de lui ?

Je me glisse derrière le volant de ma voiture, mets le contact et reste assise, les yeux rivés sur les projecteurs éteints qui surplombent le terrain d'entraînement où se trouve Drew.

Je l'ai peut-être perdu de vue volontairement. Étant donné que nous partageons le même champ d'activité, nos chemins ont dû se croiser à un moment ou à un autre. Bien sûr, il y a des centaines de sportifs et d'agents, mais ce n'est peut-être pas une coïncidence si nous ne nous sommes jamais rencontrés.

Peut-être que, de la même façon que sa vie a été chamboulée quand le merdier autour de son père est arrivé, c'est ce qui s'est passé pour moi quand ma mère est morte deux semaines plus tard. Avait-il ressenti la même chose ? Comme si une partie de sa vie – son innocence – avait pris fin, et que tout ce qui lui paraissait normal jusque-là avait brusquement changé. Avait-il trouvé plus facile de partir sans se retourner ?

En même temps, peut-être qu'il m'avait déjà brisé le cœur depuis longtemps sans même le savoir, et que par conséquent j'avais préféré ne plus penser à lui, mon premier amour non partagé.

Une chose est sûre… l'adolescent dont j'étais follement amoureuse à l'époque est devenu un homme incroyablement séduisant.

Un homme qui n'a pas l'air de se préoccuper du temps perdu.

Et me voilà, moi, la femme qui ne peut s'empêcher de penser à lui en conduisant dans les rues qui me ramènent chez moi.

2

DREW

Tu es superbe ?

J'attrape le ballon posé sur le tee et recule de quelques pas, le bras replié en arrière, les yeux rivés sur la cible la plus éloignée.

Tu es superbe ?

Je lance la balle qui passe à deux pas de la cible.

– Putain !

Steve s'arrête net, tourne les yeux vers moi, mais je le fais taire du regard. Il rejette la tête en arrière et éclate de rire. Je grince des dents.

Je ne me laisse jamais distraire. *Jamais.* Et là, je bavarde cinq minutes avec cette fichue Brexton Kincade et je manque mon tir ?

Qu'est-ce que tu fous, Bowman ?

Je compte dans ma tête, puis je saisis un autre ballon et renouvelle ma passe. Je touche le haut de la cible et la balle tombe à côté du filet au lieu d'y rentrer. Encore manqué, putain.

Qu'est-ce qui te prend d'aller dire un truc pareil à Brexton La Peste ? Pourquoi lui dire qu'elle est superbe après tout ce qui est arrivé ? Après tout…

– Bon Dieu !

Je lève les yeux vers le ciel nocturne et j'inspire profondément pour m'éclaircir les idées. Mais tout ce que je vois, ce sont ses jambes interminables, son corps de rêve, son visage ravissant.

C'est vrai. Elle est superbe. Il m'a fallu une seconde avant de réaliser que c'était vraiment Brexton Kincade, parce que j'avais gardé en mémoire une gamine dégingandée au sourire édenté, plate comme une limande, avec des cheveux en bataille.

C'est presque comme si mon esprit avait volontairement fait l'impasse sur le dernier été que nous avons passé ensemble. Comme s'il n'avait jamais existé.

Mais c'était le fruit du hasard.

C'étaient deux adolescents soumis à la pression des copains.

C'était une chose que je m'étais convaincu d'oublier.

Jusqu'à aujourd'hui.

Maintenant, elle est devenue comme ça. Une vraie femme, désirable, et… *bon Dieu*. C'est de Brex qu'il s'agit, là. Je ne peux pas penser à elle en ces termes.

Je ne peux pas m'imaginer la draguer alors que, enfants, pendant nos vacances d'été en famille à Alleghany, on passait notre temps à courir comme des fous après les lucioles.

Et je peux encore moins jouer là-dessus.

Pas après ce qui s'est passé.

Pas après que ma vie a été complètement chamboulée à cause de son père.

Quand une nouvelle passe rate complètement sa cible une fois de plus, je grogne de frustration.

N'y pense pas une seule seconde, Drew.

Approche-toi d'elle le moins possible.

Son nom de famille à lui tout seul devrait t'en empêcher.

3

BREXTON

J'AI L'IMPRESSION DE LE HARCELER.

À vrai dire, je le harcèle. Comment qualifier autrement ma présence en face de chez lui alors que je sens la détermination qui m'animait il y a un peu plus d'une heure s'estomper à mesure que la réalité prend le dessus. Et que je me demande ce qu'il va penser lorsqu'il me trouvera devant sa porte en sortant de chez lui.

Mais je ne peux pas laisser passer ça.

Je ne peux pas laisser passer le talent incroyable que j'ai constaté deux jours plus tôt ni me faire à l'idée qu'il n'est que remplaçant alors que je connais des tas d'équipes qui tueraient pour l'avoir derrière leur ligne offensive.

Bon, tout cela est vrai, mais c'est aussi un énorme mensonge. Un mensonge de taille. Peut-être que je suis là telle une groupie hystérique parce que… en réalité, je veux le revoir.

Son visage, c'était celui que je projetais en imagination sur mon oreiller pour m'entraîner au baiser tous les soirs avant d'aller me coucher.

Mon premier vrai *baiser*.

L'objet de tous mes fantasmes le garçon avec lequel je rêvais qu'on se tiendrait par la main, qu'il serait mon rencard pour le bal du lycée, mon petit ami à la fac.

Autant de rêves qui se brisèrent brutalement lorsque nos vies changèrent irrévocablement.

Peut-être ne les ai-je jamais vraiment enterrés après tout, et donc en ce moment j'ai l'impression que si je le revois, je saurai si je ne fais qu'imaginer des choses qui n'existent pas.

Et, en plus, il m'a dit que j'étais superbe.

La romantique en moi soupire quand j'y repense, que je revois ce doux sourire sur ses lèvres lorsqu'il l'a dit, et se demande si cette rencontre fortuite n'était pas écrite.

Seulement, pour ce qui est des affaires sentimentales, mon côté romantique ne m'a jamais rien apporté de bon. Juste une kyrielle de peines de cœur qui m'ont conduite à jurer que l'amour, c'était fini pour moi la dernière fois que c'est arrivé – ça fait bien quatre mois de ça.

Le point positif, c'est qu'en faisant des recherches, j'ai découvert qu'il n'était pas marié. Et encore mieux, lorsque j'ai interrogé à son sujet son coéquipier, qui est aussi mon client, il a laissé échapper que Drew n'avait pas de copine.

Espérons que c'est vrai, sinon la situation pourrait devenir super-gênante.

Quoi qu'il en soit, je secoue la tête et je m'oblige à sortir de ma voiture. Maintenant que je suis là, autant aller jusqu'au bout.

Le petit discours que j'ai préparé et répété dans ma tête – disant que cela m'intéresserait de le représenter si jamais il n'était pas satisfait de son agent actuel, Ari Longmire – tourne en boucle dans ma tête alors que je traîne la patte pour traverser la rue.

Sa maison se trouve dans un quartier calme de la banlieue chic, de l'autre côté de l'Hudson. Des arbres centenaires bordent la rue face à des pelouses parfaitement entretenues. La maison de Drew est grande sans être tape-à-l'œil, avec une façade en pierres et une porte en bois massif. Elle est située en retrait de la rue, sur un terrain parfaitement paysager avec des allées en pierre.

Je ne sais pas trop pourquoi cela m'étonne qu'il vive en banlieue. Je l'aurais plutôt vu dans un loft branché donnant sur Central Park, mais la surprise n'est pas pour me déplaire.

En tout cas, je suis plantée là en train de regarder, et je ne devrais pas m'étonner si un voisin dans ce quartier huppé appelait les flics pour leur signaler la présence d'une femme inconnue qui rôde dans le coin.

Cela me donne un coup de fouet qui me décide à remonter la longue allée qui mène à la porte d'entrée et à sonner.

Un peu plus loin dans la rue, un chien se met à aboyer et ma résolution flanche à chaque seconde qui passe.

Une voix étouffée me parvient de l'intérieur :

– Une seconde.

Mon cœur bondit dans ma poitrine et la stupidité de ce que je suis en train de faire m'apparaît clairement.

On tourne le verrou.

La porte s'ébranle.

Et lorsqu'elle s'ouvre complètement, Drew Bowman apparaît devant moi, vêtu d'un pantalon de jogging des Raptors, et c'est tout.

Je dois faire un effort pour parler. Je veux dire, aucune femme en pleine possession de ses moyens ne me reprocherait la perte totale de cohérence dans mes pensées si elle voyait les tablettes de chocolat qui s'offrent à mon regard. J'essaie de ne pas reluquer, vraiment, mais comment faire devant un tel spectacle.

– Brex ? Qu'est-ce qui… Comment as-tu… Qu'est-ce que tu fais là ?

Drew s'appuie contre le montant de la porte avec le plus grand naturel, en croisant les bras. Et les croisant d'une façon qui met innocemment en valeur la fermeté de sa musculature.

– Je ne sais pas. C'est une longue histoire.

Je soupire et le montre du doigt.

– Toi. L'autre jour, tu as dit « sans doute pour les mêmes raisons que pour toi ». Qu'est-ce que tu voulais dire ?

Pas du tout ce que j'avais prévu de dire… mais c'est dit, et maintenant je suis coincée par un truc dont il ne se souvient peut-être même pas, mais qui reste gravé dans mon esprit.

– Tu veux dire pourquoi nos chemins ne se sont jamais croisés jusqu'à l'autre soir ?

Je hausse les épaules et il incline la tête pour m'observer longuement.

– Je suppose.

Il se met à rire.

– *Tu supposes ?* Et pourtant, tu as pensé que c'était une question tellement importante que tu t'es donné la peine de découvrir où j'habite et de venir jusque chez moi ?

– C'est pas faux.

Je me mords la lèvre, dans une sorte d'état second, un peu embarrassée. Je ne me suis pas dégonflée, mais bien sûr, maintenant je ne sais plus quoi faire. Je laisse échapper un soupir et lève les mains.

– Franchement ? Je ne sais pas pourquoi je suis là. Je sais que je t'ai vu l'autre jour et que, depuis, je n'arrête pas de repenser à notre enfance et je ne sais pas… peut-être que je me suis dit qu'on pourrait se revoir en souvenir du bon vieux temps.

Il pose sur moi un regard implacable, puis soudain l'ombre d'un sourire effleure ses lèvres.

– J'allais justement lancer un steak sur le barbecue.

– Je ne voudrais pas m'imposer.

– Parfait. Je n'avais pas l'intention de partager mon steak avec toi, de toute façon. Je pensais simplement que tu préférerais t'asseoir et me regarder manger.

Je dois faire une drôle de tête, parce qu'il éclate de rire.

– C'est toujours aussi facile de te faire marcher, Brex. C'est sûr qu'il y a beaucoup de choses qui ont changé chez toi depuis le temps, mais pas ça, pas vrai ?

Il fait un pas en arrière et ouvre la porte en grand.

– Je plaisantais. J'ai tout ce qu'il faut. Tu restes ?

– Je ne cherchais pas à me faire inviter.

– Non ? Si tu préfères continuer à jouer les voyeuses, cette fenêtre-là donne directement sur la cuisine, si tu colles ton visage dessus. En même temps, ça pourrait attirer l'attention des voisins, et je pense que ce serait plus agréable pour toi d'entrer par la grande porte plutôt que d'être embarquée, menottes aux poignets, pour voyeurisme.

– Très drôle.

– Alors, entre.

Mon cœur d'adolescente bat plus vite lorsqu'il m'adresse un sourire, quand je passe devant lui pour entrer. La première idée qui me vient est que la maison lui ressemble. Du moins, ressemble à l'idée que je me fais de lui, étant donné que je ne le connais pas vraiment. On entre dans une grande pièce ouverte, inondée de lumière naturelle, avec des murs aux nuances de gris et de bleu. La décoration est probablement l'œuvre d'un professionnel, mais toutes les pièces que je traverse à sa suite pour me rendre dans la cuisine donnent l'impression d'être confortables et habitées.

J'observe les muscles de son dos en le suivant. Ses épaules larges. Sa taille étroite. Comme n'importe quelle autre femme, je suis sensible à un physique bien entretenu, mais tout comme lorsque j'étais adolescente, il y a quelque chose de plus chez Drew qui me donne envie de me poser là pour le contempler.

Qui me donne envie de le suivre, alors que je ne suis pas du genre à suivre.

Nous entrons dans la cuisine. Elle est spacieuse, mais d'une élégance épurée qui masque des équipements et des aménagements ridiculement onéreux. On s'y sent suffisamment à l'aise pour ne pas craindre de cabosser ou d'érafler quelque chose lorsqu'on tire un tabouret de bar pour s'asseoir.

– J'allais justement me resservir une bière, dit Drew en contournant l'îlot central. Tu en veux une ? Ou peut-être un verre de vin ? J'ai du rouge et du blanc. Mais ne me demande pas la marque ni s'il est bon, parce qu'il est là seulement pour le cas où quelqu'un voudrait en boire.

Donc il reçoit suffisamment pour avoir du vin même s'il n'en boit pas. Mais qui ? L'équipe ? Des femmes ?

– Au moins tu es franc.

– Toujours.

– Je prendrai une bière. La même chose que toi.

Il hausse un sourcil.

– Les femmes qui portent des talons aussi hauts que ceux que tu portais l'autre soir ne choisissent généralement pas la bière.

Il a remarqué les talons que je portais. Espérons qu'il a aussi remarqué les longues jambes fuselées auxquelles ils étaient associés.

– Je suis loin d'être une femme comme les autres, Drew.

Il s'arrête brusquement et croise mon regard. J'aperçois un éclair de surprise dans ses yeux qui ponctue son sourire, et je dois dire que cela ne me déplaît pas.

– Tant mieux, murmure-t-il en ouvrant le réfrigérateur pour en sortir deux bouteilles d'une IPA particulièrement bonne.

Il en décapsule une et la fait glisser vers moi sur le plan de travail.

– Merci.

Je me retourne pour le suivre des yeux lorsqu'il se dirige vers un énorme canapé de cuir gris où il ramasse le tee-shirt qui pend du dossier et l'enfile.

J'ai envie de protester et de lui dire que cela ne me dérange pas de le voir torse nu, mais cela pourrait lui paraître bizarre.

Alors, je me contente d'apprécier la façon dont le tee-shirt noir tout simple moule son torse et je souris quand il se déplace pour me faire face. Nos regards se croisent lorsqu'il appuie les fesses contre le dossier du canapé.

– Alors, comme ça, tu veux qu'on refasse connaissance, qu'on parle du bon vieux temps… et pourtant, tu ne dis rien.

– Je ne suis là que depuis quelques minutes.

– Ah, tu as besoin d'un temps d'échauffement ? D'accord. Tu fais comme si tu savais ce que tu vas dire et moi, pendant ce temps-là, je mets la viande à cuire. Ça te va ?

Son gloussement devrait m'irriter, mais en fait c'est plutôt le contraire. Mon soupir emplit la pièce.

– Je ne voudrais pas qu'il y ait de malaise.

– Ce n'est pas le cas. Mais c'est un peu comme un premier rencard, dans un sens. Nous savons peu de choses l'un de l'autre, et ce que nous savons remonte à longtemps et ne correspond pas exactement à ce que nous sommes aujourd'hui… alors on va parler, on va boire, on va manger… et on va faire connaissance.

Un premier rencard ?

Dans ce cas… Mais là, je secoue la tête devant ma propre stupidité de prendre ce qu'il dit au pied de la lettre, comme ça.

Il y a chez Drew un charme bon enfant qui me surprend et me ravit à la fois. Je traverse à sa suite une double porte vitrée qui donne dans le jardin, à l'arrière de la maison. Comme le reste, le jardin est somptueux mais accueillant. Il y a un patio couvert indépendant de la maison, et qui comporte apparemment une deuxième cuisine entièrement aménagée avec un barbecue, une télévision, un évier et un réfrigérateur. Une grande pelouse avec un chemin de pierres élaboré qui rappelle la façade de la maison et qui mène à ce que je pense être un spa.

– C'est un vrai petit paradis ici.

Les steaks grésillent lorsqu'il les pose sur le gril.

– Les autres me chambrent parce que je n'habite pas en ville, mais – il désigne le jardin d'un mouvement de la main – c'est sympa de pouvoir justement s'en éloigner. Pour se sentir normal. Même si je n'ai jamais le sentiment d'être chez moi.

– Alors que moi, je vis en ville et, très souvent le soir, j'adorerais sortir dans mon jardin et profiter de tout cela pour me détendre. Les rooftops, c'est super pour la vue qu'on a sur la ville, mais on n'y trouve pas le calme et la paix qu'il y a ici.

– Tu n'es jamais partie ?

– Si, pour aller à la fac. Mais ma famille est ici. Mon boulot. Je voyage beaucoup pour mon travail, mais rien ne vaut Manhattan.

Il pince les lèvres.

– Nous avons déménagé…

Il baisse les yeux sans terminer sa phrase et se détourne pour surveiller la viande qu'il vient de mettre à cuire.

– J'ai d'abord été envoyé dans le Tennessee où je suis resté sous contrat les deux premières années. Puis j'ai fait un an en Floride. Maintenant, ça fait quatre ans que je suis revenu et je compte rester.

– Donc ça te plaît d'être ici ? À New York ?

Il me regarde d'un air méfiant avant de hocher la tête.

– Oui, ça me plaît.

Je tourne mon visage vers le soleil de cette fin d'après-midi et je ferme les yeux.

– Chaque fois que je dis que j'en ai assez d'être ici, je pars en déplacement pour le boulot et je me rends compte à quel point je suis impatiente de rentrer chez moi.

– Hum.

Il ne dit rien de plus. Je l'observe un moment pendant qu'il pulvérise de l'eau sur le gril pour éteindre la flamme et déplace les steaks de l'autre côté.

Je ne sais pas exactement ce que j'attendais de cette rencontre, mais quelque part j'ai le sentiment que c'est un échec. En même temps, je me dis que le fait que nous puissions rester silencieux sans qu'il y ait de gêne est une bonne chose.

– Tu te souviens de la fois où…

– Les raies !

– Oui !

Nous éclatons de rire tous les deux. Je ne manque pas de remarquer qu'il a suivi le cours de ma pensée et terminé ma phrase.

– Il y avait cette femme, complètement folle, qui hurlait chaque fois qu'une raie s'approchait d'elle alors même que nous étions à… c'était où déjà ?

– À Grand Cayman[2].

– Oui, c'est ça. On était à Grand Cayman et on avait pris un bateau pour aller voir les hauts-fonds de l'océan, où il y en a plein.

– Mais cette femme ! Sérieux, elle hurlait comme si un énorme requin blanc allait la dévorer chaque fois qu'une raie s'approchait à moins de trois mètres.

– C'était un super-voyage. Tellement de souvenirs rigolos. Avant que tout change.

---

2. La plus grande des îles Caïmans.

Je finis ma bière en cherchant quelque chose à dire et comment le dire sans gâcher l'ambiance. Mais juste quand je m'apprête à parler, il change de sujet.

– Tu te souviens de la fois où on a loué cette maison dans les Keys ?

Comment pourrais-je avoir oublié ?

J'avais quinze ans et quand les Bowman étaient arrivés dans la maison que nous avions louée ensemble, quelque chose avait changé. Cela faisait presque un an que je n'avais pas vu Drew et, cette fois-là, en le voyant entrer dans la maison avec son short de surf porté bas sur les hanches, torse nu, tout bronzé, j'avais réalisé que ce n'était plus un petit garçon.

Et il faut bien dire que je n'étais plus la petite fille mal dans sa peau.

J'avais passé ces deux semaines à espérer qu'il me remarque. Chaque fois qu'il disait à ses parents qu'il allait se balader, je priais pour qu'il me demande de l'accompagner. Et la fois où je l'ai surpris en train d'embrasser une fille du coin qu'il avait rencontrée sur la plage, j'avais été effondrée que ce ne soit pas moi.

Alors, les derniers jours, j'essayais par tous les moyens de me trouver sur son chemin, même si cela impliquait de sortir de ma zone de confort pour me mettre dans des situations dont je sortais en larmes.

Quelque chose avait changé entre nous durant cet été-là – les hormones, la puberté, la vie –, mais c'était à sens unique.

Nos familles s'étaient séparées à la fin de ce voyage. J'étais amoureuse et il n'en avait pas la moindre idée.

– Oui. Si je me souviens bien, tu rentrais à la maison tous les soirs accompagné d'une fille différente. Vous vous asseyiez sous le porche et faisiez je ne sais quoi jusqu'à ce que ta mère te fasse rentrer.

– Ah, pouvoir redevenir cet adolescent insouciant !

Je le regarde fixement, le défiant presque de me regarder dans les yeux pour voir s'il se souvient de *cette* nuit-là en particulier.

Probablement pas.

– Qu'est-ce qu'on disait déjà ? *L'Amusement familial forcé* ?

Je souris.

– AFF. J'avais oublié cette expression, dit-il en rigolant.

– C'était ta sœur qui l'avait inventée, non ?

Je revois la façon dont elle avait levé les yeux au ciel d'un air dédaigneux quand nous avions dû jouer au Uno tous ensemble un soir. Je suis tellement emportée par ce souvenir que c'est à peine si je remarque l'ombre qui passe sur son visage.

– Oui, c'était Maggie. Et, soit dit en passant, dit-il tout en vérifiant la cuisson de la viande, forcés ou pas, j'ai un tas de souvenirs géniaux de l'époque où nos familles passaient les vacances ensemble.

4

BREXTON

Le rire de Drew résonne, couvrant le bruit des criquets et d'une moto qui démarre un peu plus bas dans la rue. Le soir est tombé, nous sommes assis l'un en face de l'autre, avec nos assiettes vides repoussées sur le côté ainsi que plusieurs bouteilles de bière vides, et une foule de souvenirs et de rires partagés entre nous.

Il est vraiment plus qu'agréable à regarder. Ça, je le savais déjà en venant frapper à sa porte. Mais je n'avais pas anticipé que je tomberais sous le charme de sa personnalité. Je n'avais jamais envisagé que le fait de passer du temps avec lui parviendrait à déclencher plus de choses que simplement raviver mon coup de cœur d'adolescente.

Jamais de la vie.

Mais pourtant, c'est ce qui se produit.

Passer du temps assise en face de lui, son sourire charmant et son incroyable sens de l'humour n'ont fait que le rendre encore plus attirant à mes yeux.

Mais je me suis juré de renoncer aux hommes. Trop de chagrins d'amour et pas assez de gratifications sentimentales.

Ne reviens pas sur ce que tu t'es promis, Brex.

– Alors, que s'est-il passé après les qualifications pour les jeux Olympiques ?

Je hausse les épaules, le sentiment de frustration est toujours aussi vivace toutes ces années après.

– Je me suis pété le genou le premier jour au Village olympique. Il y avait un trou dans le gazon, mon crampon s'est pris dedans et je me suis étalée.

– Cela a dû être un crève-cœur pour toi ?

– C'est le moins qu'on puisse dire. Mais j'ai de la chance. Il y a tellement de sportifs qui consacrent toute leur vie à la compétition et qui n'ont pas assuré leurs arrières. Moi, j'avais un diplôme et lorsque les médecins m'ont dit que si je rejouais au hockey sur gazon, je risquais de bousiller mon genou définitivement, j'ai pris la décision d'avoir une vraie vie.

– Cela ne te manque pas ?

J'incline la tête et je le fixe en y réfléchissant.

– La compétition et l'excitation qui plane dans l'air avant un match. L'odeur du gazon fraîchement tondu et le sentiment d'appartenir à une équipe, tout ça me manque… mais ma vie actuelle me convient tout à fait.

Les lèvres pincées, il me regarde fixement, ses yeux s'assombrissent tandis qu'il s'abîme dans ses pensées.

– À quoi tu penses, Drew ?

– Alors, tu veux recruter Justin, c'est ça ?

– J'ai été chargée de le faire venir chez nous, oui.

– Je peux te demander pourquoi ?

– Parce que c'est le nom en vogue dans ce sport.

Ma réponse est assez convenue, mais ce n'est pas facile de répondre à cette question. Sans parler du fait que je ne veux pas entrer dans les détails de notre rivalité avec Finn Sanderson et du pacte familial de lui reprendre certains des clients qu'il nous a volés au cours de ces dernières années.

– Les joueurs célèbres impliquent aussi des prises de tête monumentales.

– Ça, ce n'est pas moi qui vais dire le contraire.

Je prends une nouvelle gorgée de bière.

– Mais fais attention avec lui.

– Qu'est-ce que tu veux dire ?

– Juste de faire attention.

Il hausse les épaules et me regarde droit dans les yeux.

– Et donc tu travailles pour Kincade ?

Il parle de l'agence Kincade Sports Management.

C'est la première fois que lui ou moi nous aventurons sur ce terrain. Nous avons évoqué nos vacances en famille, nos années d'études, la fac, nous avons parlé de choses sans importance, mais nous avons soigneusement évité jusque-là – sans doute volontairement – ce qui s'est passé et le moment présent.

Mais maintenant qu'il y vient, je n'ai pas d'autre choix que de répondre.

– Oui. Nous y travaillons toutes.

Je me renfonce dans mon fauteuil.

Il ne dit rien et boit une gorgée de bière, mais ses yeux restent fixés sur les miens comme s'il essayait de comprendre quelque chose.

– C'est pour cela que tu es venue, Brex ? Pour me recruter ? Parce que si c'est le cas, tu peux économiser ta salive. Je n'ai aucune intention de changer d'agence.

Il se penche vers moi et pose les avant-bras sur la table.

– Et si c'est la raison de ta présence, je trouve ça plutôt dégueulasse de venir ici sous le prétexte de renouer après tout ce temps pour qu'au bout du compte, je découvre qu'en réalité tu veux obtenir quelque chose de moi.

– Drew. Ce n'est pas…

J'éclate d'un rire gêné.

– Je devrais être vexée par ta question, mais je comprends ton point de vue. Oui, je suis agent sportif, mais je ne suis pas assez sournoise pour venir chez toi, te chauffer et ensuite essayer de te vendre l'idée que ton agent ne fait rien pour toi.

– Je crois que tu viens quand même d'essayer.

Il se met à rire et lève son pouce et son index légèrement écartés.

– Juste un petit peu.

Je lève les yeux au ciel.

– Agent ou pas, il saute aux yeux de n'importe qui que tu possèdes un talent phénoménal qui demeure inexploité. Ari a-t-il essayé de…

– Brexton.

Il prononce mon nom dans un soupir résigné.

– Non, je suis sérieuse. Tu as un bras remarquable. J'ai regardé tes statistiques. Il est inconcevable que ce qui s'est passé avec ton père…

– Voilà ! Tu me montres que j'avais raison. Merci pour la balade au pays des souvenirs, mais à présent, il serait préférable que tu t'en ailles.

Il se lève de table et commence à débarrasser les assiettes.

Je reste plantée là, avec dans la bouche le goût amer du rejet et une panique étrange qui presse mon sang dans mes veines. Je ne sais pas depuis combien de temps je n'avais passé un moment aussi agréable et détendu.

Il y a toujours quelque chose en lui qui fait battre mon cœur plus vite, toutes ces années après.

– Drew. Attends.

Je me précipite derrière lui et pose la main sur son bras au moment où il dépose les assiettes.

– Excuse-moi. Je ne suis pas venue pour t'influencer ou te mettre la pression ou je ne sais quoi, c'est juste que je ne comprends vraiment pas comment un talent comme le tien a pu passer inaperçu, et pourquoi ça n'a pas l'air de te poser problème.

– Parce que.

Il me lance un sourire en coin par-dessus son épaule, mais j'insiste.

– Parce que quoi ?

– Premièrement, je me fiche que tu comprennes ou pas. Et ensuite, j'adore ma vie. Elle est stable et sans surprises pour des raisons qui ne regardent que moi. Je n'ai pas besoin de me déplacer, je peux pratiquer un sport que j'aime, et…

– Mais tu es fait pour la compétition, tu aimes la compétition. C'est n'importe quoi. Je ne comprends pas.

– N'essaie pas. Je ne suis plus l'ado que tu as connu, et toi tu n'es plus non plus la petite fille que j'ai connue.

Son regard se promène sur toute la longueur de mon corps.

– Beaucoup de choses ont changé.

– C'est sûr, mais l'autre soir tu as laissé entendre que cela avait un rapport avec ton père et…

Il se retourne brusquement vers moi, m'attrape le bras à son tour, et l'expression de son visage me pétrifie. Nous avons franchi la limite de nos espaces personnels respectifs, et la gaucherie qui existait entre nous est remplacée par une tension étrange que je qualifierais de sexuelle s'il n'y avait cette expression de colère sur son visage.

– J'ai passé une très bonne soirée, Brex. Bien meilleure que ce à quoi je m'attendais en te voyant devant la porte tout à l'heure. J'aimerais la prolonger, parce que cela fait bien longtemps que je n'ai pas échangé avec quelqu'un de façon aussi agréable. Tu es intelligente et spirituelle et Dieu sait à quel point cela devient rare ces temps-ci. La petite fille que j'ai connue est devenue une femme et, franchement, j'adorerais faire plus ample connaissance avec elle… mais à une condition.

– Laquelle ?

Une boule s'est formée soudainement dans ma gorge et j'ai du mal à l'avaler. Il dégage un parfum de savon et de santal, et je me sens idiote de m'attarder à ces petits détails – l'ombre de sa barbe naissante, le cercle bleu foncé qui entoure ses pupilles, la fine cicatrice sur son arcade sourcilière, due, si j'ai bonne mémoire, à un accident de skateboard.

– Le passé est le passé. Ce qui est arrivé est arrivé. On n'en parle pas, on ne revient pas dessus. Ce n'est pas pour rien que c'est de l'histoire ancienne. On n'essaie pas de réparer… et tout ira bien entre nous. Compris ?

5

DREW

Il y a du défi dans son regard, ce que je trouve à la fois exaspérant et fascinant. Je suis tiraillé entre ces deux réactions qui tentent tour à tour de prendre le dessus et peinent à se soumettre.

Ensuite, je me dis que j'ai envie de goûter à ses lèvres et je m'en veux.

Et, logiquement, ma pensée suivante est *comment une idée pareille peut-elle même me traverser l'esprit ?*

Comment puis-je la regarder et avoir envie d'elle tout en sachant que mon destin est en partie lié au nom de sa famille.

– Brex ?

Sa respiration est tremblante. Hésitante. *Forcée.* C'est incroyablement excitant alors que je ne veux surtout pas l'être.

– D'accord, murmure-t-elle.

Mais je ne lâche pas son bras et elle ne s'écarte pas de moi.

J'hésite là où, d'habitude, je foncerais. Ce passé que je lui ai dit d'oublier obscurcit mon esprit et détourne les pensées sur lesquelles j'aimerais agir.

– Brexton.

Je prononce son nom dans un soupir lourd de signification.

Les secondes s'écoulent lentement et chaque respiration est comme une incitation de plus à l'embrasser. Cette femme que je n'ai pas le droit de désirer.

Cette femme que je rêve déjà de posséder.

Nous sursautons et nous écartons brusquement l'un de l'autre quand retentit la sonnette de la porte d'entrée, immédiatement suivie de coups frappés sur la porte. Ils sont rapides et insistants, et mon estomac se serre parce que je reconnais cette façon de frapper.

Je connais cette impatience.

Ah non. Pas maintenant.

Pas maintenant, putain!

– Il faut que j'aille voir ce que c'est.

– Tout va bien ?

– Oui. C'est… et si t'allais prendre une autre bière ?

Un regard perplexe croise le mien, mais un sourire l'adoucit.

– Ok.

J'attends qu'elle ressorte dans le jardin avant de me diriger vers les coups intermittents mais exigeants frappés sur la porte. Prenant une profonde inspiration, je me prépare à ce que je vais trouver lorsque j'ouvrirai la porte cette fois-ci.

Mais j'ai beau m'y être préparé, je suis atterré en découvrant ma sœur sur le seuil, image même des répercussions de la trahison. Ce que le père de Brex a fait à ma famille. Le prix à payer. *Le mal que le père de Brex nous a fait à tous.*

Et ma jeune sœur, Maggie, qui se tient là devant moi, en est un exemple. Elle a les yeux creux, ses clavicules pointent sous je ne sais trop quel vêtement, et elle est agitée de tremblements qui disent qu'elle est en sevrage de je ne sais quel produit.

Mais cela ne va pas durer.

Ça ne dure jamais.

Elle trouvera toujours quelqu'un pour lui en donner, ou quelque chose à vendre pour l'obtenir.

En la voyant, une bouffée de sentiments mêlés m'envahit – la colère, le dégoût, le chagrin, la résignation – comme chaque fois que nous nous retrouvons dans cette situation.

Il y en a eu trop pour que je puisse les compter

– Maggs, dis-je, submergé par la déception. Ça fait un bail. Apparemment assez longtemps pour que tu aies recommencé à consommer.

– Oui. Mais j'ai arrêté. Les choses étaient compliquées.

Ma sœur est secouée de tics, elle danse nerveusement d'un pied sur l'autre, secoue la tête dans un mouvement incessant.

Mon soupir est assez lourd pour nous deux.

– Je vois. Et par compliquées, tu veux dire quoi ? Tu as dépensé le dernier chèque que je t'ai envoyé ? Celui qui était destiné à payer tes dépenses quotidiennes, mais qui, d'après ce que je vois, a servi à autre chose ?

– Commence pas à me faire la morale, Drew. Toi et ta belle maison, ta vie parfaite et tout ton argent. Tu n'as pas à me juger, ni à me mépriser, ni…

– Tu t'en étais bien sortie. Je suis fier de toi.

J'essaie de me rappeler ce que son parrain, lors de sa dernière désintox, m'a conseillé de lui dire pour diminuer son agitation. Tout en refoulant la colère qui monte en moi à chaque minute qui passe.

– Comment tu vas ? Tu as besoin de quoi ?

Nous avons joué à ce jeu délicat plus souvent que je ne veux compter.

Maggie me fixe, mais ses yeux partent dans le vague une seconde. J'ai l'habitude, mais ce laps de temps me permet de l'observer et de lui en vouloir encore plus pour ce qu'elle n'est pas devenue.

Ma petite sœur autrefois si ravissante n'est plus que l'ombre d'elle-même. Ses cheveux si brillants, que toutes ses amies lui enviaient, sont à présent cassants et ternes. Ses pommettes hautes dignes d'un mannequin sont devenues anguleuses. Ses lèvres pulpeuses sont gercées et dissimulent des dents tachées.

– Si je te le dis, tu vas te fâcher.

– Essaie toujours.

Je ferme la porte dans mon dos et m'y appuie de l'épaule. Il ne manquerait plus que Brexton débarque au milieu de ce merdier et que je doive lui expliquer une autre humiliation de la famille Bowman.

– De quoi as-tu besoin ?

Elle se hausse sur la pointe des pieds, puis se balance sur ses talons, tout en tripotant sans arrêt son visage, ses cheveux, ses bras.

– Tu crois que tu aurais un peu d'argent à me filer ? S'il te plaît, Drew ? Tu peux m'aider ?

– Qu'est-ce que tu consommes maintenant ? De la meth ? Du crack ? À moins qu'on ne soit passé à l'héroïne ?

Ma voix est aussi froide et neutre que l'expression de mon visage.

– Qu'est-ce que ça peut faire ? En tout cas, il me faut un truc. Quelque chose pour me détendre et, après, j'aurai les idées claires.

– C'était quand, la dernière fois que tu en as pris ?

J'essaie de lui soutirer le plus d'informations possible pour les communiquer à son parrain.

– C'était seulement aujourd'hui. Seulement hier. Je te jure.

La panique filtre dans sa voix et elle me regarde d'un air désespéré.

– J'ai appris une mauvaise nouvelle. Mon boulot. J'ai perdu mon boulot. Ça m'a démoralisée, alors j'avais besoin d'un truc pour me remonter.

Je hoche la tête comme si je comprenais, l'air dégagé, alors que je bous à l'intérieur.

– Pardon. Pardon. Je voudrais être plus forte. Je voudrais pouvoir arrêter, mais, je te jure, Drew…

Ses yeux s'emplissent de larmes et tout son corps reflète son échec.

– … c'est comme des griffes plantées en moi, et malgré tous mes efforts pour m'en débarrasser, ça me tire vers le fond. Je te promets que je vais retourner en désintox. Je te promets que je vais me soigner. Mais il faut que tu m'aides, rien que cette fois.

Est-ce que je lui donne l'argent pour lui permettre de se procurer sa dose ? Est-ce que je la repousse, sachant qu'elle la trouvera ailleurs, dans un endroit probablement plus dangereux ?

C'est chaque fois la même question.

Chaque fois la même difficulté à trouver la réponse.

– S'il te plaît.

Elle me sourit. Elle ne se rend pas compte qu'elle ressemble à un clown brisé avec son maquillage étalé sous ses yeux.

– C'est la dernière fois. Je ne te le demanderai plus.

– Jusqu'à la prochaine fois.

– Non.

– Tu ne m'as même pas posé de question sur *elle,* Maggs. Pas une seule.

– Je sais qu'elle va bien.

– Ah oui ? Est-ce que la défonce est si importante que tu as complètement perdu de vue ce qui compte réellement ? Genre ta fille de trois ans ? Tu sais… Charley ?

– Je l'aime. Ne t'avise pas de m'accuser du contraire.

Quel gâchis ! Cette pensée tourne en boucle dans ma tête quand je la regarde et que je pense à l'adorable petite fille qui mérite tellement mieux.

Comment est-il possible qu'une seule chose, un événement à un moment donné, suffise à déclencher la lente destruction de toute une famille ? C'est comme un ballon qui prend de la vitesse et de la puissance petit à petit, emportant tout sur son passage.

Je pense à Charley et à la vie qu'elle mérite, à la mère qu'elle mérite, et j'avance d'un pas vers ma sœur, me détestant pour ce que je vais dire.

– Voilà ce qui va se passer. Tu vas faire ce que tu vas faire ce soir… et demain après-midi, ton parrain viendra te chercher chez toi. Et de là, tu vas retourner te faire admettre en désintoxication.

La première larme coule sur sa joue.

– Je ne sais pas si je peux y retourner. Je ne crois pas…

Je m'avance vers elle et pose les mains sur ses épaules, pour l'immobiliser.

– Tu peux et tu vas le faire. Je ne désespère pas de toi, Maggs.

Mon cœur me fait mal lorsque je prononce ces paroles vides de sens auxquelles je ne crois plus moi-même.

– Et on va te soigner, d'accord ?

Elle hoche la tête avec enthousiasme.

– Mais est-ce que tu peux me donner un peu d'argent pour ce soir. S'il te plaît ? C'est la dernière fois que je t'en demande.

– Je suis désolé. Je t'aime, mais je ne peux pas. Comme je n'ai pas pu la dernière fois. Ni la fois d'avant. Il est clair que comme je paie ton loyer, tu te sers de l'argent que tu gagnes pour acheter de la drogue… donc il est évident que nous devrons procéder à quelques changements quand tu sortiras de désintox cette fois.

– Drew. *S'il te plaît.*

Je rentre dans la maison, mais elle ne bouge pas. Avant, elle réagissait violemment, essayait de forcer la porte, mais cette fois, je vois à son air de tristesse résignée qu'elle sait que c'est inutile.

– Bonne nuit. Demain, je demanderai à ton parrain de t'appeler pour fixer une heure. Et si tu n'y vas pas, je m'arrangerai pour que tu ne revoies plus jamais Charley.

– Tu n'oserais pas !

– Essaie pour voir.

Sans un mot de plus, je lui referme la porte au nez et j'appuie mon front dessus. Son image glauque, misérable et désespérée, reste gravée dans mon esprit et comme toutes les autres fois, lorsque ma sœur s'éloigne, je me demande si je la reverrai vivante.

Putain.

Je pensais que la fois dernière serait la bonne.

Je pensais que cette dernière institution serait la solution définitive.

Cependant, tout comme ma sœur elle-même, je ne comprends pas non plus la nature des griffes qui l'emprisonnent.

6

BREXTON

– Tout va bien ?

Mais en voyant le sourire forcé et les épaules basses de Drew lorsqu'il vient me rejoindre sous le patio, je me dis que quel qu'ait été l'objet des éclats de voix, ça ne va pas bien.

– Oui. Non.

Il rigole.

– Aussi bien que possible.

– Je crois comprendre que c'est un message codé et que tu ne m'en diras pas plus.

Il boit une longue gorgée de bière tout en secouant brièvement la tête.

– En gros, c'est ça.

L'atmosphère a changé. La tension sexuelle qui vibrait entre nous il y a moins d'un quart d'heure s'est complètement dissipée.

Je regrette d'avoir débarrassé et fait la vaisselle pendant qu'il était dehors, parce que je ne sais plus quoi faire et cela me met mal à l'aise.

– Bon, ben…

Je danse d'un pied sur l'autre nerveusement pendant qu'il plonge dans un mutisme pensif.

– Je crois que je vais y aller. J'ai déjà assez pris de ton temps. Je ne voudrais pas abuser.

Il me regarde fixement, comme s'il lui fallait un instant pour comprendre ce que je viens de dire. Puis il s'avance vers moi.

– Excuse-moi. Je ne sais même pas… c'était Maggie.

– Ta sœur ?

Ma voix monte dans les aigus quand je repense à tous les bons moments que nous avons partagés, elle et moi. Sans parler des bêtises que nous avons faites ensemble.

– Comment elle va ? Comment…

Je m'interromps en voyant sa tête.

– *Drew* ? Qu'est-ce qu'il y a ?

Il secoue la tête et boit une nouvelle gorgée de bière.

– Tu te souviens que j'ai dit que le passé est le passé et que nous n'en parlerions pas ? C'est exactement de ça qu'il s'agit.

Je le fixe sans comprendre ce qu'il veut dire. De toute évidence, même si je l'ai connue par le passé, elle est toujours là aujourd'hui.

– Bien sûr. D'accord. Je ne… d'accord.

Et tout à coup, je comprends. Je suis là et cela ne le dérange pas, mais peut-être ne veut-il pas que sa famille le sache. Cela risquerait peut-être de rouvrir une blessure du passé qu'il n'est pas prêt à leur imposer. D'autant que, je suis quoi, moi, pour lui ? Juste une femme qui est passée le voir et qui s'est invitée à dîner ?

Ce n'est pas comme si on sortait ensemble ou je ne sais quoi.

Pourquoi dirait-il à Maggie que je suis là au risque de provoquer des tensions ?

– Je vais chercher mon sac.

Je fais un geste par-dessus mon épaule avant de rentrer pour aller le chercher.

Drew me suit.

Une partie de moi-même espère qu'il va me demander de rester. On pourrait retourner s'asseoir à la table du jardin et reprendre ce moment de camaraderie où nous l'avions laissé, mais je sais que c'est trop tard.

Et pire encore, ou plus étrange, ou je ne sais quoi, je me demande pourquoi j'en ai tellement envie.

Il m'observe en silence pendant que je ramasse mon sac et que je passe la bandoulière sur mon épaule.

– Je te raccompagne.

– Pas la peine. Je connais le chemin.

Je lui adresse un sourire convenu et me dirige vers la sortie.

– Brex. Attends, dit-il juste au moment où je pose la main sur la poignée de la porte.

Lorsque je me retourne, je suis étonnée de le trouver si près de moi.

– Merci d'être passée. C'était sympa de se retrouver. Excuse-moi pour tout ça.

Il fait un geste de la main entre nous.

– Maggs est Maggs. Il faut que j'arrête d'espérer qu'elle soit différente pour ne pas être toujours déçu qu'elle ne le soit pas.

Je ne comprends pas de quoi il parle, mais je hoche la tête en souriant.

– La seule personne que tu peux contrôler dans la vie, c'est toi-même, Drew. Tu le sais bien.

– Oui, je sais, mais cela ne rend pas les choses plus faciles.

– Je sais, et j'en suis désolée.

Je tends le bras pour serrer sa main.

– Encore merci.

– On pourra peut-être refaire ça un de ces jours. Retrouver des amis qui m'ont *connu à l'époque,* c'est de plus en plus rare, la plupart du temps.

Je hoche la tête en m'efforçant de ne pas mal prendre le côté ami, et je souris.

– Bonne idée.

Et je le pense. Il y a quelque chose chez lui qui me rappelle à quel point la vie était facile avant que nous ne devenions adultes.

– Bonne nuit, Brex La Peste.

– Bonne nuit, Drew Le Terrible.

Cette fois-ci, lorsque je m'éloigne, il ne me retient pas.

Mais avant de monter dans ma voiture, je tourne la tête et je vois qu'il continue de m'observer depuis sa porte.

Je fais un signe de la main et je m'en vais avec mon coup de cœur ravivé. Mais il doit en rester là. Mon cœur a été blessé tant de fois que je regrette qu'il ne soit pas plus aguerri, parce qu'il est *effectivement* agréable de passer du temps avec un ami qui *vous a connu à l'époque*.

7

DREW

– VOUS DEVRIEZ VRAIMENT FERMER VOTRE PORTE D'ENTRÉE, dis-je en entrant en trombe chez mes parents, irrité de la façon dont ma soirée s'est terminée.

– Drew ?

Ma mère tape des mains quand elle me voit entrer dans la cuisine.

– Tu es venu nous rendre visite !

– On entre comme dans un moulin ici.

Je m'approche d'elle et l'embrasse sur la joue, remarquant avec soulagement que mon père n'est pas dans les parages.

– On est dans un bon quart…

Elle s'arrête net en voyant mon regard.

– Drew ?

– Elle a recommencé.

Elle pousse un long soupir en secouant la tête d'un air résigné. Mais je vois bien dans ses yeux qu'elle comprend ce que cela sous-entend. Que Maggie pourrait passer simplement pour voler quelque chose afin de pouvoir alimenter son addiction.

Certaines choses sont récurrentes dans cette famille et celle-ci en fait partie.

– Comment tu le sais ?

C'est bien une mère. Elle secoue la tête comme si elle refusait de croire ce que je dis. Maggie est irréprochable à ses yeux et, même après toutes ces années, elle a toujours du mal à admettre le contraire. Moi, en revanche, je lui ressemblais. Je pratiquais le même sport. C'était bien plus facile de m'en vouloir à moi.

– Elle est venue chez moi pour me demander de l'argent.

– Je vois, dit-elle tout bas. Et qu'as-tu fait ?

– J'ai dit non. Je lui ai dit…

– Mais Drew, qu'est-ce qu'elle va faire pour avoir de l'argent ?

Le désespoir et la peur sont perceptibles dans sa voix.

Je retiens le commentaire acéré qui me brûle la langue, conscient que cela ne servirait à rien.

– Je ne sais pas, maman. La même chose qu'elle fait chaque fois qu'elle en a besoin. Je paie son loyer et ses factures. Ce n'est pas à moi de financer son addiction, et j'espère bien que si elle venait ici, tu réagirais de la même façon.

– Bien sûr, dit ma mère en faisant un geste vague de la main comme si je disais une bêtise.

En même temps, je sais à quel point il m'est difficile de respecter ma décision de garder Maggs à distance, alors, j'imagine que cela doit être encore plus difficile pour elle.

– Tu es venu jusqu'ici pour me dire ça ? Tu aurais pu m'appeler.

– Pour ça, il faudrait que tu gardes ton téléphone avec toi et que tu répondes.

C'est une de mes récriminations récurrentes. Ils ont supprimé leur ligne fixe, mais ils ne répondent jamais à leurs portables.

Elle me lance ce regard que tous les enfants connaissent bien venant de leur mère. Celui qui dit « laisse tomber ».

– Tu l'as dit à Wayne ?

Wayne est l'ex de Maggie et le père de Charley.

– C'est lui que j'ai appelé en premier.

Je me revois debout devant ma porte, regardant les feux arrière de la voiture de Brexton jusqu'à ce qu'ils disparaissent au coin de ma rue. J'aurais tellement voulu pouvoir reprendre le cours de ma soirée avec elle au lieu de m'occuper de ces conneries.

– Il a dit de ne pas s'inquiéter. Charley va bien et ça va continuer comme ça.

– N'empêche, cela m'inquiète.

Elle fait le tour de l'îlot central et désigne le canapé du doigt pour me dire de m'asseoir.

– Ne dis rien à ton père, s'il te plaît. Quand il s'énerve, tout part en vrille, et depuis quelques jours, on est plutôt dans une bonne période.

J'opine.

– Ouais, j'avais oublié. Il faudrait que je me mette à marcher sur la pointe des pieds quand je suis ici pour éviter la bagarre inévitable.

– Je n'ai pas dit ça.

– Tu n'as pas eu besoin de le dire.

Elle s'approche et baisse la voix.

– Tu devrais peut-être essayer de lui parler encore une fois.

J'émets un rire sans joie. Les souvenirs me reviennent à la figure. Ses mots durs et sa froideur. J'ai l'impression que l'homme que j'aime plus que tout au monde est de plus en plus distant avec moi alors que je ne demande qu'à comprendre.

Pourquoi il est parti.

Pourquoi il ne peut pas venir assister à mes matchs.

Pourquoi il m'en veut de faire carrière alors qu'il ne s'est pas battu pour poursuivre la sienne.

– Tu n'y penses pas. La dernière fois que j'ai essayé, ça a tourné au désastre.

Et la dernière fois, c'était avant qu'il soit diagnostiqué.

Quand j'ai osé lui demander des explications… on ne s'est plus parlé pendant un an.

Elle me regarde fixement. Je suis sûr qu'elle en sait beaucoup trop et elle est prise en tenaille entre les silences de son mari et le besoin de savoir de son fils.

Je n'aimerais pas être à sa place.

Pas du tout.

Et c'est pour cela que je m'apprête à partir et la laisser tranquille lorsque j'entends la voix de mon père.

– Drew. Quelle surprise !

Il s'approche de son fauteuil et s'assied. J'observe tous ses gestes en cherchant des signes de la progression de la maladie. Mais ma mère a raison, à part le tremblement de ses mains, il a l'air d'aller bien.

– Bonjour, papa.

Je hoche la tête et le regarde dans les yeux.

La tension est toujours là. Même après tout ce temps.

Le sentiment de trahison est toujours présent entre nous.

La distance ne peut pas être effacée.

Je suis l'enfant qui est allé à l'encontre de la volonté de ses parents. Le fils qui a décidé de pratiquer le sport que son père avait abandonné, un père qui continue de lui en vouloir. Je suis l'enfant qui a réussi, qui a une vie super, respectable, alors que Maggie a tout raté – tout sauf Charley, bien sûr –, et pourtant, je suis celui à qui on oppose toujours un silence gêné.

Je suis toujours celui qui ne se sent pas à sa place.

– J'ai regardé le match, l'autre soir, dit-il. Hobbs ne travaille pas assez. Il a l'air rouillé. Il faut que tu dises à Bellinger de te donner ta chance.

– Hobbs a marqué quatre essais.

– Mais il n'a pas la condition physique. Son coude était trop lent et il a manqué les passes les plus évidentes dans la plupart des jeux.

J'opine du chef pendant qu'il poursuit son analyse de l'homme qui est titulaire avant moi. Une analyse qui peut être si critique et si cinglante qu'elle peut s'avérer destructrice.

Il se trouve que je sais de quoi je parle.

Mais quand de telles critiques sont prononcées par l'un des meilleurs joueurs de son temps, vous vous la bouclez et vous écoutez.

Le bon côté ? Ce joueur, c'est mon père.

Le mauvais côté ? Le même.

– Je devrais prendre des notes et les lui envoyer ?

Ma mère vient s'asseoir à côté de mon père.

– Ou encore mieux, je les donnerai à son agent pour qu'il lui cherche une meilleure équipe.

Il me jette un regard furieux et pointe un doigt tremblant sur moi.

– Parler à un agent ? C'est bien la dernière chose à faire.

Sa colère contenue est un rappel constant de ce qui est arrivé.

Et de la raison pour laquelle Brexton Kincade fait partie des éléments de ma vie qui doivent demeurer définitivement dans le passé.

8

DREW

9 ANS PLUS TÔT

– Mais je ne comprends pas.

Assis sur le canapé au milieu du salon, je regarde mon père, interdit. Sa silhouette imposante, son mètre quatre-vingt-quinze occupent tout l'espace. Il pose sur Maggie, puis sur moi, un regard que je n'oublierai jamais. Triste, effrayé, confus et, surtout, ce que je ne comprendrai jamais, résigné.

– Ça veut dire quoi, que tu arrêtes le football ? Le football, c'est ce que tu es. C'est ce que tu fais.

– Tu n'as pas besoin de chercher à comprendre, Drew. Contente-toi d'accepter.

Il lève les yeux et croise le regard de ma mère. Elle déglutit avec difficulté.

Qu'est-ce qui se passe, putain ?

Je veux dire, je suis au courant – il me l'a expliqué au moins vingt fois et nous en vivons les répercussions depuis –, mais c'est *complètement* absurde.

Il ne l'a pas fait.

Il me l'a dit.

– Maman ?

Je m'adresse à elle pour avoir des explications, mais elle ne quitte pas mon père des yeux en attendant qu'il poursuive.

– Ce matin, j'ai donné ma démission aux Patriotes et à l'Association des joueurs de la NFL, dit-il, l'air sombre.

– Papa ?

J'entends dans la voix de Maggie la même incompréhension que je ressens.

Notre vie est totalement chamboulée depuis quelques semaines – les journalistes sur la pelouse, les rumeurs qui vont bon train, mon père suspendu – et maintenant, il nous dit que c'est fini.

Juste comme ça ?

– Tu vas juste t'en aller comme ça ?

Je me lève d'un bond, en proie à la fureur et à l'incrédulité.

– Tu disais que tu n'avais rien fait de mal. Si tu n'as rien fait de mal, alors pourquoi tu ne te défends pas ? Pourquoi tu ne…

Je me passe une main dans les cheveux et arpente la pièce de long en large.

Non seulement le football est toute sa vie mais c'est aussi la mienne, du plus loin que je me souvienne. Lui, c'est Gary Bowman, le quarterback vedette, et moi, je suis le fils de Gary Bowman. Celui qui va marcher sur ses pas.

C'est tout ce dont j'ai toujours rêvé.

C'est tout ce que j'ai toujours prévu de faire malgré la résistance de mes parents qui me disaient d'aller à l'université d'abord.

– Je n'y crois pas.

Mais lorsque je me retourne et que je regarde les personnes présentes dans la pièce – ma mère, mon père, ma sœur –, tout le monde a l'air si lugubre, on se croirait à un enterrement.

Je croise son regard et il hoche la tête avec un air de chien battu, et cette vision me rend dingue.

– Dans la vie, Drew, il arrive parfois que le mieux ne soit pas le plus juste.

Je le regarde, puis je regarde ma mère qui reste assise sans rien dire, et je secoue la tête en serrant les poings.

– Mais tu nous as toujours dit de nous battre pour ce qui est juste. Et toi, tu n'as rien fait !

Je crie, plus paumé que jamais au bout de ces quelques semaines.

– Pourquoi est-ce que tu t'en vas ? Tu bats tous les records, tu vas être inscrit au panthéon des célébrités, et je ne comprends pas… Pourquoi tu ne te défends pas ?

Ma voix se brise alors que j'avance vers lui. J'ai besoin de le regarder dans les yeux, je veux comprendre.

J'ai besoin de comprendre.

– Drew.

Il tend la main pour toucher mon bras. Je m'écarte violemment, la colère et l'incrédulité bouillant en moi.

– Je sais que cela va être un grand bouleversement, nous allons tous devoir nous adapter, mais c'est pour le mieux.

– Mais tu as dit qu'ils avaient tort !

Je hurle, son absence de réaction attise ma colère.

– Tu m'as dit que c'était faux, que ce n'était pas toi, que tu n'avais rien fait, et tu t'en vas comme ça sans rien dire ? Qu'est-ce que les gens vont penser ?

– Maintenant, ça suffit !

Sa voix résonne dans toute la pièce et souffle tout l'oxygène.

J'ai la tête qui tourne. Le cœur qui bat à se rompre. Tout mon univers bascule sur son axe et je perds l'équilibre.

– Je voulais que vous l'appreniez par moi avant que cela ne filtre dans la presse. Mais une fois que nous aurons quitté cette pièce, nous n'en reparlerons plus jamais.

– Mais…

– Bon sang, Drew !

Ses mots me font sursauter. Presque autant que son coup de poing sur le meuble télé à côté de lui. Ils me ramènent brutalement au présent et à la réalité que je ne peux, ni ne veux, accepter.

– As-tu truqué le match, papa ? *Oui ou non ?*

Je hurle, oubliant le respect que je dois à mon père. Comment cela peut-il arriver ? *Comment est-ce possible ?*

– Fils.

– Non.

Je m'écarte de lui en secouant la tête, refusant de croire à tout ça. Mon père n'est pas du genre à tout risquer, à mettre notre sécurité en danger. Il est fort, il est loyal envers son équipe, ses amis – *Il est loyal envers ses amis. Il ferait n'importe quoi pour eux…* Non. Ce n'est pas ça. Mais qu'est-ce que ça peut être d'autre ? *Putain.*

– C'est Kenyon, c'est ça ?

Je me raccroche aux branches.

– Je vous ai entendus, quand on était dans les Keys. Vous buviez et vous parliez de parier sur les matchs. J'ai pensé… Oh, mon Dieu !

Je me passe la main sur la nuque en faisant les cent pas pour calmer ma colère.

– Il l'a fait, c'est ça ? C'est lui qui l'a fait et c'est toi qui prends à sa place. C'est pour ça que tu refuses d'en parler dans la presse. C'est pour ça que tu t'éclipses en douce, en catimini. Claire Kincade est morte et, toi, tu portes le chapeau pour lui, c'est ça ?

Ma mère lance un regard inquiet à mon père. Ce regard que tout le monde a connu dans son enfance, qui signifie que tu es pris la main dans le sac, et qu'elle lui conseille de ne pas parler.

Il soutient son regard un instant pendant que Maggs tourne vers moi des yeux pleins de larmes. Elle a intercepté ce regard, elle aussi. Elle sait, elle aussi, qu'il est arrivé quelque chose de mauvais.

– Papa, arrête de me prendre pour un con.

– Drew ! crie ma mère.

Mon langage la choque, mais je m'en fiche.

– C'était Kenyon, c'est ça ?

– Drew ! Ne prononce plus jamais son nom dans cette maison, dit ma mère sévèrement en jetant un bref regard à mon père, mais je suis trop remonté, trop bouleversé, et j'ai le sentiment que cela ne fait que confirmer mes paroles.

Je reviens devant lui, ma poitrine heurtant la sienne. J'ai besoin de savoir que j'ai raison.

– Tu n'aurais jamais fait ça. C'est impossible.

Mais au lieu de me répondre, comme j'aurais besoin qu'il le fasse, il me tourne le dos et se dirige vers la fenêtre. Celle dont les stores sont baissés pour éviter les regards intrusifs des journalistes qui campent dans le jardin, devant la maison, depuis plusieurs semaines.

Ils sont aussi demandeurs d'une réponse de mon père que je le suis moi-même.

– Les choses vont changer à partir de maintenant, dit-il quand il finit par se décider à parler. C'est une nouvelle vie qui commence pour notre famille. Nous allons devoir nous adapter.

Et il continue encore et encore, mais j'ai arrêté d'écouter parce qu'il ne dit pas ce que j'ai besoin d'entendre. Les explications que j'attends de lui.

Et lorsqu'il sort de la pièce, nous laissant plantés là sans la moindre réponse, ma mère et ma sœur restent, mais moi, je lui cours après.

– Papa.

Le désespoir suinte dans ma voix et lorsqu'il se retourne, qu'il se tient là dans l'entrée, l'image qu'il me renvoie est, sans doute possible, celle d'un homme totalement brisé.

Les larmes lui montent aux yeux lorsque nos regards se croisent. Il me fait un signe de la tête, l'air abattu, comme une excuse qui ne dit pas son nom, avant de me tourner le dos et de s'éloigner dans le couloir.

La discussion est définitivement close.

9

BREXTON

– Donc, tout allait bien jusqu'à ce que brusquement cela n'aille plus ? me demande Dekker depuis la porte de mon bureau.

Tout en regardant le soleil jouer sur le diamant de sa bague et envoyer ses reflets dans toute la pièce, je me reproche silencieusement de n'avoir pas su tenir ma langue.

Il allait de soi qu'elle se saisirait de cette infime bribe d'information et exigerait un festin complet à se mettre sous la dent.

Moi et ma grande bouche ! Je me demande si j'apprendrai un jour ?

– Brex ? Tu en as trop dit ou pas assez. Allez, tu sais bien que tu m'as dit ça parce que tu meurs d'envie de parler de lui avec quelqu'un. Je suis cette personne, alors raconte-moi tout.

– Ce n'était rien. Laisse tomber.

– Ha !

Elle croise les bras et me regarde fixement.

– Bon, soit tu me racontes ce qui s'est passé, soit je vais le dire à papa, et comme ça, c'est à lui que tu pourras donner tous les détails croustillants.

– Il n'y a pas de détails croustillants. Et à papa ? Sérieux ? T'as rien trouvé de plus original que ça ?

– Tu sais aussi bien que moi qu'il est quasiment impossible de cacher un secret à papa.

Elle hausse les épaules.

– Donc, c'est lui ou moi.

Je soutiens son regard tout en sachant qu'elle a raison. Je meurs d'envie d'en parler à quelqu'un, et notre père ? Ce n'est même pas la peine d'y songer en ce moment. Avec lui, une question entraîne toujours d'autres questions et je ne suis absolument pas prête à subir un interrogatoire en règle.

Pour toute réponse, je pousse un soupir et son sourire me dit qu'elle sait qu'elle a gagné.

– Alors, tout se passait bien, et ensuite rien n'allait plus ? demande-t-elle en reprenant les choses où nous les avions laissées.

– C'est une façon de parler. Nous étions dans sa cuisine, dans ce genre de moment suspendu où tu retiens ton souffle parce que tu penses qu'on va t'embrasser…

– Tu es la seule personne que je connais capable de dire ce genre de choses tout haut.

Elle se met à rire et hausse un sourcil.

– Tu parles comme dans un roman à l'eau de rose.

– Et où est le mal ? Apparemment, tu vis un conte de fées avec Hunter, alors tu ne vas pas me dire que ça n'existe pas ?

– Touché, murmure-t-elle avec un sourire satisfait.

Depuis qu'elle a rencontré Hunter et qu'elle est tombée amoureuse de lui, elle est tellement joyeuse que c'en est écœurant. Ce qui ne m'empêche pas de trouver que c'est bien et d'être à la fois jalouse mais contente pour elle. Elle joue avec le caillou tellement lourd qu'il déséquilibre son anneau et, même si je lève les yeux au ciel, c'est juste pour la forme, je suis absolument ravie pour elle.

– Et alors ? Tu pensais qu'il allait t'embrasser et… ?

– On a sonné à la porte. Il est allé voir qui c'était, et lorsqu'il est revenu, l'atmosphère avait changé.

– C'était qui à la porte ?

Je dois m'empêcher de dire son nom.

– Sa sœur.

– La rabat-joie.

– Oui, mais il n'y avait pas que ça. Ils se sont disputés à propos de quelque chose et… je ne sais pas, mais l'ambiance n'y était plus.

– Je suis sûre que ce n'est pas complètement fichu.

Je fais la grimace.

– Il s'est arrangé pour glisser le mot *ami* au passage en me raccompagnant.

Elle siffle pour toute réaction.

– Aïe, ça craint.

Elle se laisse tomber dans le fauteuil en face de moi.

– Il s'appelle comment, déjà ?

– Je préférerais ne pas le dire, dis-je d'un air détaché avant de hausser les épaules et de me renfoncer dans mon siège pour regarder par la fenêtre.

Kincade Sports Management se situe au quinzième étage d'un building en plein cœur de Manhattan. Il y a toujours plein de choses à regarder, surtout quand on veut s'en servir pour éviter de répondre à sa grande sœur.

– Ooooh, dit-elle en dressant l'oreille avec un intérêt accru.

De nouveau, je me sermonne intérieurement parce que, une fois de plus, je ne fais qu'attirer davantage encore son attention.

– Ça veut dire que je le connais, dit-elle d'une voix chantante en tapant des mains.

– Je n'ai jamais dit ça.

– C'était pas la peine. Je te connais mieux que toi-même. Alors… comment l'as-tu rencontré ?

– Au boulot, dis-je sans sourciller.

Elle était l'aînée des enfants de nos deux familles et, la plupart du temps, c'était elle qui menait le jeu avec Drew lorsqu'il s'agissait de préparer toutes nos manigances. Elle a probablement plus joué que moi avec Maggs, maintenant que j'y pense. Elle se souviendrait même probablement mieux de la succession d'événements qui ont mené au scandale de Gary Bowman. La dernière chose qu'elle a besoin de savoir, c'est de qui il s'agit et que j'ai fait le pied de grue devant sa porte.

– Amusant. Oserai-je demander si c'est un client ou pas ?

– Pourquoi ?

– C'est juste une question.

– Oh je t'en prie, épargne-moi ton sermon sur l'interdiction de sortir avec les clients. L'hôpital qui se fout de la charité, si tu vois ce que je veux dire.

Hunter était un de ses clients et, en principe, les relations personnelles avec les clients sont proscrites.

– Donc, c'est bien un client.

– Qu'est-ce que ça change ?

– Cela me permet tout simplement de réduire les possibilités afin de deviner qui est cet homme mystérieux.

– Ce n'est pas un client. Et je ne t'en dirai pas plus.

– Ben, pourquoi tous ces mystères dans ce cas ?

Elle fronce les sourcils et je vois les rouages de son cerveau qui tournent alors qu'elle essaie de deviner.

– Parce que vous êtes des crétines.

Je suis plus qu'habituée à leurs moqueries au sujet du manège de ma vie amoureuse. Le plus triste, c'est que je ne voudrais pas qu'il en soit autrement. Mais je ne risque pas de l'admettre auprès d'elle.

– Et tu veux dire quoi, là ?

– J'ai cessé de te parler d'histoires d'amour il y a des années. Les plaisanteries les plus courtes sont les meilleures.

– Oh, arrête. C'était pour rigoler. Je veux dire, tu peux pas nous en vouloir. Ta vie sentimentale est un véritable soap.

– Comme si tu en avais déjà regardé !

– Tu sais ce que je veux dire. Tu adores tomber amoureuse.

– Comme tout le monde, non ?

– Pas moi, ni Lennox, ni Chase, dit-elle en parlant de mes sœurs.

– Ne sois pas hypocrite, Miss Follement-Amoureuse, dis-je, sarcastique.

– Ce n'est pas la même chose.

– C'est ça, c'est différent. Tu me joues la carte de l'aînée, là ?

Je la fais marcher, mais je déteste que les règles ne soient jamais les mêmes pour elle que pour moi, simplement parce que je suis la plus jeune.

– Je ne joue aucune carte. Je dis simplement que tu es faite différemment de nous et que, donc, nous ne te comprenons pas.

– Ce n'est pas la peine d'essayer de comprendre puisque j'ai juré de me passer des hommes.

– On ne dirait pas, si j'en juge par le sujet de notre conversation et cet Homme soi-disant Mystère.

– Eh bien si, pourtant. J'en ai marre de souffrir.

J'opine résolument du chef comme pour convaincre ma sœur et mon cœur de la réalité de ce serment.

Le visage de Dekker s'adoucit et elle s'avance sur son siège.

– Ça fait plus de cinq mois maintenant que Micah et toi, vous avez rompu. Ça te fait encore quelque chose de…

– Ouais, ben… contrairement à vous autres qui avez un cœur de pierre, moi je suis quelqu'un de sensible.

Elle éclate de rire.

– Un cœur de pierre ? Je te le ressortirai la prochaine fois que tu auras besoin d'une oreille compatissante.

Mais à peine a-t-elle prononcé ces mots que son sourire s'adoucit, ainsi que sa voix, et qu'elle passe en mode grande sœur consolatrice.

– Et celui-ci, tu vas le revoir ?

Mon soupir emplit la pièce et je la regarde dans les yeux.

– C'est la grande question, tu ne crois pas ?

– C'est le moment où je te rappelle que tu as juré de te passer des hommes.

– C'est vrai. Absolument. *Totalement.*

Elle a raison. C'est ce que j'ai décidé. Maintenant, il faut que j'oublie ce coup de cœur idiot que j'ai eu dans le temps pour un homme que je ne connais plus vraiment.

– Donc, il est clair que la réponse à cette question est un faux problème.

– J'ai l'impression.

Elle hausse les épaules et m'adresse un sourire en coin.

– Tu devrais peut-être l'inviter au mariage des McMasters. Tu as répondu que tu viendrais accompagnée quand tu étais encore avec Micah, et maintenant tu n'as plus de cavalier.

– Tu te crois drôle, peut-être.

– Pourquoi pas ? Il y aura des tenues élégantes et de l'alcool et une atmosphère romantique. Je veux dire…

– Premièrement, le meilleur moyen de faire fuir un homme, c'est de l'emmener à un mariage et, ensuite, ça me pose aucun problème d'y aller seule. Certes, j'aime être amoureuse, mais je n'ai pas *besoin* d'un homme pour m'accompagner. Ça ne me dérange pas du tout de voler en solitaire.

– Je crois que tu devrais l'emmener. Pour découvrir sa vraie personnalité.

– Je suis sérieuse, Dekk. La dernière chose dont j'ai besoin en ce moment, c'est d'un homme.

– Justement, si. Tu…

– Oh là là, tu m'énerves. Je n'ai pas besoin d'un…

– Justin Hobbs, dit-elle en ramenant la conversation à son point de départ. C'est l'homme dont tu as besoin.

Elle sourit en battant des cils.

– Je corrige. C'est l'homme dont nous, à KSM, avons besoin que tu aies besoin.

– C'est un con arrogant.

Je râle, mais je suis contente que nous changions de sujet.

– Tu le savais avant de le rencontrer pour le recruter.

Elle rigole.

– En plus, est-ce qu'ils ne sont pas tous comme ça, maintenant ? Si tu es un joueur exceptionnel, tu te dois d'être un connard. Arrogant ou non, considère-le comme un trophée.

– Bon sang. Là, on dirait que tu te mets à aimer Justin autant qu'il s'aime lui-même.

Je lève les yeux au ciel.

– C'est à ce point-là ?

– Il m'a fait le coup du « *oups, j'ai laissé tomber ma serviette* ».

– Ça, il fallait s'y attendre, dit-elle en secouant la tête.

Étant des femmes dans un univers dominé par des hommes, nous avons toutes les quatre été soumises au lâcher de serviette. Au besoin des sportifs de nous remettre à notre place ou de sexualiser nos échanges, d'une façon ou d'une autre.

Aussi habituel que ce soit, cela reste inacceptable.

– Est-ce que cela valait la peine au moins ?

– Dekker !

Elle se met à rire.

– Arrête, je suis sûre que tu as remarqué.

Je me mets à rire aussi. Elle a raison. J'ai regardé.

– Plutôt moyen.

– Il est peut-être plus intéressant dans la durée que dans l'improvisation.

Elle se lève de son fauteuil.

– Dis-le-moi si tu as besoin d'aide avec lui. Il est peut-être moyen et arrogant, mais j'ai entendu dire qu'il n'était pas facile.

– Merci. Mais je suis capable de me débrouiller.

10

DREW

– Super-entraînement, aujourd'hui, Bowman.

Je jette un coup d'œil au coach et je hoche la tête.

– Merci.

Je sais très bien que cela ne change rien puisque je ne mettrai pas les pieds sur le terrain pour le match ce week-end.

Je me mettrai en tenue. Je m'échaufferai. Et je resterai assis à regarder le match sous une collection d'équipements de protection au bord du terrain, sans jamais accéder à celui-ci.

Mais il y a quelque chose dans ce qu'a dit Brexton l'autre soir qui me reste en travers de la gorge. Des remarques sincères à propos du talent que je possède et qui est gâché.

Des commentaires que j'aimerais prendre au mot sans y chercher de sous-entendu… mais ce n'est pas facile.

Je sais que je suis bon.

Je sais que j'ai un comportement professionnel et que je suis motivé.

Je sais que je suis doué.

Et pourtant, à part mon unique expérience avec les Tigers quand j'ai débuté à la NFL, j'ai toujours depuis été relégué au poste de quarterback remplaçant dans cette ligue sans qu'on me donne jamais vraiment l'occasion de faire mes preuves.

D'accord, il m'arrive d'entrer sur le terrain quand le quarterback titulaire est blessé ou que l'issue du match est assurée, mais c'est typiquement le cas où ce que je peux faire ne changera rien. C'est presque comme si mon contrat comportait une clause qui stipulerait « exclusivement remplaçant ».

Et le plus triste, c'est qu'avant que Brexton me le dise, je n'avais jamais réalisé à quel point j'avais fini par l'accepter. J'avais intégré la phrase que je n'arrêtais pas de me répéter. Celle qui me disait que j'étais toujours un atout dans la manche de l'équipe, vital à la préparation de mes coéquipiers en vue du jour du match.

Je m'étais convaincu d'accepter cette norme parce que, entre le dysfonctionnement de Maggs et la maladie de mon père, même si je n'occupais pas la place centrale le dimanche, au moins cette situation me permettait d'être présent pour ma famille. Si je devenais quarterback titulaire, ce serait probablement ailleurs – dans une autre ville, un autre État – puisque Hobbs est ici. Étant donné la situation actuelle de ma famille, cela rendrait les choses plus difficiles.

Alors, c'est pour cette raison que je ne me suis pas battu avec plus de vigueur ? Que je n'ai pas donné de la voix ? Que je n'ai pas demandé à mon agent de me défendre avec plus de conviction ?

Un peu de tout ça, sans doute, ajouté au fait qu'après l'histoire avec les Tigers, j'ai pris le parti de restreindre mes ambitions. J'ai craint, si j'étais dans la lumière des projecteurs trop longtemps, qu'une autre accusation ne soit portée contre moi, qui viendrait ternir tous mes efforts.

C'est dur d'entendre cet aveu, même si je ne le fais qu'à moi-même. C'est difficile de le reconnaître.

Quand suis-je devenu ce lâche ? Ce type qui a trop peur pour se battre pour ce qu'il a toujours voulu ? J'ai fait une entrée fracassante dans la NFL et ensuite, au premier incident, à la première crise, je me suis autorisé à disparaître dans l'ombre, exactement comme l'avait fait mon père.

Les faits ne plaident pas en ma faveur.

Ils me pèsent sur l'estomac, un peu comme mes pensées pèsent sur mon esprit tout le temps où je prends ma douche et bien après l'heure où je m'apprête à rentrer chez moi.

J'ai prévu d'emmener Charley au zoo. C'est un des avantages de vivre à New York. Le côté normal de ma famille de dingues.

Au moment où je mets mon sac sur mon épaule, juste quand je vais sortir pour aller la chercher, la voix de Justin qui parle au téléphone en entrant dans le vestiaire m'arrête.

– Alors, ai-je attendu le délai socialement acceptable avant de vous rappeler comme vous me l'aviez demandé ? demande Justin avant de s'esclaffer, tellement content et sûr de lui.

Le mec est en chasse.

En même temps, rien de surprenant à cela, il l'est en permanence.

– Donc, vous me voulez vraiment. Je savais que vous ne pourriez pas me résister.

Il part d'un rire encore plus sonore que d'habitude pour s'assurer que tout le monde le regarde. Et d'après ce que je vois des autres joueurs de l'autre côté du vestiaire, ils ont l'air aussi agacés que moi.

Le problème, c'est qu'on ne peut pas rester très longtemps irrité par Justin. Il y a quelque chose chez lui qui le rend sympa malgré tout, même si on aimerait le détester.

– Allez, vous me connaissez mieux que ça maintenant. J'attends des démonstrations spectaculaires. Que vous fassiez des signes dans le ciel qui prouvent votre amour pour moi. Que vous sautiez – ou dansiez – à travers des cerceaux. C'est trop demander ?

Il se tait pour écouter, avec sur le visage un sourire suffisant.

– Ok. J'imagine que je devrai me contenter de ça. Mais je vous préviens, je ne suis pas du genre à m'installer.

J'écoute à moitié le reste de la conversation, curieux de savoir à qui il parle, parce que Justin en fait vraiment des caisses.

– C'était qui ? je demande quand il a raccroché.

– Cette nana qui me lâche pas.

Il me fait un clin d'œil.

– À t'écouter, c'est vrai de toutes les filles.

– C'est pas de ma faute si je suis bon et recherché.

Il hausse les épaules en levant les mains, et je secoue la tête.

– Je suis un être exceptionnel.

Comment un abruti aussi arrogant, avec un lancer comme le sien et une attitude aussi débile, a-t-il pu devenir quarterback titulaire ?

Je suis meilleur que lui.

Je le sais.

– Allez, Drewski, dit Justin en s'asseyant pour lacer ses baskets. Un jour, *toi aussi*, tu seras comme moi.

Un joueur ? Un connard ? Égocentrique ? Haï autant qu'il est aimé ?

Justin Hobbs a de multiples facettes.

Il lève un sourcil comme s'il attendait une réponse, mais il ne mérite pas celle que je voudrais lui donner. Ma réponse naît de ma frustration. Une frustration que je nourris depuis longtemps. Insatisfait.

Voyant que je ne marche pas, il soupire.

– Brexton. C'était Brexton Kincade.

Cette fois, il a toute mon attention. Cette satanée bonne femme occupe toutes mes pensées. À cause de ses éloges insistants de mes capacités ? Parce qu'elle m'a ouvert les yeux sur mon insatisfaction ?

Non, ça va plus loin que ça.

Si je suis honnête avec moi-même, c'est parce qu'elle ne me laisse pas indifférent.

L'odeur de l'herbe fraîchement tondue, et la conscience d'appartenir à une équipe, ça, ça me manque.

Elle a raison. Putain, oui, elle a raison.

Bien sûr, je peux sentir l'odeur de la pelouse, mais seulement depuis le bord du terrain. Seulement avec une tenue qui reste propre. J'ai oublié ce que cela faisait de sentir la pression d'une ligne offensive qui vous charge, qui se bat pour vous faire tomber et vous salir afin que son équipe ait plus de chances de gagner.

Mais tu es fait pour la compétition, tu aimes la compétition.

Son jugement, ses remarques tournent en boucle en arrière-plan, n'arrêtant pas de m'asticoter. Pour le meilleur. Pour le pire.

Brex et moi, nous avons une histoire, nous sommes sur la même longueur d'onde, encore maintenant, mais je ne peux rien en faire, je ne peux rien faire *avec elle*, à part la protéger, sur un plan strictement professionnel, d'un connard comme Hobbs.

– Elle est agent sportif, elle essaie de te recruter. Je doute qu'elle veuille une relation plus personnelle, Hobbs. Je suis désolé de te dire ça, mais je t'assure que toutes les femmes ne meurent pas d'envie de sortir avec toi. Elle essaie simplement de faire son taf.

Il émet un petit gloussement suggestif.

– Ouais, son taf, c'est de me tailler une pipe.

Je grince des dents. Ce sombre connard aurait bien besoin qu'on lui explique que les femmes ne sont pas sur terre pour se prosterner à ses pieds. De plus, je suis peut-être légèrement jaloux quand je pense qu'il a des vues sur elle. C'est idiot, mais cela n'en reste pas moins vrai.

– Quelle classe !

– Me dis pas que t'es pas d'accord ? Qui laisserait passer l'occasion de se faire une nana aussi bien roulée et d'enfouir sa tête entre ses cuisses.

– Arrête avec tes conneries, Justin.

Je m'avance vers lui. Il va toujours trop loin.

– On est tous d'accord qu'elle est sexy, mais ne sois pas con. Elle fait son boulot et elle ne mérite pas d'être en butte à des connards comme toi.

Il hoche la tête et je m'attends à une réplique cinglante, mais non. Au lieu de cela, il rejette la tête en arrière et pousse un long soupir.

– Cet enfoiré de Finn.

– Sanderson ?

– Ouais.

Il me regarde droit dans les yeux et baisse la voix.

– J'ai rien *contre NYC.*

NYC? Il n'y a que les crétins pour dire ça.

– Mais Finn adorerait que je reste ici éternellement, mec, mais moi, c'est pas mon truc. Je voudrais aller me faire dorer la pilule sous de soleil de la Cali, avec toutes ces femmes sublimes. Gros seins. Tailles de guêpes.

– Belles personnalités. Bonne moralité. Intelligence, je rajoute pour souligner à quel point il est superficiel.

Il hausse les épaules sans la moindre honte.

– Bah, mec, on se fout de savoir si elles comprennent la physique quantique. Tout ce qui compte, c'est à quoi elles ressemblent à mon bras et à quoi ressemble leur cul quand je les baise par-derrière.

Je me passe une main dans les cheveux quand je me rends compte qu'il claironne ça à la cantonade sans même vérifier s'il n'y a pas un journaliste dans le coin qui pourrait le citer dans un article.

Coup de bol, il n'y en a pas.

– Si tu as l'intention de partir là-bas, la dernière chose à faire, c'est de dire la Cali. C'est un impair monumental.

– Un im… quoi ?

– Laisse tomber. Mais ne dis pas la Cali. Tu te ferais jeter aussitôt arrivé.

– Noté.

Il lance sa serviette dans le panier de linge sale à l'autre bout de la pièce.

– Tu peux me tuyauter sur Finn ?

– Sur Finn ? Je pensais que tu venais de parler à Kincade ?

Je me trouve devant un dilemme. S'il reste avec son agent actuel, il semble évident que Finn va vouloir le garder à New York. En revanche, s'il changeait d'agence, disons pour aller chez Kincade, alors il pourrait peut-être être transféré en Californie, et j'aurais ma chance comme titulaire.

Où est le problème ? Ce serait le jeter dans les bras de Brexton, et histoire ou pas, je déteste l'idée de le savoir près d'elle pendant une période prolongée.

– Nan, mon pote. Pourquoi je ferais ça ? Finn, je veux qu'il me défende. Brexton, je veux la baiser.

– Arrête avec ça, Justin.

– Putain, mec. Détends-toi. Je rigole. Elle est sexy. Je suis irrésistible. On irait bien ensemble.

– Dommage qu'elle ait un petit ami depuis longtemps.

Je mens sans vergogne. *C'est quoi ce bordel, Bowman ?* Brex est une grande fille. Elle travaille dans ce secteur, alors je sais très bien qu'elle est capable de se débrouiller toute seule. Ce n'est pas une princesse. Elle n'a pas besoin qu'on vole à son secours.

Et pourtant, quand Justin hausse un sourcil, je ne flanche pas.

– Ah, c'est vrai, j'oubliais, tu la connais. Steve m'a dit que tu lui avais parlé après le match l'autre soir.

Je hoche la tête.

– Alors, elle a vraiment un mec ?

– D'après ce que je sais.

– Et tu crois que ça me fait peur ?

Il rejette la tête en arrière et éclate de rire.

– Personne ne peut me résister.

– T'as vraiment besoin de te faire soigner.

– Non, mec. Ce dont j'ai besoin, c'est d'un conseil. Tu peux m'en donner ? Tu es dans la partie depuis bien plus longtemps que moi.

T'es vraiment un gros abruti. *Merci de me faire remarquer que ça fait deux ans que tu fais le show alors que je suis sur la touche depuis une éternité.*

– Dis à ton agent ce que tu veux et s'il ne peut pas te le donner, prends-en un autre qui le fera.

Il hoche la tête avec un air tragique.

– Ouais, mais cet enfoiré n'arrête pas de me dire que je dois rester ici. Que c'est l'équipe qu'il me faut. C'est l'organisation, la direction, le coordonnateur offensif qui me conviennent.

Et Finn a raison. Cette équipe, cette défense conviennent mieux à un bras comme le sien, tout comme elles conviennent au mien.

Mais je garde ça pour moi.

– Finn travaille pour toi. Et non le contraire. Tu es sa feuille de paie, il ne sera pas payé si tu ne l'es pas.

Il me regarde avec un air ahuri comme si je venais de lui faire une révélation. C'est une question de bon sens. Mais comment fait-il pour se souvenir de notre manuel de tactiques pendant les matchs ?

– Waouh. Alors ça, c'est fort, mec.

Je hoche la tête en essayant de cacher mon incrédulité.

– C'est ton contrat qui se termine à la fin de la saison. Dis à ton agent ce que tu veux et s'il ne le fait pas, alors prends un autre agent qui le fera.

11

BREXTON

– Oui, c'était génial de se revoir, dis-je en serrant dans mes bras une vieille copine avant qu'elle ne file vers un autre couple qu'elle jure n'avoir pas revu depuis une éternité.

Le mariage était ravissant, *et ennuyeux* comme le sont la plupart des mariages. Des tas de discours que personne n'écoute vraiment jusqu'au moment crucial. Les *oui.* Le *Vous pouvez embrasser la mariée.* La première fois où le couple se retourne vers l'assistance en tant que M. et Mme.

Le cocktail, pendant que ma vieille copine de fac et le marié se font photographier, c'est mieux. *La Taverne sur le Green* iconique, avec toutes ses guirlandes lumineuses et sa végétation luxuriante – une petite oasis de nature dans cette ville envahie par le béton – n'est pas le pire endroit pour se retrouver avec un verre de vin à la main et des idées romantiques plein la tête.

La nuit est chaude et la musique est douce, et je marche dans l'allée pavée en direction des portes vers lesquelles on nous a dirigés pour que le service du dîner puisse commencer.

Mais quand je lève les yeux et que je vois Drew de l'autre côté du patio, je manque trébucher et mon cœur cesse de battre un instant.

Drew Bowman est canon en tenue de footballeur. Il est sexy chez lui, pieds nus, en pantalon de jogging. Mais avec un costume sombre et une cravate ? Il est d'une beauté ravageuse.

Je détourne les yeux une fraction de seconde en essayant de canaliser les émotions qui se bousculent en moi. À moins que ce ne soit tout simplement mon désir lubrique qui s'éveille à sa vue.

Où est le problème ?

En relevant les yeux, je vois qu'il me regarde fixement et, maintenant, je n'ai nulle part où courir me cacher. Non que j'en aie envie, d'ailleurs.

Il vient vers moi, un verre dans une main, boutonnant son veston de l'autre. Il a l'air surpris, mais son sourire illumine la nuit.

Malheureusement, lorsqu'il se met à parler, l'irritation qui perce dans sa voix vient contredire l'expression affable de son visage.

– Qu'est-ce que tu fais là ?

– Tu es drôlement élégant, dis donc.

– Qu'est-ce que tu fais là ? répète-t-il sur un ton accusateur.

– Jules est l'une de mes amies de fac.

Il hoche la tête et boit une gorgée tout en me reluquant de la tête aux pieds. Je sais reconnaître le désir dans les yeux d'un homme quand je le vois, et là, il est évident.

– Le monde est petit, murmure-il en s'éloignant, me laissant complètement éberluée.

– Quoi ? Attends ?

Je le rattrape par le bras et il se retourne.

– Et toi, pourquoi es-tu là ?

Petit tressaillement dans sa mâchoire.

– Parce que Archer McMasters est mon ami.

– Le monde est petit, je répète ses paroles.

Entraînés par le flot des invités, nous entrons dans la salle de bal, ultra-décorée d'arrangements floraux compliqués dans des tons de beige et de rose. Des panneaux de tissu descendent du plafond et le cristal a été sorti sur les tables. Quelque part, c'est élégant, mais faussement chic en même temps.

– En effet, dit-il.

J'espérais avoir de tes nouvelles.

– J'espère que le problème, l'autre soir… que tu as pu le régler.

– Oui. Tout va bien.

Il me regarde dans les yeux et j'ai la nette impression qu'il est en proie à un conflit intérieur. Puis il m'adresse un sourire crispé.

– J'ai été ravi de te revoir, mais si tu veux bien m'excuser, je dois rejoindre ma table.

Je le regarde s'éloigner, complètement stupéfaite. Est-ce bien le même homme avec qui j'ai dîné l'autre soir ?

Est-ce que j'ai fait quelque chose de mal ? Dit quelque chose ?

Comment ai-je pu me tromper à ce point sur ce que j'ai ressenti dans sa maison ? Le quasi-baiser sur le point de se produire, j'en suis certaine ? Sa remarque suggérant que nous recommencions un de ces jours ?

Est-ce que je suis à ce point à côté de mes pompes et affamée d'amour ? À ce point pathétique ?

Je sais bien que non.

Je n'ai aucun doute à ce sujet, et pourtant… Dekker avait peut-être raison. Peut-être que je vois les choses sous un angle désespérément romantique, même quand il n'y a rien qui puisse le faire penser.

C'est avec ses réflexions perplexes prenant le pas sur ma bonne humeur que je me dirige vers la table qui m'a été assignée. Et l'ironie de la situation me saisit lorsqu'en approchant, je trouve Drew les yeux rivés sur les cartons – un pour lui, un pour moi – qui nous placent l'un à côté de l'autre.

En voyant que j'étais placée à la table treize, j'aurais dû deviner que ce n'était pas bon signe.

Maintenant je le sais.

– On dirait qu'on nous a placés l'un à côté de l'autre.

J'essaie de prendre un ton joyeux alors que je ne le sens pas du tout. Bon, sans être à proprement parler cordial, il connaît les bonnes manières et, donc, il recule ma chaise pour moi.

Il s'assied en grommelant dans sa barbe tandis que les autres convives prennent leur place, au moment où les entrées sont servies.

Tout le monde à la table se présente. Il y a deux couples qui ont connu les mariés au boulot, deux amis d'enfance et leurs conjoints, une chaise vide qui était destinée à mon cavalier, et puis il y a Mildred.

Cette chère Mildred avec ses cheveux auburn et son rire tapageur, qui a déclaré qu'elle avait quatre-vingt-quinze ans, et qui déclare « Je suis trop vieille pour ces cochonneries » quand on dépose une salade composée devant elle.

Je la sens bien, et je pense qu'elle le sait, à la façon dont elle me lance des regards et des sourires incessants par-dessus le chemin de table.

– Mildred ? D'où connaissez-vous Archer et Jules ?

– Je suis l'arrière-grand-mère d'Archie.

Elle fait un geste de la main.

– On se fréquente depuis longtemps.

Tout le monde à la table arrête de mastiquer, puis nous éclatons de rire en comprenant sa plaisanterie.

– Vous n'auriez pas préféré être assise avec la famille ? demande la dame sur la droite.

Mildred pousse un petit grognement.

– La famille m'ennuie. Je connais déjà tous leurs secrets. J'ai demandé qu'on me place à une table avec un beau jeune homme sexy pour que j'aie au moins quelque chose d'agréable à regarder.

Cela provoque quelques toux étouffées. Heureusement, nous sommes sauvés par l'arrivée du plat principal, parce que Mildred est un personnage haut en couleur et on hésite entre l'encourager ou rester silencieux.

– Tu es prêt pour dimanche ? je demande doucement à Drew.

Je m'enquiers du match à venir sans le mentionner clairement afin de lui éviter les centaines de questions qui ne manquent pas de suivre dès qu'on apprend qu'on a affaire à un joueur de la NFL.

– Drew ?

Comme il ne répond pas, je lui touche le bras pour renouveler ma question, mais il l'écarte, poliment mais délibérément.

– On ne peut pas faire ça, murmure-t-il. Ce n'est pas possible.

Je tourne la tête et le regarde faire un signe de la main à une personne qui se trouve de l'autre côté de la pièce. Mais je suis certaine que c'est juste une façon de m'éviter.

– Qu'est-ce qui n'est pas possible ? Que je sois assise à côté de toi ?

J'émets un petit rire incrédule.

– Je ne suis pas sûre que tu aies ton mot à dire sur le sujet puisque ce sont Archer et Jules qui ont fait les plans de table.

– Pas ça. *Ça*.

– Ça ??

– Vous vous connaissez déjà tous les deux, mes chers ? demande Mildred depuis son perchoir d'observation en face de nous, ce qui attire le regard des six autres personnes sur nous.

– Non, dit Drew.

– Oui, dis-je en même temps.

Je fais un petit sourire crispé, espérant que les serveurs qui débarrassent les assiettes et nous proposent des boissons suffiront à détourner l'attention pour que nous n'ayons pas besoin de répondre.

Je me tourne vers Drew et me penche vers lui.

– Je ne comprends pas quel est ton problème. C'est à cause de l'autre soir ?

– Laisse tomber, Brex.

– Pourquoi ? On passait une bonne soirée. Et puis ça s'est arrêté.

– C'est compliqué.

– Comment ça ? Je ne cherchais rien de plus qu'une relation amicale.

Au fond de moi, je sais que ce n'est pas vrai. Rendre visite chez lui à un client qui n'en est pas un n'est qu'une excuse lamentable, même pour moi, et pourtant qu'est-ce que je peux dire d'autre ?

– Vous êtes des ex ? demande Mildred d'une voix forte.

– Non, répondons-nous en chœur.

– De simples amis, corrige Drew.

– J'ai l'impression que vous êtes en pleine querelle amoureuse et honnêtement, à quatre-vingt-quinze ans, ce genre de querelles où on s'étripe et qui se terminent sur l'oreiller me manquent beaucoup.

Elle agite les épaules.

– C'est ce qui se profile ? Est-ce que vous voulez que je voie avec les employés s'ils peuvent vous procurer une chambre où vous pourrez aller vous expliquer ?

– Oh mon Dieu !

L'invitée assise à la gauche de Drew se met à rire et je regarde Mildred, bouche bée. Elle a vraiment dit ça ?

Et à la façon dont je donne sans le vouloir un coup de genou à Drew qui écarte le sien brusquement, je sais qu'elle a vraiment dit ça.

– Vous aimez la moutarde, mon grand ? demande-t-elle à Drew. Je parierais que oui. Quand on aime la moutarde, c'est un signe qu'on est obstiné. Et les hommes obstinés font les meilleurs amants.

Elle frissonne comme si elle revivait un souvenir avant qu'un sourire passe sur ses lèvres.

– J'ai raison ?

– Non. On ne l'est pas. Il ne l'est pas.

Je m'emmêle.

– Nous sommes juste *amis,* dit Drew.

Je déteste l'effet que ce mot produit sur moi. Presque comme si on se retrouvait à ce moment où on jouait à faire tourner la bouteille à Deadman's Cove lorsque nous étions ados. Quand il a tout fait pour que tout le monde sache que nous étions *seulement amis.*

Le sentiment de rejet est toujours aussi amer aujourd'hui qu'à l'époque.

La différence ? La différence, c'est qu'aujourd'hui je suis sûre de moi et armée.

– Vous ne manquez pas d'une imagination fertile, Mildred, mais je suis désolée de vous décevoir. Drew et moi nous sommes connus il y a bien longtemps, nous n'étions que des gamins à l'époque.

– Encore mieux.

Elle se frotte les mains.

– Il n'est pas trop tard pour le feu d'artifice.

Nous rions poliment tous les deux, mais une gêne s'installe entre nous.

– Oui, c'était sympa de se revoir, mais si vous voulez bien m'excuser, je vais bouger un peu.

Je me lève, vide mon verre de vin et le repose sans m'inquiéter de ce que les autres convives à la table vont penser de moi.

On dirait qu'il y a de l'animation sur le dancefloor à l'extérieur, et il est temps de se lâcher et d'aller s'amuser.

Que Drew Bowman aille se faire voir !

Il peut être aussi beau et sexy qu'il veut. Il peut avoir un rire qui vous fait sourire et un intellect qui vous donne à réfléchir.

Mais cela ne lui donne pas le droit de se comporter comme un connard avec moi.

Je me passais très bien de lui avant, et je continue à très bien me passer de lui maintenant.

12

DREW

« Je ne cherchais pas autre chose qu'une relation amicale. »

Sa voix – ses lèvres – quand elle dit cette phrase tourne en boucle dans ma tête et me reste en travers de la gorge.

D'autant plus que chaque fois que je lève les yeux, elle est là, aux premières loges, en train de se trémousser sur la piste de danse.

J'essaie de tromper qui, là ? Je n'ai pas baissé les yeux une seule fois. Bon sang, je ne l'ai pas quittée du regard. Je me fais l'effet d'être ce connard chelou tapi dans l'ombre du patio, appuyé contre la rampe avec un verre à la main, qui la dévore des yeux.

Amitié, mon cul.

C'est ça qui me taraude ? Qu'elle ait parlé d'amitié entre nous alors que l'amitié, c'est bien la dernière chose que j'ai en tête en ce qui la concerne ? C'est pour ça que je suis furax ?

Ou bien, est-ce cette simple question : *qui est cette femme ?*

Elle est tellement différente de l'ado qui redoutait d'être le centre de l'attention. Celle qui restait timidement à l'écart des groupes et préférait garder le nez dans ses romans d'amour plutôt que d'échanger avec les autres. Celle qui faisait tapisserie. Qui à présent resplendit dans la lumière.

Elle est au centre de la piste de danse, les bras levés, la tête rejetée en arrière et les hanches qui se balancent en rythme, d'une manière qui devrait être interdite. À couper le souffle, on peut le dire.

Sûre d'elle.

Sexy.

Éblouissante.

Impossible d'en détacher mon regard, même si je sais pertinemment que je devrais.

Elle est la Juliette dont la famille a causé la perte de la mienne.

Et pourtant, je continue de la regarder, de l'observer… essayant toujours de rationaliser pour trouver un moyen de sortir avec une femme comme elle, alors qu'au bout du compte, tout est déjà dit.

Et si cela venait aux oreilles de mes parents ? La dispute que nous avons eue il y a plusieurs années serait de la blague en comparaison de celle que nous aurions. Est-ce que je suis prêt à prendre ce risque ?

Mais comment puis-je dire qu'on ne peut pas me tenir rigueur des fautes de mon père alors que c'est exactement ce que je fais avec elle ?

– Putain.

Je secoue la tête.

Il y a d'autres femmes superbes, ici ce soir. En fait, il y en a plein. Certaines à qui j'ai parlé. Certaines dont j'ai croisé le regard à travers la pièce, et à qui j'ai souri poliment.

Mais aucune n'a retenu mon attention comme Brexton.

Je grince des dents en voyant un homme avancer sur le dancefloor et se mettre à danser avec le groupe de femmes. Il a les yeux rivés sur elle. Tout le monde peut le voir.

Mais peut-être suis-je le seul à regarder.

Quand il se poste devant elle et qu'ils se mettent à rire ensemble avant de bouger en rythme, je vide d'un trait le reste de mon verre.

Il est temps pour moi de partir.

Sinon, je risque de faire quelque chose que je pourrais regretter.

13

BREXTON

Tout en me balançant sur la musique qui continue à jouer derrière moi, je traverse les jardins, le patio, et me dirige vers l'entrée.

Mes pieds sont douloureux, mon ivresse n'est pas totalement dissipée, et je souris béatement parce que c'était vraiment super-fun. Je ne me rappelle pas quand j'ai dansé toute la nuit comme ça pour la dernière fois, sans me soucier de qui dansait avec moi ni de qui me regardait.

J'avais vraiment besoin de ça.

Une bonne soirée de détente après plusieurs semaines de stress. Pleine d'espoir que le véritable amour existe bien. Beaucoup de plaisir à revoir les vieux amis.

Eh oui, je me fiche purement et simplement de mon accrochage avec Drew. Au bout du compte, je ne vais pas le laisser me voler mon soleil parce qu'il a décidé de provoquer des orages.

Je sors de la maison en sautillant, sans savoir vraiment si j'ai envie de rentrer chez moi ou simplement de sortir prendre l'air. C'est alors que je sursaute en voyant Drew.

Il est assis sur un muret de briques qui borde le chemin, le goulot d'une bouteille de bière entre les doigts, la tête penchée sur le côté, et il m'aperçoit au moment où je m'arrête à quelques pas de lui.

C'est incroyable qu'on puisse passer des années sans se voir, et tout à coup, se rencontrer plusieurs fois en moins d'une semaine. Presque comme si une fois que ton corps a pris conscience de l'existence de l'autre, il gravite vers lui.

Et, pour le coup, mon corps a bien conscience du sien, même contre ma volonté.

– Tu es encore là ?

– Ouais. On peut le dire, dit-il en riant. Je suis tanké là depuis bien trop longtemps, incapable de décider si je devrais partir ou rester.

– C'est bien.

– Puisque nous sommes *amis* et tout ça.

Il plisse les yeux en me regardant.

– Ouaip. Amis.

Je souris d'un air crispé, ça me hérisse de dire ce mot.

– On devrait en faire un jeu à boire. Chaque fois que le mot est prononcé, on boit un coup. Comme ça. *Amis !*

Il porte sa bière à ses lèvres et prend une longue gorgée.

– Amis.

Et une autre.

– C'est *tellement* sympa d'être amis, crie-t-il en écartant les bras.

C'est à ce moment que je réalise que son sourire est un peu de travers. Il est tout aussi déchiré que moi.

– Ça te plaît qu'on soit *amis*, Brex La Peste ?

– Alors, maintenant tu vas te moquer de moi ?

Je m'avance vers lui, ne sachant pas trop si je veux attirer son attention ou si je suis furieuse contre lui. Toute cette histoire d'amis n'a aucun sens.

– Nous ne sommes plus des gamins, Drew. Je suis tout à fait capable de me défendre maintenant.

– Je n'en doute pas un seul instant.

– Ça veut dire quoi, ça ?

Je suis sur la défensive. J'en ai vraiment marre de ces conneries.

– Ça veut dire que tu as la réputation d'être une casse-couilles inflexible.

– Et ça pose un problème ?

– Pas le moins du monde.

Mais le rire sarcastique qui ponctue sa réponse m'énerve et me fait démarrer au quart de tour.

– Puisqu'on en est au chapitre des amabilités, que dirais-tu si je te faisais une confidence ?

– Vas-y, lâche-toi, Brex, dit-il en se levant et en tendant les bras, sans se préoccuper de savoir qui pourrait passer par là et nous voir. Je suis tout ouïe.

– Quand je te regarde, je vois un des quaterbarcks les plus doués et talentueux que j'aie jamais vus, mais l'homme en dessous a bien trop peur d'être dans la lumière. C'est difficile de marquer si tu refuses de mettre le pied sur ce putain de terrain, Bowman.

– Maintenant, tu te tais, dit-il avec colère, mais curieusement sans agressivité.

Il y a dans son regard une clarté qui est franchement ce qu'il m'a montré de plus honnête jusqu'à présent.

– De quel droit tu me donnes des ordres ? Tu n'en as pas plus le droit aujourd'hui que quand nous étions adolescents dans les Keys.

– N'importe quoi. J'avais tout à fait le droit.

– Donne-moi une seule raison qui te fait penser ça.

– Parce que…

Il promène son regard sur toute la surface de mon corps, mais cette fois, il ne réussit pas à cacher ses arrière-pensées, contrairement à tout à l'heure. Cette fois-ci, elles sont tout à fait évidentes. Le désir. L'envie. La faim. Et je me demande bien pourquoi nous nous querellons alors qu'il me regarde de cette façon.

– Parce que…

Et sans plus de prétexte ni de préambules, Drew Bowman vient vers moi en laissant tomber sa bouteille dans l'herbe. Il prend mon visage entre ses mains et il m'embrasse.

Avec ardeur et fougue. Exigence et désir. Avec une langue tout en douceur, mais une bouche gourmande.

Il a le goût de la colère et de l'attente, et la plus petite bribe de frustration refoulée en moi à son encontre, je la retrouve chez lui.

Oubliées les personnes qui se trouvent derrière nous. Pas de temps perdu à réfléchir à l'endroit où nous nous trouvons ni à la façon dont c'est arrivé. Il n'y a que Drew et moi et un fantasme d'adolescent qui se réalise.

– On ne doit pas, murmure-t-il avant de m'embrasser de nouveau. On ne doit pas, putain !

Il appuie son front contre le mien, ses mains toujours de chaque côté de mon visage, et mon sang bat à mes tympans si fort que je suis sûre qu'il peut l'entendre.

– Drew.

Mon souffle est saccadé.

Tout comme les battements de mon cœur.

– On est amis, c'est tout.

C'est à mon tour de rire, de reculer d'un pas et de le regarder comme s'il était aussi fou qu'il en a l'air.

– On recommence le jeu de tout à l'heure ?

Un sourire penaud passe sur ses lèvres et tout chez lui, à ce moment-là – ses cheveux en bataille, sa cravate de travers, ses yeux magnifiques –, me ravit totalement.

– Si je persiste à dire que nous sommes de simples amis, cela me persuadera que nous le sommes. Que je n'ai pas pensé à toi bien trop souvent au cours des derniers jours. Que nous n'avons pas une histoire passée compliquée, qu'aucun de nous ne veut affronter.

– Je croyais qu'il était interdit de parler du passé, j'ajoute.

Il rejette la tête en arrière et part d'un rire de maniaque. Je secoue la tête en me demandant s'il pète un plomb.

– Sais-tu depuis combien de temps j'attends de faire ça ? *D'essayer de le faire.* Depuis ce jeu idiot de la bouteille qui tourne.

Il se passe une main dans les cheveux en baissant la tête d'un air penaud, trébuche légèrement et rigole.

– *Maintenant je sais.*

– Maintenant tu sais, je répète, plus que surprise par un tel aveu.

Ce n'était pas lui qui avait hésité à m'embrasser quand le goulot de la bouteille s'était arrêté devant moi ? Mais surtout, notre premier baiser aurait-il eu le même effet sur lui que sur moi ?

Mais s'il était intéressé, pourquoi n'a-t-il jamais tenté d'aller plus loin ? Comment se fait-il… Mais je le sais. C'était le dernier soir de nos vacances et les amours adolescentes passent au second plan quand votre vie de famille explose en vol.

Il fait un autre pas en arrière et me regarde, l'air ahuri.

– Je suis désolé de t'avoir traitée de casse-couilles. Je ne le pensais pas. Mais j'avais besoin de quelque chose qui me mette en colère contre toi afin de m'empêcher d'avoir envie de t'embrasser.

– Cela semble évident, en effet.

Drew passe de la colère à la douceur en une fraction de seconde.

– C'est ça que j'aime chez toi. Tu n'as pas peur de faire ce qu'il faut pour obtenir ce que tu veux. Ça me plaît que tu saches te défendre.

– Et comment tu le sais, précisément ?

– Parce que je me suis renseigné.

À sa façon de hausser les épaules, on dirait un petit garçon, ce qui détonne étant donné que la personne qui vient de m'embrasser avait tout d'un homme, assurément.

– Je voulais en savoir plus sur toi. En fait, j'avais besoin de le savoir, en quelque sorte.

– D'accord.

Je réprime un sourire en le voyant se mordiller la lèvre comme s'il essayait d'être sûr d'avoir bien dit ce qu'il voulait dire.

Mais nous restons plantés là, dans la pénombre de cette soirée de début d'automne, les yeux dans les yeux, comme si nous nous efforcions de comprendre ce qui vient de se produire.

Ou peut-être pas tant ce qui vient d'arriver que ce que nous allons en faire maintenant.

– Putain.

Il se met à rire comme un malade.

– Quoi ?

– Pourquoi faut-il que ce soit justement *toi* ?

– Pardon ?

– Parmi toutes les filles possibles, Brexton Kincade, pourquoi est-ce *toi* (il pointe ses deux mains vers moi) que je ne peux pas extirper de mes pensées ?

– Je… euh…

Je ne sais pas quoi répondre à cela. Il crie, mais ne semble pas être en colère. Il a l'air tout à la fois perplexe, sidéré et stupéfait, et cela ne fait que le rendre plus attendrissant à mes yeux.

Sans me laisser le temps de rassembler mes idées, il s'éloigne en petites foulées, puis se retourne et se met à rire.

– Où tu vas ?

– J'ai trop bu.

– Je m'en doutais un peu.

– Et comme j'ai trop bu – il pointe un doigt vers le ciel comme s'il venait d'avoir une idée géniale –, il faut que je rentre.

– Ah, d'accord.

Il est vraiment craquant quand il a bu.

– Oh, et j'ai un jeu aussi. Dans un avion.

Il écarte les bras et tourne en rond en imitant l'avion, comme un petit gamin.

– Tu joues à l'avion, maintenant ?

– Je dois en prendre un pour partir, idiote.

Il me fait un signe de la main en levant les yeux au ciel, puis tout à coup, son visage redevient sérieux.

– Alors, ça ne pourra pas se faire tout de suite.

– *Ça* ? Et c'est quoi, *ça*, exactement ?

– Toi et moi.

Il dit cela si naturellement que je suis à court de mots.

– Brexton Kincade ? crie-t-il.

– Oui ?

– La prochaine fois que je t'embrasserai…

– Parce qu'il y aura une prochaine fois ?

J'ai vraiment dit ça tout haut ?

– Bon Dieu, j'espère bien, dit-il en revenant vers moi pour planter un autre baiser sur mes lèvres. Parce que la prochaine fois ? La prochaine fois, je serai sobre pour ne rien laisser passer de cette chose que nous venons juste de faire.

– Cette chose ? Tu veux dire nous embrasser.

– Oui. *Ça*.

Il me tourne le dos et commence à l'éloigner, mais il trébuche.

– Mildred a raison, tu sais, dit-il en se retournant les bras écartés, exactement sous la lampe qui éclaire le chemin et qui dessine un cercle de lumière autour de lui.

– Raison à propos de quoi ? La *moutarde* ?

– Non, à propos de *la baise quand on est en colère*. C'est génial. Mais pas la première fois.

Il secoue la tête.

– *Oh*.

Certaines parties de mon corps s'enflamment à la mention de cette promesse obscure.

– C'est bon à savoir.

– *Toi*.

Il brandit sur moi un index accusateur.

– Satanée Brexton Kincade. Tu m'as poussé à croire. Tu m'as poussé à vouloir. Et maintenant, je dois me débrouiller pour démêler le sens de tout ça.

Je suis convaincue qu'il a la réponse, mais le moment n'est pas bien choisi pour la lui demander. Pour l'instant, je ne peux rien faire d'autre que rester là à le regarder partir, avec son rire qui résonne autour de moi et la chaleur de ses lèvres qui demeure sur les miennes.

Que vient-il de se passer ?

Et surtout, quand cela pourra-t-il se produire de nouveau ?

14

DREW

10 ANS PLUS TÔT

Fais-la tourner.

Fais-la tourner.

La vingtaine d'adolescents assis en rond à Deadman's Cove répètent en chœur la formule de défi, encore et encore.

Il est tard, mais tout va bien. C'est notre dernière soirée ici, dans les Keys, et nos parents nous laissent la bride sur le cou. Nous ne courons aucun danger dans ce petit paradis où nous avons loué une maison pour deux semaines avec les Kincade, et en plus, j'aurai dix-sept ans dans deux mois, donc je suis assez grand pour me débrouiller tout seul.

Pour couronner le tout, papa et maman ont un peu trop fait la fête avec les Kincade aujourd'hui et ils dorment sûrement déjà à poings fermés.

Aujourd'hui ? En fait, on peut dire que c'était pendant toutes les vacances.

Mais tant mieux. Comme ça, ils ne sauront pas combien de bières j'ai bues parce qu'ils ne se rappelleront pas combien eux-mêmes en ont bu.

C'est tout bon pour moi.

Ça veut aussi dire que je n'ai eu aucun mal à me faire des copains parmi les gens du coin. Du moment qu'on peut fournir la bière, on est toujours bien vu. Et puis les jeunes d'ici s'embêtent tellement dans leur petite vie d'insulaires qu'ils accueillent les étrangers à bras ouverts.

– Vas-y, Bowman. C'est ton tour. La personne sur qui tu tombes, qui que ce soit, te devra cinq minutes de bonheur en tête à tête derrière le *Coconut Shack*, dit Hank, le chef de bande local, parlant du stand du marchand de glaces de la plage, qui est fermé à cette heure-ci.

Je regarde fixement la bouteille vide posée sur le carton en me demandant sur qui le sort va tomber.

– C'est bon. Je suis partant.

Je suis prêt à tout essayer au moins une fois.

– Bon, tu connais les règles ?

– Ouais, tu tires quatre numéros pour désigner les concurrentes. Je fais tourner la bouteille et la personne sur qui ça tombe est celle avec qui je vais passer du bon temps.

– Ouaip.

– Bon. Ok. Vas-y, mec.

J'ai déjà embrassé des tas de filles. Certaines qui me plaisent. Certaines à qui je plais. Certaines qui veulent simplement embrasser le fils de Gary Bowman pour pouvoir dire qu'elles sont à ce point proches du futur membre du Hall of Fame.

Alors, je suis partant. Quel gars serait assez fou pour refuser une occasion de goûter à un échantillon pour déterminer avec qui il voudra sortir pendant le reste des vacances ?

Pas moi en tout cas.

Jamais de la vie, putain.

Hank est monté sur une souche à côté du feu de camp qui flambe derrière nous.

– Roulement de tambours, s'il vous plaît, dit-il en plongeant la main dans un seau pour tirer un numéro.

– Numéro dix.

– Ici !

Sarah l'effrontée s'avance avec la main levée et les nichons qui sautent. Elle est célèbre pour ce minuscule bikini qu'elle adore porter et pour son père qui nous fait des réductions quand on vient acheter des bonbons dans sa boutique de pêche sur la jetée.

Je n'ai aucune raison de me plaindre.

– Numéro deux, poursuit Hank.

– Youhou !

Delilah de Kennebunkport sort de l'obscurité à petites foulées. Ses grands-parents possèdent la maison à côté de notre location et jusqu'ici, la nana s'est toujours montrée partante pour tout. Je ne sais pas si cela me fiche la trouille ou si cela m'excite.

Peut-être les deux.

– Numéro trois, crie Hank, et des acclamations fusent sur sa droite.

– Ouais ! J'espérais bien être tirée au sort, dit Glenda.

Dans son dos, les jeunes du coin l'appellent La Bonne Sorcière parce qu'elle n'est pas farouche et se laisse généralement faire.

– Un peu de variété ne me fera pas de mal.

Je me dis qu'elle en dit plus qu'elle n'en fait, mais je suis un gars de seize ans excité et qui en a marre de se contenter de sa main et d'internet pour l'inspiration.

– Et pour finir, annonce Hank alors que les trois demoiselles s'asseyent en tailleur dans le sable autour de la planche, numéro douze.

– Elle est là, crie une voix à l'arrière.

Je fouille l'obscurité du regard pour voir la fille qui s'avance à pas lents. Quand je la vois, ma première réaction est de protester, mais en fait je reste silencieux.

C'est Brexton.

Cette satanée Brexton.

Avec ces grands yeux noisette et ce sourire timide. Et… *tout* ce qui va avec. C'est-à-dire tout ce qui ce soir attire les regards des mecs autour alors qu'elle s'avance vers le cercle. Quand on s'est quittés après les sports d'hiver à Pâques, elle avait tout du bébé girafe dégingandé et maladroit – mais au moment des vacances d'été, elle est apparue toute en courbes, mises en valeur par le bikini à pois rouges qu'elle porte ce soir.

Ça me va.

Ça me va très bien.

– Allez, vas-y, fais tourner cette putain de bouteille, dit Hank au moment où l'assemblée recommence à psalmodier *fais-la tourner*.

– Ouais, j'y vais.

Je regarde par-dessus le carton sur lequel est posée la bouteille et je souris à Sarah, Delilah et Glenda. Je ne peux pas me résoudre à regarder Brex. Pas maintenant. Pas comme ça.

C'est juste une gamine.

C'est juste…

Des cris et des acclamations luttent avec le bruit des vagues sur la plage quand je lance la bouteille. Celle-ci tourne et tourne, puis ralentit avant de s'arrêter en pointant directement sur Brexton.

Je regarde fixement le goulot sans croiser son regard, et tout le monde se met à applaudir.

Avec n'importe laquelle des trois autres filles, Sarah, Delilah ou Glenda, je n'aurais pas demandé mon reste. J'aurais déjà posé mes lèvres sur les leurs, et déjà engrangé des souvenirs pour alimenter mes branlettes à venir.

Mais Bon Dieu, là, c'est Brexton, et…

– Allez, Bowman. Joue pas les pucelles effarouchées.

Je fais un doigt d'honneur, lève les yeux au ciel alors que tout le monde rigole, mais en me mettant debout, j'imagine ce que les autres gars ont dans la tête et ce qu'ils aimeraient faire avec elle, et je n'aime pas ça.

C'est Brex La Peste, et je me demande pourquoi, tout à coup, j'ai le trac de l'embrasser, alors que je suis très à l'aise avec ce genre de conneries, d'habitude.

– Salut, murmure-t-elle quand je m'avance vers elle. Désolée que ça soit tombé sur moi.

– Ne t'excuse pas. C'est juste que…

Mais il y a quelque chose dans sa façon de me regarder qui arrête les mots sur mes lèvres. C'est la lueur des flammes qui se reflète dans ses cheveux. Sa respiration saccadée. Sa façon de battre des cils en me regardant.

Seigneur, depuis quand est-elle devenue si jolie ?

– Juste que quoi ?

Depuis quand Brex La Peste a-t-elle muté en Brex La Belle ? Comment ai-je fait pour ne pas le remarquer ?

– Allez, mec, vas-y. Tu perds du temps. *À moins que…*

Il ménage une pause dramatique.

– … vous ne soyez trop trouillards tous les deux pour aller jusqu'au bout ?

– Ça va, c'est bon.

Je fais un pas en avant pour éviter de réfléchir et je pose mes lèvres sur les siennes.

Bon Dieu de merde.

J'ai déjà embrassé des tas de filles – bisous sur les lèvres, avec la langue, tout ce qu'on veut –, mais il se passe quelque chose quand mes lèvres rencontrent les siennes, quand nos langues se touchent, quand ses doigts se crispent sur ma poitrine, mon corps tout entier réagit comme si je venais de toucher un fil électrique sous tension.

Je fais un bond en arrière, électrisé par un désir que je ne comprends pas vraiment parce qu'il est teinté de colère, et je la regarde fixement.

– Qu'est-ce qu'il y a ? murmure-t-elle en se mordillant la lèvre, l'air perplexe.

Je la dévisage. Les flammes qui se reflètent sur ses lèvres luisantes de gloss. Son regard de biche effarouchée. Sa bouche entrouverte et son souffle qui semble accélérer – un peu comme le mien –, et je me demande pourquoi j'ai l'impression que ma tête se met à tourner soudain et que mon estomac se noue.

– Putain, les mecs, crie Hank, faisant taire les cris et les acclamations que je n'entendais même pas.

Je tourne brusquement la tête, reprenant soudain conscience de la présence des autres autour de nous.

– J'ai comme l'impression que Drew et Brexton l'ont déjà fait. Est-ce que vous vous glissez en douce dans le lit l'un de l'autre la nuit quand vos mamans et vos papas font dodo ? Est-ce que…

– Arrête tes conneries, Hank.

Ça doit être la bière que j'ai bue.

– Je te jure qu'on est amis, rien de plus, dis-je avec le plus de conviction possible.

La bière, absolument.

– Amis plus les avantages en nature, ouais, crie-t-il, et tout le monde se met à rire.

Je jette un coup d'œil vers Brexton qui recule dans l'ombre, loin du feu.

Si je la cherche des yeux, Hank va croire que je mens, mais cet air vexé que je saisis sur son visage me dit qu'elle est contrariée.

– Tu te goures complètement, mec.

– Alors, pourquoi tu ne profites pas de tes cinq minutes avec elle derrière la baraque du marchand de glaces ?

– Non, merci. On est *amis* avec un A majuscule. Tu peux me croire.

– Je te fais marcher, c'est tout, dit Hank en me donnant une claque dans le dos avant de décapsuler une autre bière. Je vais te donner une deuxième chance. Tu vas embrasser qui cette fois, puisque, à l'évidence, tu as besoin de te rincer la bouche pour faire passer ce goût d'amitié ?

Je rigole et retourne avec les autres, mais quand je regarde par-dessus mon épaule, Brexton a disparu, et je me demande ce qui vient de se passer, bon sang.

15

BREXTON

Drew: Alors, à propos d'hier soir…

Je pousse un soupir de soulagement en lisant le texto. Le problème, c'est qu'une journée est passée depuis le mariage de Jules et Archer et que je suis plongée dans une espèce d'apathie. Le genre d'état où on se demande combien de temps il faudrait laisser passer avant de rappeler le gars qui vient de vous laisser un message pour la première fois.

Pour savoir s'il se souvient de ce qui s'est passé ou s'il regrette ce qui s'est passé, ou s'il se situe quelque part entre les deux.

Mais il a envoyé un texto.

C'est déjà un premier pas.

Le problème, maintenant qu'il l'a fait ? Je suis bloquée devant mon écran et j'essaie de ne pas trop me prendre la tête à me demander comment je devrais réagir.

Est-ce que je la joue franc jeu en criant par-dessus les toits que c'est quand même pas trop tôt qu'il se décide enfin à communiquer ou bien est-ce que je fais celle qui la prend à la coule.

Je prends une profonde inspiration et je me mets à taper.

Moi: Tu parles du moment où tu as joué à l'avion ? Ce moment-là ?

Drew : Oui. C'est ça. Exactement.

Moi: Lol.

Drew : Je suis désolé pour tout.

Moi : Tout ?

Drew : Le moment où je t'ai embrassée.

Mon cœur se serre. Je regarde fixement le curseur qui clignote, et cela m'agace de constater qu'avec lui tout semble toujours tourner à la prise de tête. Deux pas en avant, dix pas en arrière.

Je me mords la lèvre en me demandant comment je devrais réagir. Parce que je *dois* réagir.

Qu'est-ce que je risque, au pire ? Je dis ce que je veux vraiment dire et soit il flippe, soit il est content. D'une façon ou d'une autre, j'ai vécu presque dix ans sans jamais croiser son chemin, alors je suis tranquille que si ça doit être une catastrophe, je trouverai bien un moyen de l'éviter pendant les dix prochaines années.

Mais qu'est-ce que tu veux au juste, Brexton ? Tu as juré de faire une croix sur les hommes et les relations sentimentales. Tu t'es juré de ne plus tomber amoureuse de sitôt.

Et maintenant, tu es prise entre le marteau et l'enclume, et tu voudrais que l'enclume soit un certain Drew Bowman.

Je relis nos textos encore une fois, en me mordillant la lèvre inférieure, et je me demande si, de son côté, il ressent la même chose. S'il se demande comment il s'est mis dans cette situation avec une vieille amie d'enfance.

Peut-être devrais-je tout simplement l'éradiquer de mon système. En concrétisant mes fantasmes à sens unique d'adolescente – mais maintenant à un niveau plus adulte –, peut-être le mystère se dissipera-t-il et il n'y aura plus rien entre nous.

Je me prépare à taper, l'ange et le démon sur mes épaules s'en donnant à cœur joie.

Je retiens ma respiration et j'appuie sur « envoyer ». On ne vit qu'une fois, pas vrai ?

Moi : Et si je n'étais pas désolée, moi ?

Je pousse un petit cri et me prends le visage dans les mains comme une ado qui n'en revient pas d'avoir dit ou fait quelque chose devant le garçon le plus populaire du lycée… et j'attends sa réponse.

Les trois points clignotent doucement sur l'écran, le temps qu'il tape pendant que j'attends silencieusement en flippant de mon côté.

Drew : C'est Brexton La Peste ou Brexton La Sublime qui a écrit ça ?

Bang. C'est idiot, mais mon cœur rate un battement, et tant pis si ce n'est que temporaire.

Moi : Les deux.

Drew : Ce ne peut être que l'une ou l'autre. Choisis.

Moi : La deuxième.

Drew : Dis-le. Admets-le. C'est vrai. J'attends.

Moi: Brexton La Sublime.

Drew : Donc, officiellement, nous avons un dilemme.

Moi : ???

Drew : Essaies-tu de me dire que tu veux refaire le jeu de la bouteille qui tourne, Brex ?

Moi : Fais-la tourner. Fais-la tourner.

Je me souviens encore de cette incantation, ce soir-là. La conscience que tous les regards étaient tournés vers nous. La sensation de ses lèvres sur les miennes alors que mon cœur flanchait et se déposait à ses pieds nus.

Mon téléphone dans la main, je souris si largement que mes joues me font mal lorsque le souvenir revient en force. Mon premier baiser. Mon premier amour.

– Tu te goures complètement, mec. On est des amis avec un A majuscule. Tu peux me croire.

– Je te fais marcher, c'est tout, dit Hank en lui donnant une claque dans le dos.

Il décapsule une autre bière pendant que je m'éclipse dans l'obscurité.

– Je vais te donner une deuxième chance. Tu vas embrasser qui cette fois, puisque, à l'évidence, tu as besoin de te rincer la bouche pour faire passer ce goût d'amitié ?

Drew se met à rire. Fort.

Mon premier chagrin d'amour.

Et aujourd'hui, cette deuxième chance.

Drew : On pourrait peut-être voir ça à mon retour. Bonne nuit, Brex La Peste.

Moi: Bonne nuit, Drew Le Terrible.

Mais des heures plus tard, ce sourire idiot est toujours sur mes lèvres et je refuse d'entendre ma voix intérieure qui dit que je ferais bien de mettre un frein à mes pensées.

Mais c'est difficile.

Tellement difficile.

16

DREW

Les clameurs de la foule résonnent dans ma poitrine. Les acclamations s'agrègent pour créer un mur de son qui empêche la ligne offensive d'entendre l'appel de Hobbs.

Mon corps frémit d'une excitation que je n'ai pas ressentie depuis des lustres. Qui descend jusqu'au plus profond de moi, et que j'ai abandonnée au profit d'une apathie que je refusais d'admettre.

Jusqu'à aujourd'hui.

Lorsque je te regarde, je vois un quaterback des plus doués et talentueux que j'aie jamais vus, mais l'homme dessous a bien trop peur de s'avancer dans la lumière des projecteurs.

Les paroles de Brexton tournent en boucle dans ma tête alors que je regarde Hobbs revenir à petites foulées, le bras replié, peinant à trouver quelqu'un à qui lancer la balle. Et même quand il la lance, je vois le jeu clairement dans ma tête. S'il avait mieux couru, il aurait gagné une seconde qui aurait permis à Grinkleman de se placer afin de rattraper la passe et gagner dix mètres.

Facile à dire depuis la ligne de touche. C'est beaucoup plus difficile quand on est soumis à la pression d'immenses joueurs qui se ruent sur vous… et pourtant, *je sais* que moi, j'aurais pu réussir ce jeu.

Je fais la grimace en voyant Justin envoyer une autre passe alors qu'ils l'attaquent. Klaus, le coordonnateur offensif, se retourne pour me lancer un coup d'œil, comme il le fait chaque fois qu'Hobbs est en difficulté dans un match, me disant du regard de *me tenir prêt.*

Mais je ne suis plus aussi excité qu'avant lorsqu'il le fait. Il peut me lancer ce regard autant de fois qu'il le veut. Je ne rentre jamais sur le terrain.

Du moins, c'est ce à quoi je m'étais résigné, mais il a fallu que le vote de confiance de Brexton passe par là pour que mes rêves redeviennent plus grands.

Est-ce que je suis resté assis sur mon cul – me reposant sur mes lauriers – parce que j'avais accepté un destin qui n'était pas le mien ?

J'ai mes raisons pour ne pas faire de vagues, ça c'est sûr, putain, mais quand est-ce que j'ai arrêté de me battre pour jouer le jeu que j'adore, à ma façon, sur le terrain ?

Le lancer suivant d'Hobbs est intercepté, Klaus jette son clipboard sur le sol, puis son casque audio. Les Lions emportent la balle en courant tout en bas du terrain pour marquer l'essai.

Et quatre minutes plus tard, alors que l'horloge marque le vingt-deuxième point et qu'ils sont toujours en possession de la balle, ils remportent le match.

***

– C'était coton, aujourd'hui, dis-je en passant près de Hobbs.

Il baisse la tête, ses avant-bras posés sur ses cuisses, et les épaules voûtées dans une attitude de défaite.

– Un match de merde, oui, tu veux dire.

Je hoche la tête et m'assieds en face de mon casier, attendant que les journalistes s'en aillent.

– C'est des choses qui arrivent. On ne peut pas être un héros à chaque fois.

– C'est toi qui dis ça ? Le mec qui joue remplaçant depuis le début de sa carrière ? Il paraît que, sinon, tu truquerais le match, exactement comme ton père l'a fait, mais puisque j'ai l'impression que c'est pas demain la veille que tu remettras un pied sur le terrain, je me demande pourquoi les gens continuent à parler de toi.

– Je t'ai déjà conseillé de ne plus jamais me dire ça.

La fureur monte en moi et, d'un coup de pied, j'écarte les siens. Il relève brusquement la tête, stupéfait, et mon visage est tout contre le sien. Mon père est peut-être trop lâche pour remettre les gens à leur place, mais moi, je vais le faire.

– Et c'est un petit morveux débutant avec moins de dix-huit mois à la NFL qui dit ça.

Je vois les autres gars dans le vestiaire s'approcher en se demandant jusqu'où je vais aller. Il m'en faut beaucoup pour me faire perdre mon calme – il y a assez longtemps que je fais partie de l'équipe pour qu'ils le sachent –, mais là, putain, je suis au bord de l'explosion. Je ne veux pas laisser passer ces conneries. De plus, on sait que comme chaque fois qu'il n'a pas été à la hauteur de sa réputation, Hobbs va passer sa colère sur moi, sur les autres, il le fait tout le temps. Or, je ne suis pas décidé à encaisser sa mauvaise foi. Pas avec ma frustration grandissante et alors qu'il a joué ce match en accumulant les erreurs.

– Dégage, putain !

– Je vais te faire une fleur et oublier ce que tu as dit.

J'empoigne son tee-shirt et je le soulève pour le mettre sur ses pieds.

– Je vais mettre ça sur le compte du fait que tu es trop jeune et trop bête pour comprendre que même si une météorite tombait droit sur le terrain et te faisait perdre le match, tu es le leader de cette équipe et donc, c'est toi qui serais responsable de la défaite.

Je le secoue.

– Tu es doué, Hobbs. Peut-être trop doué pour ton bien, mais si tu conserves cette attitude, personne ne voudra plus jamais s'approcher de toi. Perds avec grâce. Gagne avec humilité.

Je le repose, secoue la tête et désigne du doigt tous nos coéquipiers qui sont là debout, en train de se changer, et qui nous regardent.

– Tu leur dois des excuses, à tous. C'est d'abord leur respect que tu dois gagner, si tu veux que quiconque t'accorde le sien.

Et sans un mot de plus, je sors en trombe du vestiaire pour retourner sur le terrain.

Lorsque je foule le gazon, les gardiens sont occupés à nettoyer les ordures que cinquante mille supporters ont laissées derrière eux. Quelques reporters continuent à prendre des photos. J'aurais préféré qu'il n'y ait personne, mais il n'y a pas de terrain d'entraînement ici et une chose est sûre, je ne retourne pas dans le vestiaire.

Alors, je jette un coup d'œil circulaire à la recherche d'un employé des Raptors.

Je leur demande d'appeler Steve par radio.

Je lui dis que je l'attends pour mes exercices.

17

BREXTON

Les New York Raptors sont sur le terrain devant moi. Ils enchaînent les exercices avec Justin et Drew qui alternent les passes. Les coachs se réunissent au centre et parlent de Dieu sait quoi.

Le bruit des casques qui s'entrechoquent et des appels de cadences emplit l'air, et je danse d'un pied sur l'autre en observant tout ce qui se passe.

Si jamais on me le demande, je suis là pour mon client, Whittier. C'est un receveur qui a quelques problèmes avec le coordonnateur, et je suis venue pour essayer d'arranger les choses.

Mais, dans ma tête, j'essaie encore de me remettre du baiser de Drew, l'autre soir, de notre flirt par textos et, peut-être, je dis bien *peut-être,* que je nourris aussi l'espoir de le revoir.

– Tu es venue voir un agent faire son métier ? dit une voix sur ma droite.

Je ne me retourne pas. Pas question de montrer le moindre signe d'intérêt au propriétaire de cette voix, Finn Sanderson.

– Regardez-moi qui est sorti du caniveau pour venir voir la lumière du jour, dis-je de ma voix la plus enjouée en l'observant du coin de l'œil s'approcher de moi.

– C'est quoi votre problème, les filles Kincade, hein ? L'agressivité, c'est un trait de famille chez vous ?

– Elle va de pair avec notre excellence.

Je coule un regard dans sa direction en souriant. Il rigole.

– Votre excellence, hein ? Ça doit pas être facile de s'endormir avec dans la tête tous ces bobards que vous vous racontez.

– Tu veux dire, le genre de bobards que tu sers à tes clients ?

Je tourne la tête pour le regarder en face.

– Depuis le temps, on pourrait penser que cette blague a fait long feu. Est-ce que vous vous entraînez toutes les quatre pendant vos réunions de travail hebdomadaires ? Il y a un prix à gagner pour la sœur qui la sortira pendant la semaine ?

Le ton est sarcastique, mais jovial.

Comme d'habitude entre nous.

Est-ce que j'aime bien ce connard ? Pas vraiment. Mais il est divertissant, de temps en temps. Je dois le reconnaître. Je pense toujours que c'est un véritable enfoiré après ce qu'il a fait à Chase, mais elle s'en est remise, alors moi aussi.

– Oui, c'est exactement ça. Donc je te remercie d'être venu pour me permettre de gagner le défi de la semaine.

– Si je peux aider, murmure-t-il avant que nous ne retombions dans notre mutisme tandis que l'équipe fait une autre série d'exercices, donnant à chacun des trois quarterbacks l'occasion de faire une démonstration de ses talents.

– Je suppose que tu es là pour Whittier ?

– Les nouvelles vont vite.

– C'est pas les nouvelles, seulement des suppositions après l'engueulade qu'il a eue avec le coordonnateur après le dernier match. C'est jamais bon de s'engueuler avec son coach.

– Alors là, on est bien d'accord.

Nous cessons de parler quand un groupe de joueurs s'approche. C'est idiot, mais j'ai l'estomac qui se noue quand je vois Drew dans le groupe. J'essaie de garder l'air dégagé derrière mes lunettes de soleil, mais il y a ce moment infinitésimal où Drew boit de l'eau et regarde droit dans ma direction avec un sourire. Un sourire mi-ironique, mi-entendu qui dit qu'il connaît la saveur de mes lèvres. Il sait que nous partageons un secret.

Lui aussi repense à notre baiser.

Et il me suffit de savoir ça pour qu'aussitôt l'agitation de mon esprit – et de mon cœur – cesse.

– Alors, qu'est-ce que tu vas faire avec lui ? demande Finn avec un petit mouvement de menton en direction de Whittier qui se trouve dans le groupe. L'échanger ? Le dorloter ? Lui dire de s'écraser ?

Je hausse les épaules.

– Ou les trois ? Ça dépend. Je dois rencontrer Los Angeles, il les intéresse. D'après ce que je comprends, ils sont en pleine réorganisation et ils sont demandeurs, pour pas mal de postes en ce moment. Un QB[3], plusieurs arrières défensifs (je désigne les joueurs de la main), des piliers de ligne offensive. Alors, je vais peut-être tâter le terrain auprès du manager ici, et partir de là.

– Ouais, dit-il en imitant ma posture, les bras croisés. Tu es une Kincade. Vous avez toujours des motivations cachées, vous autres, quand il s'agit de moi.

Je lève les yeux au ciel en riant, mais refuse d'admettre qu'il a raison.

– Tu sais ce qui est marrant, Sanderson ? Bien que tu sois un connard absolu et que tes manières laissent *beaucoup* à désirer, je ne t'ai pas dans le collimateur, contrairement à

3. Quarterback.

beaucoup. En fait, j'adore ces petites séances de badinage entre nous, elles me donnent l'occasion d'affûter mon sens de la repartie.

Il rigole.

– Ton cœur de pierre s'attendrirait-il un peu ? À moins que ce ne soit une manœuvre pour attendrir le mien dans le but de me voler un de mes clients.

– En effet, tu as huit ou neuf clients dans cette équipe. Ça te manquerait beaucoup si je t'en volais un ?

– Je peux en tirer des conclusions ?

– Libre à toi.

Drew fait une passe impeccable qui est si jolie que c'en est absurde. *Bon sang, ce qu'il est sexy quand il fait ça.* Hobbs lance à son tour et sa passe est tout aussi jolie, mais un tantinet moins parfaitement placée.

– C'est Hobbs, dit-il au bout d'un moment. Ça serait le plus gros coup pour toi. C'est une star montante, le débutant surdoué dont tout le monde parle. Si tu étais une agente futée, c'est vers lui que tu tournerais ton regard.

– T'essaies de le débarquer ? je demande en riant. Parce ce qu'on dirait un véritable argumentaire de vente, ou je ne m'y connais pas. Ce que tu as oublié de dire, c'est qu'il est jeune et arrogant et que tu ne fais pas correctement ton boulot d'agent qui est censé lui expliquer que dans ce sport on a soit la longévité, soit la mentalité à fond les manettes, ça passe ou ça casse.

– Tu vois ? C'est là que nous divergeons dans notre façon de penser. Moi je dis, prends tout ce qui se présente pendant que tu peux. Regarde Bowman. Ça fait un temps fou qu'il est dans le circuit et il est rarement sur le terrain. La plupart des gars préfèrent une carrière courte mais glorieuse à une carrière longue mais dans l'ombre.

– Pourtant il est bon, je murmure, juste quand Drew fait une nouvelle passe irréprochable.

– Il est prodigieux, acquiesce Finn.

Super-éloge de la part d'un autre agent. Éloge auquel je souscris. *Cela paraît tellement injuste que Drew ne soit même pas titulaire.*

– Pourquoi on ne lui donne jamais sa chance, Finn ?

Je dis tout haut ce que je pense. Qu'on se soit embrassés ou non, je peux être objective quand il s'agit des compétences que possède Drew.

– Il l'a eue, sa chance, et il s'en sortait super-bien avec les Tigers. Pourtant, au début de sa deuxième saison, il s'est vautré lamentablement dans un match. Je veux dire, on n'aurait pas cru que c'était le même joueur. Des passes trop larges, des ballons lâchés. Il jouait sous le nom de Drew Hemmings – le nom de jeune fille de sa grand-mère –, mais quelqu'un a fait le lien avec son père, d'une façon ou d'une autre. Enfoirés de rapaces ! Ils ont commencé à poster des trucs dégueulasses sur les réseaux sociaux, laissant sous-entendre qu'il essayait de truquer les matchs comme l'avait fait son père. Cela a fait toute une histoire à l'époque.

Je regarde directement Finn pour la première fois en secouant la tête.

– Je n'ai aucun souvenir de ça.

En même temps, si Drew venait juste d'être sélectionné, ça veut dire que j'étais en deuxième ou troisième année de fac et j'étais bien plus préoccupée par toutes les bonnes choses que ça implique – les études, les fêtes, les garçons et mes entraînements.

À ce moment-là, je l'avais effacé de ma vie, alors pourquoi est-ce que j'aurais fait attention, d'autant plus qu'il jouait sous un autre nom.

– Bref, les Tigers ont balayé tous les trucs d'internet sous le tapis, l'ont déplacé au poste de remplaçant tout en menant secrètement leur enquête pour savoir s'il l'avait fait ou pas, et quand il est ressorti blanchi de toute accusation de fraude, il a laissé tomber le nom de Hemmings et repris son nom de Bowman.

– Comment ça se fait que j'ignorais tout ça ?

– Je suis bon, que veux-tu que je te dise ?

Son sourire est bref et accentue les petites rides au coin de ses yeux. Je ne peux pas dire qu'il soit mon agent préféré, mais il connaît le monde du sport à fond, en particulier celui du football. À tel point que je crois ce qu'il me dit sans avoir à aller vérifier. C'est un requin, c'est sûr, mais sa réputation de fin connaisseur est indiscutable. C'est dommage qu'il se soit conduit comme un salaud avec ma petite sœur, Chase, quand ils sortaient ensemble, sinon je l'aimerais sans doute un peu plus.

– En plus, ça s'est passé juste avant la grève des joueurs. Alors, le timing l'a aidé au début, quand il était accusé, mais ça a joué contre lui quand il a été blanchi, parce que toute l'affaire a été éclipsée par le débrayage.

– Donc, il a été disculpé ?

– Hum-mm, murmure-t-il en faisant la grimace quand un de ses joueurs rate une passe.

– Et qu'est-ce qui s'est passé après ? Il a été réintégré dans son poste de titulaire quand le jeu a repris ?

J'essaie de comprendre.

– Non. Je ne sais pas trop pourquoi, d'ailleurs. Il a fini son contrat sur la touche. Et la même chose quand il a été échangé ailleurs pendant quelques années. Et pareil ici.

J'opine à ce qu'il me dit, mais mes yeux sont rivés sur Drew.

– Donc, il est relégué au poste de remplaçant jusqu'à la fin des temps ?

– Je n'en sais pas plus que toi, mais son agent, c'est Longmire. Je veux dire, peut-on faire plus non interventionniste ?

C'est pratiquement comme s'il n'avait pas d'agent du tout.

– Donc il n'a personne pour le défendre, c'est ce que tu es en train de me dire ?

– C'est exact. Mais j'ai comme l'impression que tu ne serais pas contre t'engager dans cette bataille…

S'il savait.

– Je suis toujours prête à m'engager. Le tout est de savoir si le joueur en question est d'accord pour s'engager avec vous.

Je murmure plus pour moi-même que pour Finn, l'esprit préoccupé par toutes ces infos qu'il vient de me donner.

Juste à ce moment-là, le directeur général des Raptors sort du tunnel et me fait signe qu'il est prêt pour notre réunion.

– Au pied ! murmure Finn en riant.

– C'est ça.

Je ramasse mon attaché-case posé le long de ma jambe.

– Surtout, n'oublie pas de garder un œil sur mon joueur pour moi.

– Whittier ?

– Non, Hobbs, dis-je pour avoir le dernier mot.

18

DREW

En sortant du vestiaire, je ne la vois nulle part.

Et c'est probablement aussi bien comme ça, parce que son look en jeans et talons hauts est presque aussi dévastateur que l'état de confusion dans lequel elle me plonge.

Mais bon Dieu, ce baiser… D'accord, j'étais complètement déchiré, mais ce souvenir s'attarde, exactement comme celui de ce soir-là, il y a si longtemps. C'était comme un éclair dans un flacon, et je n'ai jamais eu plus envie de quelque chose que d'ouvrir le bouchon pour voir ce que ça donnerait si je le libérais.

Je jette un œil vers le terrain de practice, le parking et dans la direction de Manny qui discute, mais elle a disparu, putain.

Je suis un tantinet vexé qu'elle ne soit pas restée pour me voir, mais une fois de plus, ça n'aurait pas été très malin.

Pas ici.

Pas devant tous ces gens.

Pas…

– Hé, salut.

Et elle est là, les fesses posées sur un petit mur, les pieds croisés de telle façon qu'on voit la semelle rouge de ses sandales à talons, et avec un large sourire sur ces lèvres charnues.

Il suffit de quelques secondes en sa présence pour que je m'interroge sur ma masculinité. Ce sont les femmes qui sont censées avoir des papillons dans l'estomac, pas les hommes… et pourtant dès que je la vois, l'excitation me retourne l'estomac.

Exactement comme à l'époque, toutes ces années en arrière.

– Chouettes, les chaussures !

Tu m'as attendu.

– Elles font le job, apparemment.

Un petit sourire en coin illumine son visage tandis qu'elle ne me quitte pas des yeux, et mon esprit vagabonde dans tous les endroits où elle pourrait les porter tout en faisant un tout autre job.

– Qu'est-ce que tu fais là ?

– Je me suis dit que nous devions discuter d'une affaire restée en suspens.

– Du genre ?

Je joue les idiots.

– Les bienfaits de la moutarde comme condiment.

– Ah, on en est encore là ?

Je lance un regard dans le couloir au bout duquel quelques gars se mettent à rire, avant de reporter les yeux sur elle.

Ça fait bizarre de voir une femme dans cet endroit, qui connaît mon boulot et qui n'est ni intimidée ni éblouie par les oripeaux de ce milieu.

– Oui.

Elle hausse timidement les épaules.

– Sinon, on pourrait passer à un autre sujet de conversation qui présente plus d'intérêt.

– Comme quoi ?

La pointe de sa langue vient humecter ses lèvres, attirant toute mon attention.

A-t-elle la moindre idée du nombre d'heures que j'ai passées, allongé dans mon lit, à penser à cette bouche ? À désirer cette bouche ? À rêver à ce que je ferais à cette bouche ?

– Comme les baisers inachevés, par exemple.

Elle fait une moue et plante son regard dans le mien.

– Comme terminer ce qu'on a commencé. Comme aller au bout de ses promesses.

Je fais un pas vers elle, mais d'un petit signe de la tête, elle m'arrête, pas ici, pas maintenant.

– Cela fait beaucoup de sujets en suspens.

– En effet.

– Et qu'est-ce que tu suggères que nous fassions ?

– Oh, les possibilités ne manquent pas.

Le ton aguicheur et le rire de gorge qui s'ensuit sont follement excitants.

– Je suis libre dans la soirée si tu veux en discuter.

– L'idée me plaît, mais j'ai déjà prévu autre chose et je ne peux pas annuler.

Je lance un regard par-dessus mon épaule vers les copains qui viennent vers nous en riant.

– C'est l'anniversaire de Laughlin. On doit tous se retrouver au *Top Golf*, pour faire un petit parcours et boire un verre ou deux.

Elle hoche la tête.

– Ça risque d'être chaud.

– Ça se pourrait. On verra.

Mes doigts me démangent de la toucher.

– Demain, alors ? J'ai entraînement, mais après ?

Elle siffle d'un air déçu.

– Je ne peux pas. Je dois voir quelqu'un qui est de passage.

Nous ne nous quittons pas des yeux par-dessus la courte distance qui nous sépare, et l'air autour de nous vibre d'anticipation.

– Et après ça, je vais être en déplacement.

Je rigole.

– Ça fait dix ans, on peut bien attendre encore un jour ou deux, j'imagine.

– J'imagine que oui.

Elle incline la tête sur le côté. Putain. On dirait un mélange de sirène et d'image sainte, et je veux une part de chaque.

J'ai beaucoup de mal à me faire à l'idée qu'elle est là, devant moi. Comment est-ce arrivé, exactement ?

– Hé, Bowman. T'es prêt pour venir prendre ta branlée ?

Hanover me donne une grande claque dans le dos.

– Oh, salut. Je n'avais pas vu que tu étais là, Brexton. Excuse-moi.

– Salut, Hanover. Super-match, dimanche.

Elle fait référence à ses trois placages et une interception.

– Au moins, je suis bon à quelque chose, dit-il en riant. Parce que le golf, c'est une autre histoire. Je t'inviterais bien à nous accompagner, Kincade, mais j'ai bien l'impression que ça risque de devenir horrible, et je ne parle pas de la tronche de ce mec.

– Merci pour l'invitation, mais j'ai du boulot.

– Le travail, toujours le travail, quelle vie rasoir ça doit être, dit Hanover. Tu devrais faire quelque chose pour elle, Bowman.

– Moi ? (Je tousse.) Et qu'est-ce que je devrais faire, exactement ?

En réalité, j'ai déjà des tas d'idées.

– Tu es un type intelligent, tu vas bien trouver.

Il me fait un clin d'œil en criant à la cantonade dans le corridor :

– Alors, vous venez, bande d'enfoirés, on perd du temps, là.

Nous le regardons s'éloigner et quand je tourne la tête pour la regarder, elle a retrouvé son sourire.

– Quoi ?

– Tu es un type intelligent, Drew, tu trouveras bien tout seul.

Et alors qu'elle s'éloigne en m'offrant une vue splendide sur sa chute de reins, son rire résonne sur le béton autour de nous.

Putain, oui, je vais trouver.

19

DREW

– Tu reprends un verre, Bowman ?

– Non, Il faut que je parte, j'ai un truc à faire.

Je jette un coup d'œil à mon téléphone, il est presque minuit. J'ai passé toute la soirée à rigoler avec mes potes et mes coéquipiers, mais j'ai l'esprit complètement préoccupé par autre chose.

Par Brexton et ce petit défi qu'elle m'a lancé. Par l'ondulation de ses courbes lorsqu'elle marchait en s'éloignant de moi. Et par la question qui me taraude, comment ai-je pu laisser une femme prendre ainsi possession de mes pensées alors que je n'ai jamais accepté ça, venant d'une autre ?

– Un truc à faire ? Sérieux ? demande Hanover. J'espère au moins qu'elle est bonne, si tu nous laisses tomber pour elle.

Pour toute réponse, je souris en rigolant.

Qu'il se débrouille avec ça.

– À plus, les mecs.

Je leur fais le signe de la paix et ils grondent en me lançant leurs serviettes de table roulées en boule. Sous les injures qui pleuvent, je secoue la tête en riant et je pose mon club de golf.

– Sérieux, Bowman ? Tu nous laisses tomber comme ça ? dit Laughlin d'une voix pâteuse.

– Tu sais que je t'aime, mon frère, dis-je en heurtant mon poing contre le sien. Mais il faut vraiment que j'y aille.

Une autre tournée de protestations ponctue ma réponse, mais je continue à avancer. J'arrive juste à la porte lorsque j'entends :

– Hey, Drewsky ?

Je pousse un soupir non dissimulé, je n'ai vraiment pas envie de parler à Justin, là maintenant. En fait, je ne lui ai plus dit un mot depuis qu'il a bavé sur moi après le match, l'autre jour, hormis au cours des échanges sur le terrain lorsque c'est indispensable.

– J'suis pas d'humeur, Hobbs.

J'ai envie de m'en aller, de passer cette porte, mais je reste planté là, à attendre qu'il démarre avec ses conneries. Clairement, il a besoin de réaffirmer son précieux ego.

– Écoute – il tend la main en signe de reddition – je viens faire la paix.

Il rit nerveusement avant de regarder par-dessus son épaule. La pièce devient soudain incroyablement silencieuse et les autres se redressent, curieux de voir ce qui va se passer.

– Et alors ?

– Et alors, je m'excuse, d'accord ? Je l'ai déjà fait auprès du reste de l'équipe, mais tu n'étais pas là, donc je voulais te le dire à toi aussi.

Sa pomme d'Adam fait le yoyo quand il déglutit.

– Je suis désolé.

Je hoche la tête en me mordillant l'intérieur de la joue, évaluant la possibilité que les autres l'aient obligé à faire ça. L'ambiance était glaciale dans le vestiaire depuis plusieurs jours, ce qui peut se comprendre. Hobbs a besoin de grandir et si les gars ne le remettent pas à sa place quand il joue les prima donna, je m'en chargerai.

– Alors, tu acceptes mes excuses ?

– Assume ton rôle de leader de l'équipe, Hobbs.

Il fait un signe affirmatif de la tête, puis baisse la voix.

– C'est à cause de ma famille, mec. Ils sont sur la côte Ouest, et moi je suis ici, et c'est pas facile, putain.

C'est dans des moments comme celui-ci que je me rappelle qu'il est très jeune. Vingt-trois ans et toujours en cours de construction de sa vie.

– Ils vont bien ?

Je m'interroge sur ce mal du pays soudain et il me suffit de voir sa grimace, fugace mais bien réelle, pour connaître la réponse avant qu'il ne continue.

– Ma mère est malade, et tout l'argent que je pourrai gagner ne changera rien au fait qu'elle est là-bas et que moi je suis ici.

– Et c'est pour ça que tu veux être transféré en Californie ?

Il acquiesce.

– Je comprends ce que tu ressens.

Et c'est vrai. Les relations entre mon père et moi ont beau être houleuses, le fait de jouer pour les Raptors m'a permis d'être proche de lui, au moins physiquement. J'éprouve beaucoup de rancœur à son égard à cause de ce qu'il a fait subir à notre famille, mais quelque part je reconnais que sa maladie est une condamnation à mort. En même temps, je refuse d'éprouver des regrets pour les moments où je n'ai pas été présent.

C'est une prise de tête constante de toujours vouloir trouver un équilibre entre la rancœur et le regret. Le devoir et l'amour. L'amertume et le pardon. Le besoin de savoir qu'il est fier de moi et celui de connaître la vérité sur ce qui s'est passé.

Un tourment que je ne souhaite à personne.

– Comment ça, tu comprends ?

– Je comprends, c'est tout.

Je le regarde dans les yeux.

– Si Finn ne veut pas trouver un moyen de te faire retourner en Californie, trouve-toi un agent qui le fera. N'oublie pas, c'est lui qui travaille pour toi.

20

BREXTON

JE REGARDE, ÉBERLUÉE, LE TÉLÉPHONE QUE JE TIENS À LA MAIN COMME S'IL ALLAIT me donner des réponses, mais oui, le portier vient bien de m'appeler pour me demander si un certain Drew Bowman peut monter.

Alors là, tout à coup, c'est la panique. Je me précipite dans ma chambre pour changer de tee-shirt. Mais ensuite je me rends compte que je dois changer de soutien-gorge, parce que le soutien-gorge noir sous le débardeur blanc, c'est pas super. Je me vaporise du body spray *partout,* je me rase les jambes à sec à toute vitesse, sachant pertinemment que je vais le regretter, je me pince les joues pour leur redonner un peu de couleur, j'ébouriffe mes cheveux… et je finis hors d'haleine juste au moment où la sonnette retentit.

J'expire longuement pour me calmer, soi-disant, alors que mon cœur s'affole.

Drew Bowman est là, de l'autre côté de cette porte. A-t-il la moindre idée du nombre de nuits que j'ai passées, éveillée sur mon lit quand j'étais ado, à imaginer, souhaiter, jouer cette scène – lui de l'autre côté de ma porte, venu exprès pour moi – pour finir anéantie parce que cela ne se produisait jamais ?

Je pose la main sur la poignée et j'ouvre la porte.

Et il est là. Drew est appuyé contre le mur d'en face. Les mains enfoncées dans les poches, et quand il me voit, un sourire en coin vient effleurer ses lèvres. Le même sourire en coin qui me faisait fondre à l'époque et qui est encore plus ravageur maintenant qu'il s'accompagne d'un air un peu plus conquérant, d'yeux débordants de désir et d'un corps invitant au péché.

– Je plaide coupable, dit-il en levant une main.

– Ah oui ? Coupable de quoi ?

– De tout.

Il hausse les épaules.

– C'est plutôt général, comme affirmation.

Il fait la moue et hoche la tête de nouveau.

– En effet.

Je ne cherche pas à dissimuler le sourire que sa présence fait naître sur mes lèvres.

– J'ai comme l'impression qu'une fois de plus, tu viens me voir en étant bourré. Cela devient une habitude, Bowman. Est-ce que je devrais m'inquiéter de te voir dans cet état ?

Il fait oui de la tête, mais dit :

– Je ne suis pas soûl.

Il promène son regard sur tout mon corps.

– Non ?

– Je n'ai bu qu'un shot.

– Un seulement ?

Je suis fascinée par cette discussion surréaliste.

– Hum-mm. J'ai mes raisons.

– Qui sont ?

– Nous allons y venir dans un instant.

Il s'écarte du mur et s'approche jusqu'à franchir les limites de ma zone personnelle. Il dégage une fragrance de savon et de santal et je n'ai qu'une envie, c'est le toucher.

– Tu ne m'invites pas à entrer ?

– Comment as-tu su où j'habitais ?

Il hausse un sourcil.

– J'ai fait comme toi.

Mon regard se pose sur ses lèvres, puis remonte jusqu'à ses yeux.

– J'ai menti.

– À quel sujet ? La façon dont tu m'as trouvée ?

– Non.

– À propos de quoi, Alors ?

– J'ai bu deux shots.

Je rigole.

– Ah, c'est plus clair. Pourquoi deux ?

– Le premier, parce que j'ai essayé de me dire que c'était une très mauvaise idée. J'ai tout fait pour me convaincre d'y renoncer parce que le passé a laissé trop de traces. Tu es Brex La Peste et moi Drew Le Terrible. Mais putain, Brex, je n'arrête pas de penser au goût de ce baiser. À quel point j'en avais envie à l'époque quand je te voyais t'exhiber dans ton bikini. Donc, j'ai décidé que j'avais besoin d'un shot.

– Je peux t'assurer que je n'avais pas grand-chose à exhiber en ce temps-là.

– Permets-moi de te contredire, murmure-t-il en baissant les yeux vers mes tétons qui ne parviennent guère à se dissimuler sous mon débardeur.

– Attends ? Tu dis que tu en avais envie ? Alors là, tu cachais bien ton jeu, parce que si je me souviens bien, tu as hésité pendant le jeu de la bouteille qui tourne, ce soir-là.

– J'étais idiot.

Il hausse les épaules d'un air penaud.

– Jeune et con, et je n'étais pas préparé à ce que tu me fasses cet effet-là.

– C'est vrai ?

Je me rends compte, horrifiée, à quel point ma voix révèle mon émerveillement.

– Vraiment.

Nous nous regardons fixement un moment, laissant monter notre désir.

Comment est-il possible après toutes ces années, de nous retrouver comme ça, désirant tous les deux la même chose ?

C'est dingue.

C'est surréaliste.

C'est parfait.

– Tu as dit deux shots. Pourquoi le deuxième ?

Je ne sais pas pourquoi je lui pose cette question, comme si sa volonté d'être là n'était pas déjà actée.

– Le deuxième, c'était parce que j'étais assis au bar en face et que j'avais besoin de me donner du courage pour venir sonner chez toi.

Cet aveu me surprend.

– Tu avais besoin de te donner du courage ?

– Oui, parce qu'il y a quelque chose chez toi, Brexton Kincade, qui me file le trac.

– *Toi ?* Le trac ?

Je ressens presque du soulagement, comme si le fait d'apprendre cela pouvait ralentir les battements de mon cœur affolé et calmer ma propre anxiété.

– Hum-mm.

Il tend la main et passe une mèche folle de mes cheveux derrière mon oreille, puis il pose la main sur mon épaule. Mon corps se met à vibrer sous la chaleur de ce contact, pressé de connaître la suite mais suffisamment patient pour attendre de la découvrir.

– Nous étions jeunes à l'époque, et ce premier baiser, c'était… *waouh* ! Trop d'émotions difficiles à déchiffrer pour un garçon de seize ans… et maintenant ? Maintenant, il y a tous ces bagages que je ne tiens pas à déballer. *Ce que je veux, c'est toi.*

Je tends la main, crochète du doigt la boucle de sa ceinture et l'attire vers moi.

– Tu l'as dit toi-même, Drew, le passé c'est le passé.

J'avais beau m'y attendre, lorsque ses lèvres se posent sur les miennes, que je l'entraîne dans l'appartement dont je referme la porte du pied, ce que je ressens est incroyablement nouveau et excitant, tout en étant connu et confortable à la fois.

Ce que je n'avais pas anticipé, toutefois, c'est la frénésie qui s'empare de moi. L'envie, le besoin de le toucher partout tout en refusant de détacher mes lèvres des siennes.

Et je suis sûre qu'il éprouve la même chose, parce que nous agissons sans échanger le moindre mot. Les mains impatientes et les pieds qui se déplacent en douceur, nous laissons une traînée de vêtements jusqu'à ma chambre – chaussures, chaussettes, chemises, pantalons – jusqu'à ce que nous nous retrouvions au pied de mon lit.

Ce n'est que là que nous ralentissons un peu. Ce n'est que maintenant, le souffle court et les lèvres en feu, que nous marquons une pause pour prendre le temps de nous regarder.

C'est Drew Le Rêveur qui se trouve devant moi, et il est encore plus beau que mon cœur d'adolescente l'avait imaginé.

Il prend mon visage entre ses mains et, avec son érection qui se presse contre mon ventre, pose ses lèvres sur les miennes. Son baiser est long, lent et tendre. Le genre de baiser qui va chercher la plus petite parcelle de désir tout en le stimulant. Un baiser qui vous fait flageoler sur vos jambes et vous fouette le sang de toutes les façons possibles.

Le genre de baiser dont toutes les adolescentes rêvent, mais se rendent compte en grandissant qu'il n'existe que dans les romans ou les films d'amour.

C'est du moins ce que je pensais.

Avant Drew.

Parce qu'il honore ma bouche avec une révérence sans égale. Il chauffe mon corps au point que je brûle d'impatience qu'il s'embrase.

Oh, comme je désire qu'il m'embrase.

Mais il prend son temps en soufflant sur la braise. De sa bouche, il trace au fer rouge un chemin tout le long de mon cou tout en passant le bout de ses doigts sur la pointe de mes seins. Des petites flammèches s'allument partout. De minuscules étincelles prêtes à s'enflammer.

J'ai envie de le toucher à mon tour. Le doigt que je glisse sous la ceinture de son boxer le trouve dur et prêt à l'action. Le gémissement qu'il émet lorsque je le touche m'invite à encercler son membre de mes doigts pour le caresser sur toute sa longueur.

Le plaisir qu'il éprouve fait vaciller son baiser. Immédiatement suivi de mon propre petit cri étouffé lorsqu'il baisse ma culotte et va trouver de ses doigts l'entrée de ma fente. Mes cuisses se tendent lorsqu'il effleure mon clitoris du pouce tout en faisant pénétrer un doigt en moi.

– Drew.

Je gémis tandis qu'il répète son attaque exquise plusieurs fois avant de m'allonger sur le lit pour me satisfaire plus à l'aise. De ses genoux, il écarte les miens pour mieux contempler ses doigts à l'œuvre.

Dedans.

Dehors.

Une excitation rapide sur ma boule de nerfs au sommet.

Le frottement de sa barbe naissante lorsqu'il se penche en avant et prend la pointe d'un de mes seins dans sa bouche.

L'expression de son regard lorsqu'il voit que je mouille sur ses doigts à mesure qu'il me donne du plaisir.

– Drew.

Son nom dans un murmure que j'émets entre mes dents serrées dans un état second de désir.

– Tu ne m'auras pas avant que je te fasse jouir, bébé. Aucun risque que je loupe le spectacle de te voir défaite.

Et ces mots, ajoutés à sa dextérité, atteignent leur but. Ils glissent et me pénètrent et caressent et me donnent du plaisir jusqu'à ce que ma vision se brouille et que mon corps s'embrase et explose en un million de petits fragments.

Je m'accroche à ses mains, puis au drap, mon dos s'arc-boute et mon souffle se coupe, et je me concentre sur la moindre de mes sensations.

Il reste penché entre mes jambes. Je sais qu'il me regarde. Je suis ultra-consciente de ce regard, mais je suis tellement perdue dans ma brume orgasmique que je n'y prête pas attention. Ce n'est que lorsque l'intensité des vagues du plaisir commence à retomber que je suis capable de m'en extraire. Je le trouve assis comme un dieu grec, regardant mes muscles palpiter autour de la pointe de sa queue qu'il a protégée et posée contre ma fente.

– Tu es superbe, murmure-t-il en cherchant mon regard.

Mais il y a quelque chose dans sa façon de le dire, dans l'intensité de son regard, qui m'intimide. Je trouve ça curieux sur le moment. Je suis entièrement mise à nu après m'être abandonnée à ses caresses, et sa queue est sur le point de me pénétrer, et pourtant, ces mots et l'intensité de ses yeux bleus me font monter le rouge aux joues.

Mon sourire en guise de réponse est fugace parce qu'il choisit ce moment-là pour me pénétrer lentement. Et, *bon Dieu*, la sensation est exceptionnelle et mon corps s'étire et s'embrase de façon exquise jusqu'à ce qu'il me comble entièrement.

Un gémissement étranglé résonne dans la pièce. Il provient peut-être de moi, ou de lui. Je ne sais pas. Je suis si emportée par la sensation que me procure son mouvement de va-et-vient en moi que toute pensée, toute raison s'envole vers lui et pour lui.

De ses deux mains, il agrippe l'intérieur de mes cuisses et m'immobilise tandis que les coups de boutoir de ses hanches sont ponctués de ce claquement agréable de peau contre peau.

Nous bougeons de façon synchronisée. Deux corps en lice pour la même destination.

Deux individus à la recherche d'une connexion.

Deux amants résolus à se satisfaire l'un l'autre.

C'est une bataille de volontés, une combinaison de libidos, et un enchevêtrement de corps, soumis à leurs sensations et au feu de la passion qui les pousse à s'agripper, se caresser, gémir et grogner.

– Bon Dieu, Brex, dit-il en rejetant la tête en arrière, révélant les tendons bandés de son cou alors que mon corps se contracte.

– Je ne peux pas – il faut que tu – *putain*...

Ce dernier mot est expulsé dans un souffle crispé alors qu'il m'exhorte et me fait savoir qu'il ne va plus tenir très longtemps.

Mon souffle devient court. Mon pouls s'accélère. Mon esprit se concentre sur l'homme entre mes cuisses alors que mon corps réagit au plaisir qu'il me donne, et en quelques secondes je passe par-dessus bord et je sombre dans l'oubli.

Alors que je me perds dans chaque sensation qu'il a provoquée en moi, il se perd lui aussi : tête rejetée en arrière, mains crispées, perdu dans la puissance de l'instant.

C'est follement érotique à regarder.

Je voudrais tout recommencer, rien que pour ce moment, pour le voir comme ça.

Pour savoir que j'ai ce pouvoir – provoquer chez lui la sensation, le besoin et le désir – tout comme il l'a avec moi.

21

DREW

J'ai le cœur qui bat la chamade et mon corps est encore tout vibrant de sensations quand je me retire doucement, mais, bon Dieu, je ne peux pas détacher mon regard d'elle.

Les joues roses de plaisir, un corps qui m'invite à recommencer aussitôt, et ces yeux. Ces yeux noisette qui me regardent sous des cils épais, lourds de désir, d'invitation, de séduction alors que j'ai déjà succombé.

Comment est-il possible que j'aie déjà de nouveau envie d'elle alors que le rythme de mon pouls ne s'est même pas encore apaisé ?

Je retombe sur le lit à côté d'elle, de façon peu gracieuse, mais elle est encore à bout de souffle, elle aussi, donc tout va bien.

Bon sang, c'est même mieux que bien. Tout va à merveille.

Je ferme les yeux une seconde et lorsque je les rouvre, je prends le temps de jeter un regard circulaire dans sa chambre. C'est sans chichi, mais encore une fois, cela ne m'étonne pas d'elle. Les couleurs dominantes vont du beige au brun avec des murs clairs. C'est beaucoup trop net, mais encore une fois, c'est Brexton.

– Tu te rends compte qu'on fait les choses à l'envers, hein ? dit-elle en brisant le silence. Les gens sont censés commencer par sortir ensemble avant de coucher ensemble.

– C'est vrai, mais je suis sorti avec toi toute ma vie, d'une façon ou d'une autre.

Je rigole et me tourne sur le côté pour la voir.

Elle regarde le plafond, et je contemple son profil. Le nez droit, les lèvres un peu enflées à cause de nos baisers, les cheveux étalés sur l'oreiller.

– Qu'est-ce que tu veux dire ?

Ouais, Drew. Qu'est-ce que tu veux dire ?

J'enfonce la tête dans l'oreiller et ris pour retenir les mots qui ont failli passer mes lèvres.

Ceux qui ne peuvent pas être réels.

Ceux qui n'ont aucun sens, putain.

Comment puis-je déjà penser que, peut-être, j'ai cherché un petit peu d'elle chez toutes les femmes avec lesquelles je suis sorti ? Comment puis-je savoir cela, alors que, pour être honnête, c'est à peine si je connais la femme qu'elle est aujourd'hui ?

Et pourtant, l'idée était là, sur le bout de ma langue. Avec la clarté d'une révélation.

Dieu merci, je ne l'ai pas dite à voix haute.

– Rien. C'était juste… (Je tente une diversion.) J'imagine que peut-être nous nous sommes toujours évités parce que nous savions ce qui allait se produire. Ce fichu baiser dans les Keys nous y avait préparés.

Son visage est à moitié dissimulé par l'oreiller, mais sa poitrine qui se soulève quand elle respire et la courbe de sa hanche sont visibles dans la douce lueur de la lune qui se répand dans la chambre.

– Oui, peut-être, murmure-t-elle en souriant. Je suis contente que tu aies bu ces deux shots ce soir, Drew.

– Ah oui ?

– Hmm-mm.

Elle tend le bras pour passer la main sur ma joue.

– S'il fallait cela pour que tu viennes sonner chez moi, alors je suis contente que tu les aies bus.

Mes mains me démangent de la toucher moi aussi, mais j'ai une sensation dans la poitrine qui ne me plaît pas. Celle que je ne comprends pas. L'impression – qui m'oppresse – de le trahir parce que je suis ici, *avec elle.*

Je lui adresse un sourire timide pour masquer toutes ces conneries que je ne comprends pas.

Et au lieu de parler, je me penche sur elle et je pose mes lèvres sur les siennes, préférant me perdre en elle encore une fois plutôt que de chercher à comprendre.

Il y aura un moment pour ça.

Mais pas ici.

Pas maintenant.

Je ferais n'importe quoi pour garder le monde extérieur à distance un peu plus longtemps, parce que c'est la première fois depuis une éternité que je trouve un peu de répit.

Avec elle.

Grâce à elle.

Et il faudrait voir que je ne m'y accroche pas pour le garder pendant quelques heures.

22

BREXTON

DEBOUT AU PIED DE MON LIT, JE NE PEUX DÉTACHER LES YEUX DE DREW endormi dans la lumière de ce milieu de matinée. Il est allongé de côté sur les draps, la couette couvre le bas de son corps, mais ses larges épaules dénudées sont offertes à ma vue, ses bras enfoncés sous l'oreiller dans lequel sa tête est enfouie.

Mon cœur s'arrête de battre. Je suis tellement étonnée qu'il soit resté pour la nuit.

Ce n'est pas comme si c'était juste un plan cul entre nous. Je veux dire, on se connaissait déjà, *en quelque sorte*. Donc il ne devrait pas y avoir de « walk of shame » ni de moments de gêne ce matin quand il s'en ira. Après tout, on ne peut pas dire que nous nous soyons endormis après cette première fois. C'était presque comme si, chaque fois que nos lèvres se rencontraient, c'était plus fort que nous, nous remettions ça jusqu'à ce que nous soyons connectés de nouveau. Jusqu'à éprouver la sensation d'être rassasiés l'un de l'autre, seulement pour nous apercevoir que, non, nous ne l'étions pas.

Je n'ai jamais connu ça avec personne jusque-là, et je ne sais pas vraiment ce que cela signifie.

Sommes-nous seulement une allumette qui s'enflamme et qui attend de se consumer jusqu'au bout ?

Mais en l'observant de près – la cicatrice sur son omoplate, les muscles bien dessinés, les cils épais reposant sur sa joue hâlée –, je me résous à penser que cela ressemble au début de quelque chose de bien.

Tu t'es juré de faire une croix sur les hommes, Brex.

Mais ce n'est pas n'importe quel homme. *C'est Drew.*

Et même si c'est le Drew d'aujourd'hui que je regarde – le Drew adulte avec un corps superbe et un esprit acéré – dans le temps, j'aimais déjà toutes les choses qui ne semblent pas avoir changé. Bien sûr, les traits sont plus mûrs, mais il a toujours ce sourire en coin, un peu penaud, un peu séducteur, qui me fait craquer chaque fois. Il y a ce côté malicieux dans son regard quand il secoue la tête lorsqu'il sait que vous avez raison mais ne l'admettra jamais. Il y a cette façon de plisser légèrement les yeux avant de s'abîmer dans une profonde réflexion.

Certains détails m'ont rappelé l'adolescent connu il y a longtemps – son côté joueur et drôle – et je dois reconnaître que ça me plaît d'être pour le moins charmée par l'homme qu'il est devenu.

Sa passion pour un sport qui semble l'avoir trahi.

Sa façon de se pointer hier soir, même s'il avait dû boire deux petits verres.

Et pourtant, mon inconscient me conjure de faire taire mon cœur et d'écouter ma raison. Ce genre de choses ne m'arrive pas à moi. Ce n'est jamais aussi facile. Il y a toujours un retour de manivelle.

Et, la plupart du temps, il est massif et destructeur.

– Salut, murmure Drew d'une voix endormie qui invite au péché, me tirant de mes pensées.

Je prends tout mon temps pour parcourir son corps des yeux jusqu'à ce que nos regards se croisent.

– Salut.

– Ne me regarde pas comme ça, Brex.

Il rigole en secouant la tête tandis que je m'approche.

– Ne me dis pas que tu es déjà prête à recommencer.

Je grimpe sur le lit et me faufile contre lui et lorsqu'il se retourne sur le dos, je m'installe à califourchon sur lui avec la couette entre nous.

– Dans ma tête, si.

Je tortille des hanches.

– Physiquement, accorde-moi encore une minute ou deux.

Il éclate de rire alors que ses mains trouvent leur chemin sous mon tee-shirt XXL. Il chantonne en découvrant que je ne porte pas de culotte.

– Ça, c'est ce que disent tes lèvres, mais ce corps m'invite à quelque chose de totalement différent.

Nos regards se croisent, le sourire sur ses lèvres faisant naître de minces rides au coin de ses yeux, qui le rendent encore plus sexy.

– Merci d'être passé hier soir, je murmure en me penchant pour poser un baiser sur son torse.

J'ai terriblement envie d'y poser la tête et de m'accrocher à lui – un peu comme s'il était primordial de savourer ce moment parce qu'il ne se reproduira plus.

C'est une idée idiote, mais qui me plombe quand même.

– Merci de m'avoir laissé entrer.

– J'ai fait du café, si tu en veux pour te réveiller. Ou j'ai de quoi faire des shots, si tu sens que tu as besoin de te donner du courage.

Je lui fais un clin d'œil et son sourire s'élargit.

– Les shots, c'est pas nécessaire. Mais du café ? Ce n'est pas de refus.

– À quelle heure est ton vol ?

J'ai l'habitude des plannings de déplacement pour les matchs à l'extérieur.

– Dans quelques heures. Il faudrait que j'aille chez moi faire mes bagages, dit-il sans bouger d'un pouce.

Nos doigts s'entrecroisent sur mes genoux, et je ne peux pas en détacher le regard. Il est vraiment là, avec moi. *Dans mon lit.* Et cela paraît tellement normal de bavarder comme nous le faisons.

– Est-ce que ce serait idiot de demander ce qui va se passer maintenant ?

Il ne dit rien, et comme je ne le regarde pas, il presse mes doigts jusqu'à ce que je lève les yeux. Je retrouve dans les siens la même perplexité hésitante que je ressens. Et je trouve cela rassurant.

– Tu as toujours eu besoin d'avoir dix longueurs d'avance sur ce qui allait se passer. Je suis content de voir que certaines choses ne changent pas.

Je lève les yeux au ciel.

– Là, c'est différent.

– Non. Tu ne peux pas planifier ce genre de truc, Brex. Une rencontre improbable, après tout ce temps. Une bonne alchimie. Un sexe fantastique.

Il hausse les épaules et ce sourire timide sur ses lèvres me ravit.

– Pourquoi ne pas laisser faire et voir où ça nous mène ?

– Ce qui…

– Stop.

Il presse mes mains doucement.

– Déjà, je ne suis pas parti en douce ce matin de bonne heure, par peur qu'il y ait un malaise. Je suis resté. Je suis là.

Je me mordille l'intérieur de la joue et je hoche la tête, me rendant compte que je dois avoir l'air de quémander. C'est juste que… je ne veux pas d'un nouveau chagrin d'amour.

Mais je ne peux pas le dire. Je ne peux pas lui dire que mon esprit d'organisation a déjà ces fameuses dix longueurs d'avance et toute une liste de *et si.*

– Oui, c'est vrai. Désolée. Moi et mon besoin de tout prévoir !

Il me tire par la main pour que je me penche vers lui, me prend dans ses bras et m'attire contre sa poitrine, exactement comme je le voulais il y a quelques instants. Dire que je ne fonds pas quand il repose son menton sur le sommet de mon crâne serait un mensonge.

Il me serre contre lui dans la chaleur de son torse.

– Arrête de te prendre la tête, Kincade. Si je devais fuir, je l'aurais fait pendant que tu dormais encore.

23

BREXTON

– Tu travailles tard.

Je lève les yeux de la table de conférence sur laquelle j'ai étalé les contrats que j'étais en train de revoir. Mon père est debout à la porte. Le grand Kenyon Kincade, figure imposante du monde de la gestion du sport, est aussi un père attentionné et le plus tendre du monde.

– J'avais des trucs à rattraper.

– Je ne me rendais pas compte que tu avais tant de travail. Tu as besoin que je demande à tes sœurs de t'aider ?

– Non. C'est bon. Avec Lennox à Londres (ma jeune sœur a traversé l'océan récemment pour rejoindre son chéri), j'essaie juste de boucler certaines de ses négociations et d'intégrer quelques-uns de ses clients à la liste des miens.

– Merci de t'occuper de ça.

– De rien. Elle va le payer.

– En te présentant un bel Anglais, par exemple ?

Il lève les yeux au ciel.

– Tu comprends vite pour un vieux machin.

– Très drôle.

Il me fusille du regard avant qu'un grand sourire n'éclaire son visage de nouveau.

– Tu t'en sors, donc.

– Tout à fait.

– Je peux attendre jusqu'à ce que tu aies fini, comme ça, tu ne seras pas toute seule ?

Il me fait un clin d'œil et je lui souris doucement. Je n'arriverai jamais à me débarrasser de la réputation de froussarde que j'avais quand j'étais enfant.

– Tout va bien, papa.

– Parfait. Je vais quand même m'assurer que Scott sache que tu es encore là.

Scott est l'agent de sécurité de l'immeuble où se trouvent nos bureaux.

– Merci.

– Bon, bien bonne nuit, alors.

Et juste au moment où il s'en va, je pose la question qui tourne en boucle dans ma tête depuis ce premier soir où j'ai vu Drew.

Peut-être parce que j'ai réussi à rassembler le courage de la lui poser et que, étant donné que nous sommes seuls dans le bureau, le moment semble parfaitement approprié.

– Au fait, papa ?

– Oui, ma chérie ?

– C'est quoi, l'histoire à propos de Gary Bowman, en vrai ?

Mon père marque un temps d'arrêt et se retourne brusquement, l'air surpris.

– Gary Bowman ?

– Oui.

Il me regarde droit dans les yeux, cherchant la réponse à une question qu'il n'a pas encore posée.

– Ça fait un bail que je n'avais pas entendu ce nom.

– C'est ce que je me disais.

– Et ça sort d'où ?

Il revient dans la salle de conférences, l'air soucieux.

– Je m'occupais du problème entre Whittier et les Raptors, et je suis tombée sur Drew. C'est leur quarterback remplaçant.

Il hoche la tête lentement.

– Je sais.

– Tu as gardé un œil sur lui après… ce qui s'est passé ?

– Je garde un œil sur tout le monde.

Il penche la tête sur le côté.

– Il a été aimable avec toi ?

Je hoche la tête.

– On s'est parlé.

Je me demande pourquoi je ne lui en dis pas plus. Pourquoi est-ce qu'instinctivement je lui cache ce qui se passe avec Drew ?

Est-ce parce que je ne sais pas comment les choses vont tourner entre nous et qu'il est prématuré d'en parler au cas où notre histoire ferait long feu et s'arrêterait ? Ne rien dire m'éviterait une nouvelle série de moqueries de la part de mes sœurs sur le thème *Brexton, la sœur au cœur d'artichaut.*

Ou bien je me tais parce que Drew me fait peur. Ce qui se passe entre nous semble si facile jusqu'ici que j'ai peur de tout faire rater. Et enfin, sans savoir le fin mot de l'histoire de Gary Bowman et du rôle que mon père joué ou pas dans ce scandale, je me dis que vu sa perplexité, il pourrait ne pas approuver notre relation.

Mon père me regarde en silence un moment.

– Vous vous êtes parlé ?

– Brièvement.

Je hausse les épaules.

– C'était bizarre.

– Bizarre comment ?

– Bizarre parce que nos familles étaient inséparables et que tout à coup, en un temps record, on est devenus pratiquement des étrangers.

Je me laisse aller contre le dossier de mon fauteuil et je croise les bras.

– En fait, ma question, c'est comment se fait-il qu'en travaillant dans le même secteur on ne se soit jamais rencontrés, Drew et moi ?

– Je suis sûr que tes sœurs ont eu l'occasion de le rencontrer.

Je me demande si c'est vrai. Et si c'est le cas, lui ont-elles parlé ou ont-elles fait semblant de ne pas le voir pour éviter un malaise ?

– Et toi ?

– Moi ?

Je fais oui de la tête.

– Quelquefois, mais je suis resté à distance par respect pour lui et pour sa famille.

– Ça veut dire quoi, ça ? je demande avec un rire incrédule.

Il hausse les épaules.

– Ça veut dire que tout a été tellement soudain. Les accusations, puis le décès de ta mère. Les choses en sont restées là, de part et d'autre, et ce n'est pas à moi de les remettre sur le tapis ni de mettre Drew dans une position où il se sentirait dans l'obligation de répondre pour son père. Alors… je me suis arrangé pour garder mes distances.

Je regarde fixement mon père en réfléchissant à cette réponse très diplomatique. J'ai besoin d'en savoir plus. J'ai besoin de savoir si ce que nous faisons, Drew et moi, risque de perturber un équilibre fragile dont j'ignorais tout jusqu'à présent.

– Est-ce que Gary a truqué le match préliminaire, papa ? C'est ce dont on l'a accusé, non ? D'avoir parié sur le match et de l'avoir truqué pour ramasser un gros paquet de fric ?

Mon père hoche lentement la tête.

– C'est ce qu'on a dit, oui.

– Et il l'a fait ?

Il tord les lèvres et soupire, avec dans le regard une expression douloureuse.

– Je ne sais pas.

– Vous étiez inséparables, tous les deux. Tu dois bien le savoir.

– Non. Personne ne sait, en réalité.

– Donc, il a seulement abandonné le sport, votre amitié, et n'en a plus jamais reparlé ?

– En gros, c'est ça.

– C'est bizarre. Même toi, tu dois bien admettre que ça paraît louche.

– Pour toi, moi et le public, certainement. À ses yeux, c'était peut-être logique.

Je grince des dents, peu convaincue par le sens de la justice de mon père. C'est à la fois une bénédiction et une malédiction, cette façon qu'il a d'accorder à tout le monde le bénéfice du doute. Parfois, on aimerait bien qu'il prenne parti.

– Le football, c'était toute sa vie. Même moi, je me rappelle à quel point il aimait ce sport. Il y a eu une enquête ? Quelles ont été les conclusions ? Est-ce que…

– Il a juste arrêté, Brex. Il n'y avait pas de raison de faire une enquête s'il ne jouait plus.

– Depuis quand ça se passe comme ça ?

– Depuis que, peut-être, c'était la condition ?

Il lève les mains.

– On n'en sait rien, mais c'est ce qui semble le plus probable.

– Tu ne le sais pas ?

– Personne ne le sait.

– Hum.

Je pousse un soupir de frustration.

– Cela ressemble à un aveu de culpabilité.

– Ou alors, il ne voulait pas traîner sa famille dans la boue à cause de ça.

Je me mordille la lèvre en regardant les lumières des gratte-ciel autour de nous.

– Mais pourquoi a-t-il coupé les ponts avec toi ? Tu étais son meilleur ami. Nos familles étaient…

– Je ne sais pas. Peu de temps après, ta mère nous a quittés et notre vie est partie à vau-l'eau, et je n'avais pas l'énergie de me faire du souci pour lui alors que j'avais déjà assez à faire avec vous quatre. J'aurais probablement dû et je m'en veux. Peut-être aussi que j'étais en colère. Ce qui nous arrivait bouleversait bien davantage nos vies, mais Gary était tellement préoccupé de lui-même qu'il n'a pas fait un pas pour venir voir comment nous allions.

Je tourne la tête brusquement vers lui, étonnée.

– Tu n'as pas à t'en vouloir, c'était normal que tu sois fâché si on pense que nous avions perdu maman, alors que lui n'avait perdu que son boulot.

– C'était toute sa vie, Brex. Ce type ne vivait que pour le football. C'était tout pour cette famille – Drew inclus – et donc, dans un sens ils ont subi une perte immense, eux aussi.

– Et donc, tu ne lui as plus jamais reparlé ?

– J'ai essayé deux ou trois fois, mais c'était toujours à sens unique.

Je réfléchis à ce que vient de me dire mon père et j'essaie de comprendre quelles conséquences cela a eues pour Drew et l'homme qu'il est devenu.

– Attends une minute ? Pourquoi m'as-tu demandé si Drew avait été aimable ? Il aurait pu ne pas l'être, d'après toi ?

– Certaines personnes n'aiment pas qu'on leur rappelle le passé. Toi, tu fais partie de son passé.

– Tu ne me dis pas tout, là.

Le soupir de mon père résonne dans la pièce.

– Drew est venu me voir… *après*. Il était remonté comme un coucou. Il proférait des accusations contre moi. Je ne me rappelle pas exactement lesquelles, si ce n'est qu'il était furieux et dans tous ses états.

– Pourquoi était-il en colère contre toi ? Tu avais quelque chose à voir avec ça ?

– Non. Je ne savais même pas que Gary faisait des paris. Comment aurais-je pu être au courant qu'il essayait de truquer un match ? Je veux dire, lorsque nous étions dans les Keys, il avait l'air super-stressé, il n'était pas comme d'habitude, mais j'ai mis ça sur le compte de la pression qui montait à la perspective de la nouvelle saison. Je n'ai jamais pensé qu'il pariait, ou quoi que ce soit.

– Mais Drew t'a accusé ?

Je mesure ma réaction et la surprise de m'entendre.

– En effet.

Son regard s'assombrit quand il y repense.

– Il devait avoir dix-sept ou dix-huit ans, il était furieux. Il cherchait des réponses, il voulait savoir pourquoi sa vie avait irrémédiablement changé. Ce garçon idolâtrait son père et il semblait complètement paumé, il voulait comprendre ce qui s'était passé, comme nous tous d'ailleurs. Je suppose que Drew, ayant besoin de réponses, s'est adressé à la seule autre figure paternelle en qui il pouvait avoir confiance.

– Mais tu ne lui as rien apporté.

– Je n'avais rien d'autre à lui offrir qu'une épaule sur laquelle s'appuyer et une oreille pour l'écouter. Mais il n'en a pas voulu.

– Et tu ne leur as plus jamais reparlé depuis ?

– Non, plus jamais.

Il regarde la ville qui s'étend à nos pieds, perdu dans ses pensées, avec un doux sourire sur les lèvres.

J'essaie de comprendre comment cela peut se produire. Comment deux familles qui n'en forment qu'une se désintègrent simplement à un moment où elles ont le plus besoin l'une de l'autre.

Mais encore une fois, n'est-ce pas ce que nous avons fait au moment de la mort de ma mère ? Nous avons resserré les rangs et nous nous sommes occupés les uns des autres. N'est-ce pas comme ça que ça se passe ?

Pour Drew, une part de sa vie est morte cette année-là, aussi.

Le passé est le passé. Ce qui est arrivé est arrivé. On n'en parle pas, on n'analyse pas. Ce n'est pas pour rien que c'est du passé.

Est-ce pour cela ?

Ressent-il toujours autant de colère ? Et si c'est le cas, quelle peut être la conséquence pour nous deux ?

24

DREW

9 ANS PLUS TÔT

– C'ÉTAIT QUI ?

Je lève les yeux vers mon père debout à la porte de ma chambre. Je secoue la tête en soupirant.

– L'USC[4].

Mon père hoche la tête sans dire un mot. Je suis sûr que ma posture de défaite parle d'elle-même. Un nouveau refus. Une autre justification bidon, oui bien sûr, j'ai des statistiques incroyables, mais…

– Il a dit que je constituais *un pari.*

Je pousse un petit rire sans joie.

– Le choix des mots est approprié, tu ne crois pas ? je demande pour le provoquer.

Je suis furieux et l'échec commence à me plomber.

– *Un pari.* On se demande pourquoi il a dit ça. Le même mot que pratiquement tous les coachs ont utilisé plus ou moins directement depuis quelques semaines.

Je roule les épaules et je me lève de mon lit quand la réalité me crève les yeux. La fac dont je rêvais. Celle qui m'avait recruté avec enthousiasme l'année précédente quand je jouais

4. L'université de Californie du Sud.

en équipe junior, qui m'avait promis monts et merveilles, me traite maintenant comme un quarterback banal qui ne mérite pas leur attention.

L'école de mes rêves… enfuie.

– Je t'ai toujours dit que le football était une chimère, Drew.

Et je ne sais pas ce qui dans sa remarque – la résignation dans sa voix, la désapprobation sous-jacente, quelque chose – me fait démarrer au quart de tour.

Je me retourne et je crie :

– Une chimère ? Une chimère ?

Ma voix monte dans les aigus.

– Moi qui pensais que tu allais être déçu. Au lieu de ça, tu me dis que je dois renoncer à la seule chose qui compte pour moi ?

Je croise son regard et j'ai le sentiment que l'homme que j'ai connu a disparu, perdu dans cet enfer que nous vivons depuis six mois.

– Vraiment, je ne te comprends plus. Je ne te comprends plus du tout, papa, putain.

– Ne me parle pas comme ça !

Je me mets à rire.

– T'es marrant. Tu crois que j'en ai quelque chose à faire de ce que tu penses de moi ? Tu as déserté ce sport – fait une croix sur tout ce que tu aimais – et plus rien n'est pareil pour nous. Pour nous tous ! Pour maman, pour Maggs, et toi, putain, tu n'es plus du tout le même.

Il reçoit mes accusations sans broncher, sans bouger d'un pouce, presque comme s'il restait là volontairement pour me servir de punching-ball.

– Ce n'était pas *tout* ce que j'aimais, Drew. Vous êtes tout ce que j'aimais. Ce que j'aime. Vous êtes…

– Ça, tu m'as bien eu, putain. Tu n'es qu'un fantôme. À l'instant où tu as arrêté de jouer, tu es devenu l'ombre de toi-même, et putain, moi, je veux retrouver mon père d'avant.

– Je comprends que tu sois déçu, mais il n'y a pas que le football dans la vie, fils.

– Il y a quoi d'autre ? Mon père d'avant n'aurait jamais dit ça. Il m'aurait dit que je suis doué et qu'on allait remuer ciel et terre pour me donner une chance. Il m'aurait poussé et encouragé et dit de ne jamais baisser les bras jusqu'à ce que j'obtienne ce que je veux. J'aurais pu lever les yeux vers les gradins et le voir, fier de moi, au lieu de cela, il se terre à la maison comme un lâche coupable qu'il n'est pas, je le sais. Il m'aurait dit qu'il était fier de moi parce que je marchais sur ses pas et que je voulais devenir comme lui.

Ma voix se brise et j'ai horreur de sentir une larme de colère couler sur ma joue.

Il ne répond pas à mes attaques. Il ne veut pas entrer dans la bagarre, la bagarre que je cherche depuis ce jour, un an plus tôt, où il nous a dit qu'il arrêtait le sport qui était la fondation de notre famille. Il reste planté là, les yeux fixés sur moi, le visage empreint de sentiments indéchiffrables.

Son silence est presque aussi paralysant que sa complaisance.

– Va te faire foutre, papa ! Va. Te. Faire. Foutre.

Le corps vibrant de colère, j'essaie de comprendre ce qui s'est passé dans notre vie. Comment il est devenu ce qu'il est, et comment je suis devenu moi, et comment j'ai pu arriver à lui en vouloir autant.

– Tout va s'arranger. Ça va…

– T'as raison, c'est ça. Laisse tomber, je vais régler ça moi-même.

Je repense au formulaire sauvegardé sur mon ordinateur, qui me permet de changer de nom, légalement. Celui que j'ai rempli dans un moment de rébellion la semaine dernière, où je me demandais si c'était le nom de Bowman qui me plombait. Si c'était *son* nom que les gens voyaient au lieu de mon talent.

Maintenant je sais.

Je me retourne vers mon père et le regarde droit dans les yeux – j'ai besoin de voir sa réaction quand je prononcerai les mots de la trahison. En espérant qu'ils allumeront une étincelle qui me donnera un fragment d'aperçu de la vérité.

– Je vais le faire sans ton nom entaché de honte qui se reporte sur moi.

Mais il reste impassible. Il se contente de hocher la tête et de tourner les talons.

Parce que c'est tout ce qu'il sait faire maintenant.

Tourner les talons.

25

DREW

– Je suis content de savoir que tu t'en sors bien.

Les bras croisés, je me dirige vers la fenêtre de ma chambre d'hôtel et regarde en contrebas le trottoir luisant de pluie de Seattle.

Maggie prend une inspiration hésitante.

– *Bien*, c'est un peu excessif, mais je fais ce que je peux.

Je ferme les yeux une seconde et j'ai l'horrible impression d'être au sommet de ma forme alors qu'elle subit les affres du manque.

– Je suis fier de toi, Maggs.

– Pas moi.

Le ton est franc et brutal. Et je déteste l'entendre, parce que je sais qu'elle vit un enfer, mais en même temps j'adore l'entendre. Ça signifie qu'elle est clean.

– As-tu parlé avec Charley ?

– Non. Il faut… il faut que j'aille mieux pour pouvoir le faire. C'est rude en ce moment et elle… Seigneur, elle ne mérite pas ça, putain.

– Tu as raison. C'est vrai. Mais tu ne le mérites pas non plus.

Elle se tait en réfléchissant à mes paroles.

– Comment je vais faire pour supporter ça, Drew ?

Sa voix se brise et ça me fait mal.

– Avec beaucoup d'aide.

Elle renifle et, soudain, j'entends une voix en arrière-plan.

– Il faut que je te laisse. Mon temps est écoulé.

– D'accord.

– Dis à Charley que je l'aime.

Je fais oui de la tête, même si elle ne peut pas me voir, parce que j'ai une énorme boule dans la gorge.

– Bien sûr.

– J'ai peur de ne pas être capable d'être la personne que tu souhaites, Drew.

– Je veux juste que tu sois toi, Maggs. Juste toi.

Je l'entends renifler et la conversation est coupée.

C'est mon soupir qui emplit la chambre.

Son premier appel en trois semaines et c'est à moi qu'elle le destine. Je ne sais pas trop ce que je dois en penser. Si je ressens comme un fardeau qu'elle voie en moi la stabilité qu'elle recherche ou si c'est une bénédiction.

En tout cas, je sais que je me sens mal. Toute cette histoire est déprimante.

Et ce n'est pas nouveau.

J'ai l'impression que la peur est un mode de vie chez les Bowman.

Quand je te regarde, je vois un quarterback parmi les plus doués et talentueux que j'aie jamais vus, mais l'homme en dessous est trop trouillard pour s'avancer dans la lumière.

J'avais beau être soûl au mariage des McMaster, je n'ai pas oublié ce que Brexton m'a dit.

Et j'y repense tout le temps.

Le pire, c'est que cela me met mal à l'aise.

Est-ce que cela lui donne une mauvaise opinion de moi ? Est-ce qu'elle regarde les autres titulaires en se demandant ce qu'ils ont de plus que moi ?

– Bon Dieu, je murmure en me passant une main dans les cheveux.

Un putain de coup de téléphone de Maggs, et je commence à douter de la réalité du petit nuage sur lequel je suis depuis deux jours, depuis le moment où je suis parti de chez Brexton.

De sa réalité, mais peut-être encore plus de sa durabilité.

Je tapote mon téléphone sur mon menton en débattant intérieurement, je l'appelle ou pas ? Est-ce que j'en ai envie ? Bien sûr. Est-ce que je m'inquiète en pensant que tout a été trop parfait et que si je l'appelle, ça va tout gâcher ?

Résolument.

– Arrête de jouer les mauviettes, Bowman. Appelle-la, un point c'est tout.

En secouant la tête, je fais défiler ma liste de contacts et je clique sur son numéro.

– Salut, toi, répond-elle dès la deuxième sonnerie.

Bordel de merde, je bande au seul son de sa voix enrouée.

– Salut.

– C'est comment à Seattle ?

– Pluvieux.

– Mais la météo prévoit des éclaircies pour le match de demain.

– Tu m'espionnes, Kincade ?

Je rigole.

– Il se trouve que j'ai des clients dans ton équipe, tu sais.

– Oui, je le sais en effet.

Le silence s'installe sur la ligne un instant et je me rends compte que je n'avais pas de véritable raison de l'appeler, et maintenant je ne sais pas quoi dire.

– Tu voulais quelque chose ?

– Non. C'est juste… je ne sais pas.

Je rigole et je me sens complètement idiot.

– Quand est-ce qu'on pourra se revoir ?

– J'aime bien la façon dont ta pensée fonctionne.

– Ah oui ?

– Oui. En fait, je regardais par la fenêtre de mon bureau, incapable de penser à autre chose qu'à l'autre nuit.

Et je me l'imagine bien au dernier étage d'un gratte-ciel, avec ses hauts talons, les jambes croisées et les cheveux relevés sur sa nuque.

– J'espère que c'étaient des pensées agréables.

– Hum, plutôt du genre *je veux le refaire.*

– C'est vrai ?

– Oui.

– Quand est-ce qu'on peut se revoir ? Je reviens en ville lundi matin.

– Pourquoi est-ce que je savais d'avance que tu allais dire ça ?

– Pourquoi ?

– Je pars lundi matin, j'ai des rendez-vous dans le Midwest.

– Tu ne peux pas dire à ces garçons du Midwest, nourris au maïs, que tu as d'autres projets ?

– C'est *une* gymnaste, cette fois, mais je peux le lui dire.

Je ris et même quand mon rire s'efface, mon sourire demeure.

C'est l'effet qu'elle me fait.

– Tu reviens quand ?

– Vendredi matin.

Je pousse un gémissement.

– Laisse-moi deviner, tu repars vendredi, c'est ça ?

– Ouais. Miami.

Elle soupire.

– Est-ce que c'est là que je dis que tout vient à point à qui sait attendre, et que nous faisons tous les deux comme si nous étions d'accord pour attendre ?

– Je ne suis pas d'accord.

Elle se met à rire.

– Eh bien, nous sommes deux.

– Je suis content de le savoir.

– Dimanche soir, quand tu rentreras de Miami, alors.

– Quelle planificatrice !

– Toujours.

Elle rit.

– Bon, raconte-moi ta journée.

– Tu veux la version longue ou la version courte ?

– La longue. J'aime entendre ta voix.

Elle remporte encore une autre partie de moi.

Donc, je lui raconte le vol jusqu'à Seattle. Les exercices préparatoires pour le match, dès notre arrivée, et que je crois que Klingerman s'est blessé au genou en courant. Elle parie que ce n'est pas un bon timing pour lui puisqu'il arrivera en fin de contrat l'an prochain, et je suggère qu'il prendrait peut-être sa retraite.

– Et toi, alors, comment s'est passée ta journée ? Après quel nouveau sportif sexy tu cours, maintenant ?

– En fait, c'est tout le contraire. J'ai dû avoir une conversation avec un client de longue date pour lui dire que le moment était peut-être venu de raccrocher les crampons.

Ces mots sont comme un coup de poing dans l'estomac pour moi – les mots que tous les athlètes redoutent d'entendre un jour ou l'autre.

– Ça n'a pas dû être facile.

– Et c'est bien pour ça que j'en suis à mon deuxième verre de vin. (Elle pousse un soupir.) Ce n'est jamais facile. Mais je préfère que mes clients s'en aillent quand ils sont au top et heureux, plutôt qu'au creux de la vague, avec une réputation ternie parce qu'ils se sont accrochés trop longtemps.

– Il l'a pris comment ?

Il y a un silence de l'autre côté de la ligne, puis je l'entends renifler et cela me tord l'estomac.

– Tout va bien ?

– Oui, oui, ça va. Ça fait partie du boulot. D'un autre côté, j'ai négocié un contrat de sponsoring d'enfer pour une footballeuse, ce qui compensera la différence de gains qu'elle obtient du seul fait qu'elle est une femme.

– C'est un succès en effet.

Elle continue de me raconter sa journée.

Des bricoles.

Des bribes de nos vies quotidiennes que nous partageons et que nous écoutons. Des bribes de nous-mêmes, offertes et acceptées. C'est la première fois que j'ai un aperçu de la relation que nous pourrions avoir avec Brex. Avoir une personne à qui parler de ma journée, même si ce n'est que dormir, jouer, recommencer, de mon boulot, quoi. Et d'habitude, je n'ai personne avec qui discuter.

Pourtant avec elle, ça paraît tout naturel.

Bon sang, ça m'arrive aussi de sortir ou simplement de coucher avec une femme pour passer le temps. J'ai déjà eu des histoires de cul sans lendemain. J'ai eu des rencards en passant. Mais avec Brexton, ce que je n'arrive pas complètement à comprendre, c'est pourquoi ça coule de source alors que ça devrait être exactement le contraire, putain.

Cela devrait être compliqué et mouvementé, parce que c'est bien ce qu'on m'a dit de sa famille, non ? C'est bien ce que j'en sais depuis le jour où *il* a renoncé à ce sport.

Et pourtant, le seul fait de penser à elle fait naître un sourire sur mes lèvres.

Le simple son de sa voix me donne envie d'être avec elle. Et *ça*, c'est tellement bien, putain.

26

BREXTON

– Tu travailles un dimanche et, en plus, tu regardes le football ? me demande Chase en entrant dans mon bureau. Tu es sûre que tu n'as pas de fièvre ?

Je lui fais un doigt d'honneur sans me donner la peine de la regarder.

– Et d'une, je me rattrape avant de partir dans l'Iowa demain. Et de deux, je travaille toujours. Et de trois, depuis quand est-ce si étrange chez nous de regarder du sport ? Et pour finir, j'ai vérifié l'écriteau sur la porte qui dit « Direction des Sports ».

Je traîne sur les derniers mots comme si je m'adressais à une enfant. Elle me fait un doigt d'honneur à son tour.

– Si tu veux savoir, je regarde pour m'assurer que Whittier ne merde pas encore une fois avec le bonus supplémentaire en assurant Hobbs.

– Tu parles du mec qui a déjà fait deux interceptions ? Celui-là ?

Elle pose une fesse sur mon bureau et je lève les yeux. Ma petite sœur est vêtue d'un pantalon de yoga et d'un adorable débardeur. Elle est parfaite sans le faire exprès, comme toujours.

– Oui, ce Hobbs-là.

– T'as progressé avec lui ? Je n'ai rien vu de nouveau sur le rapport hebdomadaire.

– Parce que ces rapports sont ennuyeux.

– Mais, pourtant, ils nous donnent le pouls de tout et de tout le monde.

– Dixit la fille qui respecte le règlement.

Je la chambre parce que, alors que nous sommes toutes très disciplinées, Chase est celle qui fera le pas supplémentaire pour suivre chaque règle à la lettre. Quand elle me fixe du regard pour exiger une réponse, je poursuis.

– Il n'y a rien à rapporter. Je tente et, lui, il refuse.

– Donc, toujours pas de Hobbs ? Alors, qui est responsable de cette nouvelle légèreté dans ta démarche ?

Je lève les yeux au ciel.

– Personne. Je suis de bonne humeur, c'est tout.

– La seule chose qui peut te mettre de si bonne humeur, c'est une bonne partie de jambes en l'air.

– N'importe quoi. Parle pour toi.

Je lui fais un signe de la main.

– Débarrasse-moi le plancher. J'ai du travail.

– J'ai entendu dire que tu avais embrassé un mec au mariage des McMaster.

Je dois faire une drôle de tête, parce que son sourire s'élargit et ses sourcils se lèvent.

– Qu'as-tu à répondre à ça ?

– Je dirais qu'un baiser, c'est un baiser. Ni plus ni moins.

Je mens sans vergogne en pensant à toutes les choses merveilleuses que Drew est capable de faire avec sa bouche.

– Alors quoi ? Tu t'es trouvé un garçon d'honneur pour te chauffer dans les toilettes ?

– Pas un garçon d'honneur. Un autre invité, si tu veux savoir. On avait tous les deux bu quelques verres, dansé un peu et, après, on s'est embrassés. C'est un crime ?

Elle rejette la tête en arrière et se met à rire.

– Quand tu nous sors ton *c'est un crime,* on sait toutes que tu mens.

– Dégage, Chase !

Je lui fais un geste de la main. La dernière chose dont j'ai besoin, c'est qu'elle vienne fourrer son nez dans mes affaires.

– Donc, c'était plus qu'un simple baiser ?

Tellement plus. Des images de la nuit passée avec Drew me reviennent par flashs. Lui à la porte. Lui qui se penche sur moi. Lui qui me pénètre.

– Tu avais posté des espions là-bas ? Seigneur !

Je me mets à rire.

– Nan. Disons plutôt l'amie d'une amie, genre.

Elle plisse le nez.

– C'est dommage qu'elle soit nulle en espionnage, sinon je saurais qui était l'Homme du Baiser au mariage.

– Il n'y a pas de… *ça.*

Je refuse de cautionner son surnom idiot. Je fais glisser un contrat imprimé sur le côté de mon ordi dans une tentative de mettre fin à cette conversation.

– Pourquoi tu ne veux pas me le dire ? dit-elle avec cette voix agaçante de petite sœur.

– Parce que ça ne te regarde pas, *Miss Cafteuse*, dis-je en employant le sobriquet que nous lui donnions pour l'énerver quand elle était petite.

Elle voulait tellement participer à tout ce que nous faisions, nous les plus grandes, qu'elle s'arrangeait toujours pour qu'on se fasse disputer quand on ne voulait pas d'elle.

– Oh là là. T'as rien trouvé de mieux comme insulte ?

Elle lève les yeux au ciel sans se démonter, et je la fusille du regard.

– Ce serait nouveau que l'une d'entre nous soit prête à te confier quelque chose.

J'essaie de détourner la conversation. Ma petite sœur casse-pieds. Je l'adore, mais on sait toutes qu'elle va aller tout droit raconter n'importe quoi à n'importe qui.

Ou essayer de nous attirer des ennuis.

– Oooh ! Ça doit être vraiment intéressant. Ou alors, c'est lui qui est *vraiment inavouable*, sous tous rapports, si tu as peur que papa l'apprenne.

– Je n'ai pas peur que papa apprenne quoi que ce soit.

Je me mets à taper sur mon clavier pour essayer de lui montrer que je suis occupée.

– Quelle menteuse !

Elle soupire.

– J'imagine qu'il est temps pour moi d'aller activer mes sources pour découvrir qui est exactement L'Homme du Baiser.

– Amuse-toi bien.

Une fois qu'elle est sortie de mon bureau, je me demande si quelqu'un que je connais – ou qu'elle connaît – a vu Drew m'embrasser.

Elle me fait un sourire avant d'entrer dans son bureau et je saisis immédiatement mon téléphone pour changer mon code.

C'est une petite peste. Je ne pense pas qu'elle se gênerait pour « accidentellement » lire mes textos.

Il ne manquerait plus qu'elle lise les messages explicites que nous échangeons Drew et moi.

Elle serait incapable de garder pour elle un secret aussi croustillant.

27

BREXTON

– KSM. Brexton à l'appareil.

Je déplace la pile de papiers sur mon bureau et je la secoue pour que les coins soient bien alignés.

– Brexton ? C'est Justin Hobbs.

Je m'arrête net, étonnée de l'entendre. Il ne m'a jamais rappelée jusqu'ici.

– Justin ? Salut. (J'attrape un bloc et un stylo.) Qu'est-ce que je peux faire pour vous ?

– Ça me plaît d'entendre ça, dit-il en rigolant. Une femme qui sait qu'elle…

– Ne croyez pas que le fait de vouloir de vous comme client m'empêchera de vous remettre à votre place en cas de grossièreté.

Il pousse un petit sifflement.

– Je n'ai rien contre une femme capable d'attraper un mec par les couilles et de les lui tordre.

T'as raison, ça me déplairait pas de le faire.

– C'est vous qui m'avez appelée, alors dites-moi ce que je peux faire pour vous, dis-je dans une tentative pour le recadrer.

– J'aimerais vous parler de représentation.

Je hoche la tête, même s'il ne peut pas me voir.

– Oui ?

– Qu'est-ce que vous proposez de mettre sur la table pour moi ?

– Les choses varient selon les athlètes, Hobbs. J'ai besoin d'un peu plus d'éléments pour savoir de quoi on parle. Est-ce que vous recherchez un contrat à long terme, plus d'argent, une équipe particulière ? Je veux dire, je peux mettre pas mal de choses sur la table, mais ça ne veut pas dire que vous n'aurez qu'à vous asseoir et manger.

– Je suis très gourmand.

Jamais je ne l'admettrais à voix haute, mais il est clair que Finn a fait du bon boulot pour satisfaire les appétits de Hobbs. Par ailleurs, Justin vient à peine de débuter sa carrière professionnelle et il joue déjà la carte de la rivalité entre agents. Je me demande s'il fait partie de ces types qui ne sont jamais satisfaits.

J'imagine que c'est à moi de le découvrir.

– Je ne fais pas de miracles, mais mon palmarès parle de lui-même.

– Je me suis renseigné et c'est ce que j'ai vu.

Ce changement d'avis soudain, alors qu'il me balade depuis trois semaines, signifie soit qu'il s'est engueulé avec Sanderson, soit qu'il tâte le terrain sans réelle intention de changer pour venir chez KSM.

C'est un vrai cas de conscience. Mon instinct, c'est de l'envoyer balader en lui disant que je n'attends pas après lui. Mon sens des responsabilités envers ma famille et notre entreprise me fait tourner sept fois ma langue dans ma bouche, parce que, n'est-ce pas ce que mon père m'a demandé de faire ? Recruter Justin Hobbs comme client. Son expérience dans ce métier l'a amené à penser que si l'étoile montante du football vient chez nous, d'autres joueurs se poseront des questions et le suivront.

C'est une question d'affichage pour attirer les joueurs vedettes. C'est un moyen d'assurer l'avenir de KSM pour mes sœurs et moi. C'est aussi une question de parole.

Alors, je serre les dents, je souris et je fais le dos rond. Du moins, j'essaie.

– Je crois que ce serait mieux qu'on en parle de vive voix, dit Justin.

– Entendu. Quelle date vous conviendrait ?

Je fais apparaître mon agenda sur mon écran.

– Je suis en Floride. Entraînement demain. Match dimanche.

Ce n'est pas comme si je ne savais pas déjà où se trouve Drew, mais je ne dis rien.

– Et vous me dites ça parce que…

– Parce que si vous tenez à m'avoir comme client, c'est à vous de faire le déplacement.

Je suis obligée de tenir ma langue, même si je meurs d'envie de lui balancer qu'aucune femme qui se respecte ne ferait ça. Mais je dois le faire.

C'est les affaires, après tout.

– Je vais être très claire sur un point, Justin. Je n'apprécie pas du tout les coups fourrés ni les déplacements inutiles.

– C'est noté.

Le silence s'étire alors qu'aucun de nous deux ne veut céder, surtout si on pense qu'il sera de retour à New York moins de trente heures après le match. Ce serait plus facile de se voir à ce moment-là.

Mais ce n'est pas comme ça que Justin joue. J'ai compris maintenant.

Il aime les signes extérieurs de célébrité. Les courtisans. Les gens qui accourent dès qu'il claque des doigts. Les gens qui lui courent après pour obtenir sa clientèle.

Je n'y arriverai pas autrement qu'en satisfaisant son besoin d'être sollicité.

Le problème ? Je me suis déjà engagée à me rendre en Caroline du Nord dimanche.

– Donnez-moi une seconde, je murmure, pendant que mes doigts volent sur mon clavier pour vérifier les vols.

Je peux être à Miami vers dix-sept heures aujourd'hui et partir samedi pour Chapel Hill.

– Je serai là ce soir. On pourra en discuter.

– Ce soir ?

– Vous m'avez dit que si je voulais me charger de votre représentation, il fallait que ce soit moi qui vienne.

– Réactive ! (Il rigole.) Vous n'avez pas idée à quel point j'aime ça.

Je ne relève pas le sous-entendu et le ton suggestif évident de sa voix.

– Je vous appelle en arrivant.

Le bon côté de tout ça ? Je vais peut-être obtenir le client que j'ai démarché. Et encore mieux ? Miami, ça veut dire une chance de revoir Drew.

Eh oui, je suis tout à fait consciente que ça signifie que je cours après un homme.

Mais je vais faire comme si ce n'était pas le cas.

28

BREXTON

– C'est la condition pour que je signe avec vous pour être représenté par KSM.

– Donc, c'est un ultimatum, c'est ça ? Je dois d'abord vous faire échanger chez les Los Angeles Chargers ou les Rams et seulement ensuite vous transférerez votre représentation auprès de moi ?

– C'est simple, non ?

Je me retiens de rire en le regardant dans les yeux. Il est assis en face de moi à une table du fond d'un petit restaurant cubain que j'ai choisi. Il y a suffisamment de monde pour que nous ne soyons pas tout seuls au cas où il aurait les mains baladeuses, mais ce n'est pas trop bruyant pour qu'on puisse quand même s'entendre.

Le seul fait que je sois obligée de prendre de telles précautions en dit long sur le genre du personnage et la réputation de l'homme assis en face de moi.

Je secoue la tête.

– Ce que vous me demandez est impossible. Aucune direction sportive ne m'écoutera et n'acceptera de négocier avec moi en votre nom, alors qu'ils savent que vous êtes déjà représenté par quelqu'un d'autre. C'est contraire à l'éthique et, franchement, c'est plutôt dégueulasse de me demander un truc pareil.

Son haussement d'épaules désinvolte et son sourire décomplexé me tapent sur les nerfs. S'il me demande ce genre de choses avant même que je sois son agent, je crains le pire pour ce qu'il me demandera après.

D'autant plus que j'ai déjà enfreint des règles pour lui.

– Je préfère appeler ça agiter une carotte pour voir à quel point vous en avez envie.

– Je n'aime pas les carottes. Et même, j'ai horreur de ça.

Je me penche vers lui.

– Ce que je préfère, c'est les sportifs francs du collier qui ne font pas d'esbroufe. C'est plutôt ce genre de choses qui m'excite, Justin. C'est le genre de sportif que j'aime défendre.

Il me regarde d'un air surpris. Un peu comme s'il n'arrivait pas à décider si je viens de l'insulter ou non.

– Ce n'est pas le moment où vous, en tant qu'agent, êtes censée me montrer à quel point vous êtes la meilleure ? demande-t-il par-dessus le goulot de sa bière.

– Non, c'est le moment où je vous dis que vous me demandez l'impossible. Comme je vous l'ai dit au téléphone, je n'aime pas les coups fourrés, et franchement, c'en est un que vous me faites là. Sans ce petit détail qu'on appelle un contrat signé, je n'ai aucune autorité pour vous représenter. Je peux parler de vous dans une conversation, je peux mentionner votre nom à un directeur général en discutant des possibilités, mais aller jusqu'à demander directement, ça, ce n'est pas possible.

– Donc, vous me dites que vous ne voulez pas me signer ?

– Non, je dis qu'il n'y a pas un client qui vaille que je risque ma réputation. Une fois que ça se saurait, les directions des équipes me tourneraient le dos, les autres agents penseraient que j'ai en tête de leur voler leurs clients et les autres sportifs mettraient en doute mon intégrité. Vous êtes bon, Hobbs, et vous seriez un super-atout pour KSM, mais pas à ce prix-là.

Justin laisse échapper un long soupir en secouant la tête, visiblement déconcerté que je ne me plie pas en quatre pour lui, contrairement à ce qu'il avait cru.

Un silence gêné s'installe entre nous tandis que la serveuse débarrasse nos assiettes et que j'essaie de trouver un moyen de rattraper ce rendez-vous d'affaires. Lorsqu'elle s'éloigne avec les assiettes empilées sur son avant-bras, je demande :

– Pourquoi la Californie ? En tant qu'agent, je dois vous dire que vos points forts seront mieux employés au sein d'une équipe comme les Raptors plutôt qu'avec les Chargers, les Rams ou même les Forty-Niners.

– J'ai mes raisons, assène-t-il en me regardant droit dans les yeux.

Je ne baisse pas le regard. Il est bon qu'il sache qu'il ne m'intimide pas le moins du monde. Mais alors qu'il s'entête, je fais une gymnastique mentale sur la révélation qui vient juste de me frapper l'esprit.

Faire partir Justin en Californie libère la place de quarterback titulaire que Drew pourrait facilement occuper. Cela créerait l'opportunité qu'il attend. Cela lui donnerait finalement une chance.

Mais même si ce scénario est aussi parfait que possible, cela ne me dit pas comment je pourrais le rendre réalisable, d'un point de vue éthique.

C'est une ligne que je ne peux pas franchir.

Mais je décide d'entrer dans le jeu de Justin, pour le sonder et voir s'il a un véritable intérêt à ce que je le représente ou s'il veut en réalité m'utiliser.

– Alors, imaginons que je trouve un moyen de vous échanger, comment est-ce que je peux être sûre que vous ne me menez pas en bateau ? Comment je peux être sûre que je ne vais pas faire tout ce boulot, arranger les choses pour vous, et qu'après vous retournerez votre veste et donnerez à Finn l'occasion de récupérer mon travail et de le reprendre à son compte ?

Il écarquille les yeux.

– Je veux dire, ce serait moi qui travaillerais sans contrat. À part votre parole, je n'ai rien qui prouve que vous allez vraiment signer avec moi.

– Vous êtes en train de me dire que vous ne me faites pas confiance ?

J'appuie mes coudes sur la table et je baisse la voix.

– J'ai eu affaire à de nombreux joueurs au cours des années. Alors que je me battrais pour défendre vos intérêts, vous vous la joueriez perso. Cela laisse pas mal de place au doute.

Justin boit une longue gorgée de sa bière, puis se laisse aller contre le dossier de sa chaise et fait la moue.

– Alors, comment on se sort de ça, Kincade ?

– Pourquoi m'avoir appelée, Justin ? Qu'est-ce qui vous a décidé à prendre votre téléphone ?

– On m'a dit que vous étiez parmi les meilleurs.

Je hausse les sourcils. Non pas parce qu'il parle de moi, mais j'ai le sentiment que c'est une des choses les plus honnêtes qu'il m'ait dites de la soirée.

– Qui ?

– Drew Bowman.

Je ne laisse paraître aucune réaction.

– Putain, à la façon dont cet enfoiré prend votre défense, on pourrait croire qu'il en pince pour vous.

– C'est ridicule.

– On a vu des choses plus étranges. Mais n'en parlez pas à votre petit ami, ça pourrait le rendre jaloux.

Il me fait un clin d'œil.

– Mon *petit ami* ?

– Ouais. Drew m'a dit que vous aviez déjà quelqu'un et que je ne pouvais pas braconner sur ses terres.

Je hoche la tête, perplexe et amusée à la fois. *Braconner ?*

– Je suis flattée, Justin, mais d'une, vous êtes beaucoup trop jeune pour moi (je ris doucement pour atténuer le coup), et de deux, je ne sors jamais avec mes clients ni mes clients potentiels. C'est une ligne que je ne franchis jamais.

– On franchit tous des lignes, à un moment.

Il rigole.

– Comme celle que vous allez trouver un moyen de franchir pour m'échanger.

– Ce n'est pas la même chose. C'est…

– Je suis certain que vous trouverez un moyen.

Je pousse un soupir résigné et je me dis que j'aurais aimé être une mouche sur le mur pour pouvoir entendre une certaine conversation, et je réfléchis à un échange que je ne peux pas négocier, en principe.

– Je n'en doute pas.

– Los Angeles, Brexton.

Sur ses dernières paroles, il jette sa serviette roulée en boule sur la table avant de dire au revoir et de s'en aller.

Mon soupir le suit de près.

Il vient de prouver qu'il pouvait être une source de problèmes avant même d'être mon client.

29

BREXTON

Les basses qui résonnent contre les murs de la boîte font comme un second battement de cœur dans ma poitrine.

Je n'avais pas du tout prévu de me retrouver dans un endroit pareil ce soir, mais j'avais besoin d'un dérivatif. Je suis à Miami pour le boulot. D'accord, j'ai couché avec Drew et j'ai très envie de recommencer, mais il m'a semblé que profiter de ma présence ici pour lui faire signe me ferait paraître collante et ressemblerait à du harcèlement. Dans une tentative pour refouler mon côté hyper-romantique, j'ai envoyé un texto à une de mes amies de fac qui vit maintenant à Miami.

Et c'est comme ça que nous avons atterri au *Club Cerulean* où les boissons sont fortes, les hommes délicieusement sexy et la musique parfaite.

C'est l'endroit idéal pour dénouer mes cheveux et prendre le temps de respirer. C'est une occasion de lâcher prise et de me rappeler qu'avec ou sans homme, je peux passer du bon temps.

– On y retourne ? me crie-t-elle en essayant de couvrir le son des basses.

– Oui. Mais j'ai besoin d'aller prendre un peu l'air d'abord.

Je secoue les doigts en éventail devant mon visage comme si ça pouvait vraiment aider à me rafraîchir.

– Ok. Je t'accompagne une minute dans le patio, mais après, on retourne danser.

Nous jouons des coudes pour traverser la foule et juste en arrivant à la sortie, je tombe en plein sur Dax Conway, le receveur rapproché des Raptors.

– Kincade ? Ben, qu'est-ce que tu fous là ? demande-t-il en me prenant dans ses bras dans un geste fraternel, quoique bien alcoolisé, dont je m'extrais gentiment.

– Rendez-vous de boulot.

Je le repousse quand il fait un pas de plus vers moi, et il se met à rire.

– Hé les mecs, regardez qui j'ai trouvé !

Dax se retourne vers un groupe d'autres joueurs. Alors que je les salue de la main, Drew apparaît et marque le pas lorsque nos regards se croisent. La surprise et la perplexité que je lis sur son visage sont, si je ne me trompe pas, immédiatement suivies d'un petit air vexé.

– Salut.

Il ne me quitte pas des yeux dans lesquels je lis des questions que je ne comprends pas, et je me contente de sourire.

– Salut.

Nous continuons à nous regarder un peu plus longuement que nécessaire avant que je me détourne pour présenter Lisa à tout le monde.

– C'est marrant de vous retrouver ici, dit Justin en forçant le passage derrière Drew.

Il pousse un long sifflement.

– Tout à l'heure, vous aviez l'air si professionnelle et, maintenant, cette tenue ravageuse ! Vous trouvez pas, les gars ?

Je ne relève pas son regard baladeur. Cette façon de me considérer comme un objet. Ce n'est pas que je m'en fiche, mais je suis bien plus occupée à remarquer la crispation des mâchoires de Drew qui serre les poings.

Apparemment, il y a eu entre ces deux-là un échange que j'ignore, mais j'ai l'intuition que cela a résolument quelque chose à voir avec moi.

– *Tout à l'heure ?* demande Drew à Justin en faisant comme si je n'étais pas là.

– Ouais, mec. Elle m'a invité à dîner. Payé le vin et l'addition, et tout.

Il fait un clin d'œil et lui donne une claque sur l'épaule.

– C'est pas de ma faute si je suis irrésistible.

– Je suis étonné que votre ego passe par la porte, dis-je avec un sourire faussement sucré. Et il serait bon que vous sachiez, Hobbs, que certains rendez-vous sont censés rester privés.

Je hoche la tête et lui lance un regard sévère en espérant, quand je me retourne vers Drew, qu'il a compris de quoi il s'agissait. Après tout, c'est lui qui a conseillé à Justin de m'appeler.

Drew me fait un léger signe du menton, mais détourne le regard quand Dax dit :

– Venez avec nous. On a une table là-haut.

Il pointe du doigt le lounge qui surplombe le dancefloor.

– Non, ça va, on…

– Allez, Brex. Arrête de jouer les rabat-joie ! dit Lisa quand Dax la prend par la taille et qu'elle se met à glousser. Ces gars vont nous protéger.

C'est là que je me rappelle que Lisa est le genre de fille qui se met à minauder en gloussant quand elle veut attirer l'attention des mecs. Comment ai-je pu oublier ça quand je l'ai invitée à sortir par texto ce soir ?

Peut-être parce que c'est seulement maintenant que cela devient important. Quand je suis obligée de m'asseoir à quelques centimètres de Drew sans pouvoir le toucher. Quand la sensation de sa présence devient ma principale préoccupation et que mon sang bat dans mes veines, chargé de désir inassouvi.

– C'est gentil, mais je ne mélange jamais travail et plaisir.

– Oh, arrêtez, Kincade, dit Justin. Ne jouez pas les prudes.

Il me tire par le bras comme si on était des vieux potes de fac, ce qui n'est pas le cas.

– Qu'est-ce qui peut vous arriver, au pire ? Qu'une bande de footballeurs professionnels vous défendent contre des connards ?

– Tu veux dire de quelqu'un comme toi ? demande Drew en donnant un coup d'épaule à Justin avant de monter les escaliers derrière les autres.

Il se retourne vers nous, l'air totalement indifférent.

– Vous venez ?

***

Sait-on à quel point il est difficile d'être assis en face de quelqu'un sans pouvoir montrer qu'on le connaît, qu'on le désire et qu'on revit ses caresses ?

Drew, lui, le sait, j'en suis sûre. Parce que chaque fois que je risque un coup d'œil dans sa direction, nous échangeons un regard fugace et je lis dans ses yeux le même désir désespéré qui me torture en ce moment même.

Et pour empirer les choses, chaque fois qu'il passe derrière moi pour parler à un coéquipier, il me caresse de façon imperceptible, une main sur mes fesses, le bout d'un doigt sur mon épaule, la chaleur de son corps quand il est simplement debout sans rien faire.

C'est comme s'il n'arrêtait pas d'ajouter des brindilles sur un feu que nous ne pouvons pas alimenter.

Il sera consigné à l'hôtel et il est hors de question que je joue la coureuse de crampons qui se fait prendre en entrant et ressortant en douce de sa chambre. Rien de mieux pour ruiner ma réputation professionnelle.

Alors, on en est réduits à ça. Les taquineries, les petites provocations, les asticotages à l'insu de tout le monde.

Mes sens sont mis à rude épreuve mais, en même temps, je n'avais jamais participé à des préliminaires aussi excitants.

Un coup d'œil par ici. Une caresse par là. La pointe d'une langue qui sort pour humecter ses lèvres. Des yeux qui me disent ce qu'il a envie de faire avec tout le long de mon corps.

Eh oui, il a beau rire et avoir des conversations séparées avec ses potes, nous sommes conscients de la présence l'un de l'autre à cent pour cent et sans interruption.

Mon téléphone vibre dans mon sac à côté de moi. Quand je regarde l'écran, je réprime un sourire.

Drew: Rejoins-moi au milieu de la piste. Il fait très sombre et il y a un monde fou, personne ne nous verra.

Je lève les yeux et je vois que Drew me regarde fixement, l'air déterminé.

Moi: Tu danses ?

Drew: Si on appelle danser le fait de poser mes mains sur toi, alors oui, je danse.

Il m'adresse le sourire le plus sexy depuis sa place dans le coin. Je me lève de mon siège. Dax et Lisa sont absorbés l'un et l'autre dans une conversation très animée.

– Ça va ? demande-t-elle.

Je souris.

– Oui, oui. Je vais prendre un peu l'air. Je reviens.

– Tu es sûre ? Tu veux que je vienne avec toi ?

Mais elle ne fait pas un geste vers son sac. Une proposition en l'air qui m'arrange.

– Non, non, ça va. Reste. Amuse-toi.

Drew avait raison. Le dancefloor est bondé et, avec la lumière stroboscopique dans l'obscurité de la pièce, ce serait mission impossible de dire qui est qui dans la foule.

Je mets un petit moment à parvenir au milieu de l'espace. Les corps s'agitent aux accents du rythme latino, les hanches ondulent, les bras se dressent tandis qu'ils s'abandonnent à la musique.

Et je n'attends pas longtemps avant d'en faire autant. Je bouge en rythme et j'attends, brûlante de désir, que Drew me trouve.

Qu'il me touche.

Qu'il m'embrasse.

Quand ses mains se glissent autour de ma taille et que la chaleur de son corps m'enveloppe par-derrière, je ne sais pas comment réagir. Mon corps est si tendu d'impatience et si prêt à le recevoir que je ne peux que me laisser aller contre lui en fermant les yeux.

Nous commençons à bouger. Ce n'est pas lui ou moi, c'est juste nous, bougeant ensemble.

Sa main posée sur mon ventre. Mes doigts entrelacés avec les siens. Mon corps réagissant au sien.

Nous ne parlons pas. Nous ne pourrions pas nous entendre avec la musique. Mais nous communiquons par l'intermédiaire de nos corps. À travers le contact, les sensations, le bout des doigts, et le silence.

Ses dents trouvent un espace exposé de mon cou et effleurent la peau ultrasensible à cet endroit avant d'y déposer un baiser du bout de ses lèvres entrouvertes pour atténuer la brûlure.

C'est le feu et la glace.

Les ventilateurs qui soufflent sur les flammes.

Les braises qui s'enflamment lentement.

Mon corps tout entier se tend vers ses caresses. Vers lui. Vers ce que j'appelle de mes vœux. Mais quand je tente de me retourner, il me maintient en place. Il me tient de telle façon que je n'ai pas d'autre choix que prendre conscience et laisser venir la sensation extraordinaire de son corps contre le mien. La chaleur de son torse contre mon dos, la dureté de sa queue appuyée contre mes fesses, l'autorité de ses mains qui vont et viennent sur mes côtes.

Chaque contact est une attaque réglée de mes sens.

Chaque contact est une tentation que je suis impatiente d'assouvir.

Nos hanches bougent en accord avec les pulsations du rythme. Des corps nous bousculent de partout, mais je ne suis sensible qu'au sien. Je ne veux que le sien.

Mon désir devient frénétique lorsque ses mains dessinent mes contours. Le long de mes hanches, doucement vers l'avant et sur la jonction de mes cuisses, avant de remonter de façon à ce que ses pouces passent juste au-dessous de mes seins – avant de reprendre leur route sinueuse.

Cette fois, lorsque je me retourne, il ne m'arrête pas.

Nos bouches se trouvent immédiatement. Nous ne sommes plus qu'un affrontement de lèvres, de langues, de besoin et de désir. Son gémissement est mon appel d'air. Sa caresse, ma drogue préférée. Son goût est une addiction en soi.

Mais alors que le rythme va crescendo, tout ce que je me dis, c'est que ce n'est pas suffisant – ce ne sera jamais suffisant – parce que, même au moment où nos mains sont partout l'un sur l'autre, je veux plus.

La foule au milieu de laquelle nous évoluons nourrit la fièvre de nos sens.

Nos corps continuent de bouger alors que nos langues se connectent encore et encore. Alors que la fébrilité se rapproche de la nécessité. Et que la raison cède à la voracité.

Alors que la lucidité perd la bataille devant le plaisir physique.

30

DREW

J'EN VEUX PLUS.

Ses lèvres sur un dancefloor. Son corps contre le mien. Les gens autour de nous.

Plus.

J'ai attendu deux putains de semaines pour la revoir et c'est comme une sale blague de pouvoir la toucher, mais de ne pas pouvoir la posséder.

Tellement plus.

C'est comme poser un pansement sur une plaie ouverte. Cela soulage momentanément, mais cela n'empêchera pas la douleur sur le long terme.

Comment est-ce que je peux obtenir plus ?

Brexton mordille doucement ma lèvre inférieure pendant que je réfléchis à un moyen de satisfaire mon désir. De calmer la tension dans mes couilles et la fièvre de l'envie qu'elle me possède totalement.

Je passe la main entre nous et la glisse dans la ceinture de sa jupe. Ce n'est pas un geste délicat ni particulièrement joli, mais quand mes doigts trouvent ce qu'ils cherchaient – sa fente chaude et mouillée –, je manque de jouir sur place.

J'essaie de me concentrer. Sur le rythme de la musique. Sur ses doigts qui se plantent dans mes épaules. Sur la façon de lui donner du plaisir. Mais j'oublie tout le reste, putain, tout sauf la sensation de sa fente mouillée accueillant le mouvement de mes doigts qui vont et viennent en elle.

Bordel. J'avais tort.

Il n'y a pas moyen de faire baisser le désir, quand il s'agit de Brexton. Pas moyen d'avoir un avant-goût qui me permettrait de tenir jusqu'à la prochaine fois. Cela ne fait que l'augmenter. Il n'y a que des éclairs qui frappent et vous emmènent pour une balade. Il n'y a qu'un plaisir temporaire avant que le désir renaisse immédiatement.

Et putain, je la désire tellement !

– Viens.

Je retire ma main d'entre ses cuisses avant de la tirer par le bras sans lui donner d'explication, et de l'entraîner hors du dancefloor vers le fond du club.

Est-ce que je devrais m'inquiéter que les autres nous voient ?

Oui.

Est-ce que je le fais ?

Non.

Je n'ai qu'une idée en tête, une seule personne compte.

Brexton, et sa tenue hyper-sexy qui met en valeur son cul parfait et toutes les courbes qui s'y rattachent.

Brexton dont les lèvres ont le goût de vin et dont les baisers sont addictifs.

Elle trébuche derrière moi dans le couloir obscur et je cherche un endroit, n'importe lequel, où nous pourrions aller.

– Quoi ? Drew ? Qu'est-ce que…

Je me retourne et la plaque contre le mur pour coller mes lèvres sur les siennes et l'empêcher de parler. Il y a de la colère dans notre baiser, cette fois. Une envie si violente que je ne trouve pas les mots pour l'exprimer, alors l'embrasser est le seul moyen que j'ai.

– C'est quoi le problème ? dit-elle en empoignant ma chemise quand nous reprenons notre souffle.

Elle éprouve la même chose que moi, c'est sûr.

Je ne peux pas être le seul.

– Le problème ? Le problème, c'est *toi.*

– Moi ?

Elle se met à rire.

– Oui, putain. Toi.

Mes lèvres écrasent les siennes de nouveau. Mes doigts me démangent de se glisser sous sa jupe et de la toucher.

– J'ai tout le temps envie de toi, et ça me rend dingue.

Elle approche ses lèvres de mon oreille et murmure.

– Eh bien, on est deux.

Je me penche en arrière et la regarde – ses yeux sombres, ses lèvres relevées dans un sourire de défi – et j'adore l'idée qu'elle a vécu la même torture que moi ce soir. Et nous nous remettons en mouvement. Nous avançons dans le couloir, sa main dans la mienne, tandis que j'essaie toutes les poignées de portes les unes après les autres jusqu'à ce que je tombe sur les vestiaires des employés. La porte s'ouvre et j'attire Brexton à l'intérieur sans y réfléchir à deux fois. La pièce est exiguë et étouffante, sinistre et vide, mais tant que la porte est solide et que le verrou tient, je me fiche du reste.

Elle émet un petit rire étouffé et nous nous plaquons sur la porte. Nos bouches soudées l'une à l'autre, ses mains déboutonnent mon pantalon pendant que les miennes remontent sa jupe.

– Il savait que tu étais là et, moi, je ne le savais pas, je murmure en tirant sur sa lèvre avec mes dents.

Elle miaule un gémissement quand mes doigts plongent entre ses cuisses et la trouvent encore plus mouillée et prête pour moi que tout à l'heure et, bon Dieu, il est impossible que je puisse bander plus fort. C'est déjà assez douloureux.

Elle libère ma queue et je gémis quand elle l'entoure de ses doigts et serre.

– J'essayais de m'en tenir au plan strictement professionnel.

Elle suce ma lèvre inférieure, le souffle court, ses tétons durcis contre mon torse.

– On travaille tous les deux. On était tous les deux…

Elle s'interrompt quand je la soulève pour qu'elle passe ses jambes autour de ma taille, le dos appuyé contre le mur, la pointe de ma bite pressée contre sa fente.

C'est bon, putain. Cela va l'empêcher de parler de Justin.

– Et ça, c'est assez professionnel ? je demande en la faisant descendre un peu pour pouvoir la pénétrer.

Mon corps est électrisé par le contact de sa chatte brûlante et serrée.

Je suis tétanisé.

Muet.

Consumé, putain.

Le gémissement qui lui échappe, son cou mis à nu quand elle rejette la tête en arrière, submergée par ses sensations, sont autant d'éléments de séduction.

Mais je n'ai pas besoin d'être séduit. Pas par Brex. Non. Elle a déjà tout fait pour. Non, je n'ai qu'à me laisser entraîner par mes sensations.

Et quand je commence à bouger, cette réalité n'a jamais été plus évidente.

Bon Dieu.

Il n'y a pas de beauté dans notre sexe. Pas de douceur. Pas de mots gentils. Il n'y a que du désir pur et brut. Un désir mêlé de voracité. D'une faim insatiable.

De plus.

Encore plus.

D'elle.

De moi.

De nous.

Ce sont ses ongles qui griffent ma peau. Ce sont ses dents qui s'enfoncent dans ma clavicule. Ce sont ses talons qui se plantent dans mes hanches.

Je dois faire un effort incroyable de contrôle pour tenir, pour m'assurer qu'elle atteigne l'orgasme.

– Drew.

Son souffle se fait de plus en plus court et sa chatte se resserre.

Je prends le rythme.

– Drew.

Un gémissement alors que ses doigts s'accrochent plus fermement.

Elle pousse un petit cri étranglé lorsqu'elle croise ses chevilles au-dessus de mes reins et qu'elle cogne ses hanches contre les miennes.

Je ressens son orgasme. Il se resserre autour de ma queue. La façon dont ses muscles pulsent autour de moi. La façon dont sa moiteur coule sur mes couilles.

Et putain. Cela suffit à me faire décoller.

Il n'en fallait pas beaucoup, en fait, parce que je tenais par un fil vraiment tenu, et putain, il a cédé.

J'arrête de penser. J'oublie d'être délicat. Je ne peux me concentrer que sur le tsunami de sensations si brûlantes que c'en est presque douloureux, et la seule façon de calmer sa brûlure, c'est de jouir. Je la pilonne encore une ou deux fois avant de perdre tout sens de la réalité, avant de m'abîmer dans l'instant.

En elle.

Et la dernière idée qui me traverse l'esprit avant de m'abandonner à la folie qu'elle a provoquée chez moi, c'est ça *– je le comprends maintenant.*

En secouant la tête, j'éclate de rire en écrasant mes lèvres sur les siennes une fois de plus avant de la reposer sur le sol et de faire un pas en arrière pour la regarder. Ses lèvres gonflées, ses cheveux en bataille et ses yeux vivants.

Et je m'inquiète de savoir jusqu'où je vais aller pour recommencer. Il y a quelque chose chez Brexton Kincade.

Qui me fiche une trouille bleue.

31

BREXTON

Je relis le texto sur mon téléphone et je m'efforce de ne pas me laisser envahir par la colère.

Drew : Je suis obligé d'annuler ce soir. Je suis désolé. J'ai un imprévu.

Ma réponse ne comporte qu'un mot que je regarde fixement, rassurée qu'un texto ne fasse pas passer le son. À moins que je regrette qu'il ne l'entende pas, après tout. La déception. La tristesse. La frustration. Je lance un regard dans mon living – les bougies allumées et le repas gardé au chaud – et je m'en veux de me dégonfler avant d'appuyer sur la touche d'envoi.

Moi: Pas de problème.
Drew : Merci de ta compréhension.

Je le relis et regarde mes jambes avec les bas attachés à un porte-jarretelles, et je soupire.

Je m'étais faite belle pour lui. J'ai passé une heure chez Agent Provocateur aujourd'hui, et la soie, la dentelle et les talons dont je suis parée en sont le témoignage.

J'ai fait la cuisine pour lui – alors que cuisiner est une chose à laquelle je consacre très peu de mon temps.

J'avais programmé une soirée spéciale, parce que je voulais l'accueillir à son retour. Il avait l'air assez contrarié un peu plus tôt dans un texto où il me disait qu'il n'avait pas mis le pied sur le terrain, et je m'étais dit qu'une soirée romantique avec moi pourrait aider à en atténuer la blessure.

Le plus drôle, c'est que je m'étais demandé si c'était une bonne idée. Dans un sens, c'était une façon de me jeter à l'eau pour lui. Ça allait plus loin que simplement se retrouver pour tirer un coup vite fait bien fait.

C'était ma façon de lui montrer que je voulais plus que ça.

Tous ces tracas, toutes ces exhortations (*mais oui, vas-y, c'est bien*), tous ces préparatifs, tout ça pour quoi ? Pour se prendre un vent ? Être remisée dans sa boîte plans cul uniquement ?

Mon rire exaspéré résonne dans mon appartement désert alors que je tente de me cacher à quel point cela me contrarie.

– Tu pètes un plomb, Brex.

Il a peut-être eu un problème avec sa famille. Mais si c'était le cas, il m'aurait sûrement dit quelque chose pour que je comprenne mieux pourquoi il me plantait ? Moi en tout cas, c'est ce que j'aurais fait.

Mon côté mendiant regrette de ne pas lui avoir demandé ce qui était arrivé. Mon côté buté refuse de le faire.

Mais je refuse aussi d'avoir l'air de quémander. Je peux le faire en pensées, mais jamais ouvertement. Des larmes me brûlent les yeux, et je secoue la tête pour tenter de dissiper ma déception et d'arrêter de réfléchir. Mais c'est assez difficile en étant vêtue comme je le suis et au milieu d'un décor conçu pour séduire.

Je saisis la bouteille de vin que j'avais mise à aérer sur le comptoir, me débarrasse de mes hauts talons et me laisse tomber sur le canapé sans aucune grâce.

– On dirait bien qu'on est toutes seules, je murmure à la bouteille avant de boire une lampée directement au goulot.

Lorsque je pose la tête sur le dossier du canapé en fermant les yeux un instant, je sens la première larme rouler sur ma joue.

Je ris, puis je m'autorise à être ridiculement pathétique un petit moment.

On a bien le droit, non ?

Je veux dire, j'attendais ce moment depuis notre rencontre dans ce club de Miami. Depuis les textos suggestifs que nous avions échangés pendant mon déplacement en Caroline du Nord et alors qu'il avait eu une brève tournée un jeudi soir pour le match de la semaine.

C'est peut-être ça le problème.

Peut-être que j'attends plus de cette relation que lui. Ce n'est pas comme si ça ne m'était jamais arrivé. Avec Micah, je n'ai rien vu venir. J'ai plongé tête baissée dans cette histoire, pensant que c'était pareil pour lui, tout ça pour découvrir plus tard qu'il se plaignait de moi auprès de tous ses amis et des *miennes*, me reprochant d'être pot de colle et trop présente. J'imagine que mon côté *trop présente* constituait un obstacle pour lui qui aurait aimé être très présent avec d'autres femmes tout en sortant avec moi.

Je soupire et bois une autre longue gorgée de merlot.

Mais je sais que je ne me trompe pas au sujet de Drew. Impossible. J'ai vu sa façon de me regarder à Miami. J'ai senti la détermination de ses baisers. J'ai entendu sa voix le matin au téléphone et constaté le sourire qu'elle contenait. J'ai lu et relu les textos que nous avons échangés et je sais que je n'invente pas. Que cette réalité semble exister tout naturellement.

Tout suggère qu'il y a autre chose entre nous qu'une simple attirance sexuelle. Mais peut-être a-t-il peur de l'admettre ?

Est-ce de cela qu'il s'agit ce soir ? A-t-il estimé que les choses allaient trop vite ? Et ce serait donc une façon subtile pour lui de faire marche arrière et de réaffirmer qu'il n'y a entre nous qu'une relation occasionnelle ?

Eh bien, moi je maintiens que c'est plus que ça. J'en suis sûre.

Je me lève du canapé et je me lèche les doigts pour éteindre les bougies en pinçant la mèche. La brûlure courte mais intense me rappelle à plus de lucidité. C'est à moi de faire marche arrière. Le fait que Drew me fasse faux bond à la dernière minute est le signe qu'il me faut remettre mon esprit *et mon cœur* en question. C'est l'occasion idéale de me rendre compte qu'il avait raison – que je veux tout planifier au lieu de nous laisser guider par le moment. C'est très bien d'admettre que je suis attirée par le garçon à qui j'ai donné mon cœur sur un plateau lorsque nous étions ados. Mais nous ne sommes plus des gamins. Nous sommes des adultes avec des vies propres et des problématiques que nous n'avons pas partagées.

En fait, de ce point de vue, il est évident que Drew et moi ne partageons rien de plus qu'une attirance physique. Bien sûr, j'ai mis de la lingerie et j'ai préparé un bon petit repas, mais n'est-ce pas juste un habillage pour un plan cul ? Ce n'est pas comme si c'était venu naturellement après avoir passé une soirée en ville. En fait, on ne l'a jamais fait. Est-ce que cela ne devrait pas suffire à me faire comprendre où nous nous situons exactement ?

Est-ce que la pilule est si difficile à avaler ?

Je bois un coup et je hoche la tête vigoureusement. *Bien sûr qu'elle l'est.*

Mais je pense que c'est précisément ce dont j'ai besoin pour me forcer à faire marche arrière et à redéfinir mes priorités.

32

BREXTON

– Je peux vous demander pourquoi vous plaidez la cause de clients qui ne sont pas les vôtres ?

Neil Milton, le directeur général des Raptors, se laisse aller contre le dossier de son fauteuil, les doigts joints devant lui, me scrutant de son regard acéré.

Nous avons toujours eu des rapports cordiaux. Sinon, je ne l'aurais jamais approché de cette façon, mais l'opportunité s'est présentée lorsqu'il m'a demandé mon avis sur plusieurs joueurs, et donc j'ai plongé la tête la première. Maintenant, c'est nager ou couler. Il faut que j'assume. Je n'ai plus le choix.

J'avais raison de penser que mon intervention en faveur d'un autre joueur entraînerait ce genre de réaction de la part d'un DG. Au moins, je peux me fier à mon instinct dans ce domaine.

Ce dont je suis moins sûre, c'est d'avoir bien fait de mentionner Hobbs alors que je suis encore furieuse contre lui à cause de la pression qu'il m'a mise quand nous étions à Miami.

Et pourtant, Neil m'a demandé mon avis et j'ai pensé que je pouvais tâter le terrain avec un DG avec lequel j'ai de bonnes relations.

– Ce n'est pas tout à fait ça. Je ne plaide pas vraiment leur cause. L'idée, c'est plutôt de vous montrer comment les pièces du jeu tomberaient si vous déplaciez le roi.

Il hoche la tête en réfléchissant à ce que je viens de dire.

– Mais vous avez clairement affirmé que Hobbs voulait vous prendre comme agent.

– Je joue franc jeu avec vous en vous disant que Hobbs m'a approchée. Il a dit qu'il voulait jouer en Californie pour des raisons personnelles.

– Pourquoi vous a-t-il approchée, vous ?

– Il m'a dit que son agent ne voulait pas suivre cette piste, mais qu'il savait que j'avais des relations là-bas et qu'il avait décidé de tenter un autre moyen d'obtenir cet échange.

Je pose mon stylo tout en soutenant son regard.

– Pourtant, il n'est pas votre client et vous êtes toujours là.

– Je vous assure que cela ne m'amuse pas d'être prise au milieu de tout ça. Je vous en parle parce que nous nous connaissons et que nous entretenons une bonne relation au plan professionnel. Vous m'avez demandé mon avis sur certains joueurs et bien que je préférerais rester en dehors de tout ça, j'ai décidé d'être honnête avec vous et de vous faire savoir ce que j'ai entendu. Parlez-en à vos joueurs pour vérifier. Voyez ce qu'ils vous diront. Mais Justin clame à qui veut l'entendre qu'il a déjà un pied dehors. Son manque de maturité est patent et ses coéquipiers n'apprécient pas trop. Et puis, j'ai des clients dans son équipe. Ils tiennent au succès des Raptors.

Je hausse les épaules.

– Je ne voudrais pas que vous soyez pris de court par les négociations de contrat qui se profilent au cas où Sanderson déciderait de se plier aux désirs de son client.

– Et vous voulez me faire croire que vous n'avez aucun intérêt dans cette affaire ?

– Comme je vous l'ai dit, j'ai des clients dans cette équipe ainsi qu'un client en Californie qui conviendrait très bien en cas d'échange.

– Un quarterback ?

Je plisse les yeux en secouant la tête.

– Pourquoi voudriez-vous un quarterback alors que vous en avez un formidable qui attend en coulisse ?

– Bowman ?

J'acquiesce.

– Oui. Bowman.

– Vous êtes là pour le représenter, lui aussi ?

Il rigole.

Je secoue la tête.

– Non, mais je ne comprends pas pourquoi on ne donne pas sa chance à ce joueur.

– Il y a des raisons.

– Comme quelque chose que son père aurait fait il y a dix ans et qui pèse sur sa carrière ? Vous voulez dire ce genre de raison ?

– C'est le moment de la conversation où je vous dis que vous commencez à dépasser les bornes, Brexton.

Je m'extrais de mon fauteuil et me dirige vers le fond de la salle de conférences, déconcertée et m'efforçant de ne pas laisser mes sentiments personnels interférer dans la situation.

– J'ai compris. Mais est-ce que vous l'avez vu sur le terrain d'entraînement après un match ? Vous êtes-vous arrêté pour l'observer dans l'obscurité ? Il n'est pas loin de vingt et une heures, et il est là en train de travailler. Son bras, c'est un vrai laser. Ses statistiques, quand il a eu l'occasion de jouer, sont phénoménales. Et d'après ce qu'en disent les autres joueurs, il joue simplement par amour de ce sport.

– Et vous avez compris tout ça en le regardant s'entraîner sur un terrain de practice ?

– Non. Je ne l'ai vu qu'une fois mais, ensuite, je me suis renseignée. Je me demandais pourquoi il était là dans l'ombre au lieu d'être en pleine lumière, devant une foule de soixante mille spectateurs.

– Et qu'est-ce que vous pensez avoir trouvé avec vos recherches ?

– J'ai trouvé le prochain leader de votre équipe.

Il rit pour me faire plaisir.

– Merci du conseil, mais j'ai plein de conseillers pour ça.

– Vous avez bien raison.

Je fais le tour de la table, m'assieds sur le bord et croise les bras.

– Hobbs est bon, mais il a encore beaucoup à apprendre. Les erreurs qu'il fait sont dues à sa jeunesse, son manque d'expérience et son entêtement à ne pas le reconnaître. Ce sont des choses qui passent en équipe universitaire, mais là, on parle de la NFL. Soit vous assumez vos responsabilités et vous dirigez l'équipe, soit l'équipe passe à autre chose. Et il ne faut pas se mentir, vous avez perdu les deux derniers matchs parce qu'il ne dirige pas correctement. D'après ce qu'on m'a dit, les gars respectent Bowman. Il ne fait pas d'esbroufe et il ne rechigne pas devant le travail. Ils respectent ça.

Milton tapote avec son stylo sur la table et repousse son fauteuil, un signe indéniable que la discussion est terminée et que j'ai dépassé les bornes.

– Je vous entends bien, mais ce qui me préoccupe, c'est de savoir d'où vient cette conversation.

– D'un agent qui voit un joueur dont le talent est gâché. Ni plus ni moins.

– Et c'est de votre propre initiative que vous avez décidé de plaider en faveur de ce fameux joueur ?

Je rigole, refusant de me laisser prendre au piège de je ne sais quel scénario qu'il est en train d'inventer.

– Non, je vois une équipe qui a tellement d'atouts, tellement de potentiel encore inexploité que ce doit être la direction qui les empêche de gagner le championnat, pas les joueurs.

– Je pense que je devrais me sentir insulté.

Il sourit, mais je sais que je ne dois pas aller plus loin.

– Pas du tout.

Je me lève et commence à rassembler mes affaires et mettre mon ordi dans mon sac.

– Comme toujours, je vous remercie d'avoir pris le temps de m'écouter.

– Tout comme je vous remercie de votre conseil non sollicité concernant des clients que vous ne représentez pas.

– C'était juste une discussion, Neil. Nos échanges ne se cantonnent pas à des négociations.

Il secoue la tête et se lève en éclatant d'un rire sonore.

33

BREXTON

– TU ES ALLÉE AU BUREAU DES RAPTORS, AUJOURD'HUI ?

La voix de Drew me parvient haut et fort. Mon corps réagit viscéralement à ce son.

Mon cœur aussi, malheureusement.

– Oui. J'avais un rendez-vous avec Neil.

– Tu aurais pu m'envoyer un message. On aurait pu se voir après.

– J'avais un autre rendez-vous juste en sortant.

– Je vois, murmure-t-il.

Le silence s'installe sur la ligne.

– Tu ne m'as pas rappelé hier.

– Pas eu le temps. Trop de boulot.

Je vais jusqu'à la porte de mon bureau pour la fermer. C'était tellement difficile de ne pas décrocher quand il m'a appelée hier, tellement difficile de ne pas le rappeler après qu'il m'a demandé si on pouvait se voir, mais je devais me prouver à moi-même que je pouvais faire marche arrière, pour mon propre bien-être.

– Tout s'est bien terminé ?

– Comment ça, bien terminé ?

– On devait se voir à ton retour. Tu as annulé. Tu as dit que tu avais un imprévu.

Il pousse un profond soupir et je m'efforce de ne pas l'interpréter.

– C'est vrai. Oui. Excuse-moi. Cela paraît si loin déjà.

Mais il ne dit rien de plus.

– Mais tout s'est arrangé ?

J'ai besoin de savoir qu'il ne m'a pas posé un lapin pour un truc idiot du genre les copains qui veulent aller boire une bière dans un bar. Je n'y verrais pas d'inconvénient, mais pas quand il avait déjà prévu quelque chose avec moi.

– On peut dire ça.

– Ce qui veut dire ?

Il rigole.

– Ça veut dire qu'il y a des choses dont il vaut mieux ne pas parler, Brexton.

Et il me plante un couteau dans le cœur sans le savoir.

Je suis assez bien pour qu'il m'envoie un message pour demander s'il peut passer me voir, ou m'appeler pour me demander pourquoi on ne peut pas, mais pas assez pour qu'il se confie à moi.

– D'accord.

Je hoche la tête et je m'en veux de me sentir blessée. Mais n'est-ce pas ce à quoi je pouvais m'attendre après ma révélation de l'autre soir ? Je me sens plus proche de Drew à cause de notre passé commun, de ce que nous avons partagé. J'ai l'impression de le connaître alors qu'avec n'importe quel autre, à ce stade, je garderais encore mes distances.

Et même en sachant tout cela, je dois admettre que le temps que nous avons passé ensemble n'a pas à proprement parler servi *à apprendre à nous connaître.* C'était plutôt du genre *apprendre à connaître nos corps.*

Et donc, alors que notre alchimie est fantastique et qu'il me plaît vraiment, pour le moment, nous ne faisons que coucher ensemble.

Rien de plus.

Et moi, j'ai droit à plus.

– Il y a quelque chose qui ne va pas, Brex ?

– J'ai plein de trucs à penser, c'est tout.

Il y a un changement dans la conversation. Quand il réalise que je ne suis pas à sa disposition.

– Ok. Eh bien, je te laisse, alors. J'aimerais vraiment te revoir.

Ces mots ne me laissent pas indifférente et ça m'énerve. J'ai une impression douce-amère qui me dit que je finirai par flancher.

– On verra.

Je fais un sourire faux, même si je sais qu'il ne le voit pas.

C'est un jeu subtil. Entre passer pour une garce – ou avoir l'impression d'en être une – et le plan cul, la femme soumise qui accepte que la relation se cantonne au sexe et qui ne la ramène jamais.

Aucun de ces deux rôles ne me satisfait.

Je mérite mieux que ça.

Et peut-être que j'ai seulement besoin de quelques jours pour réfléchir à ce que je veux vraiment.

Mais, bien sûr, je sais déjà qu'à l'instant même où j'aurai raccroché, je vais regretter ma décision et qu'il va me manquer.

– Hé, Brex ? Il y a un truc que je devrais savoir ?

Non, c'est ce que je voudrais savoir qui pose problème.

– De quoi tu parles ?

Je feins l'innocence.

– Tu n'as pas répondu à mes appels hier et maintenant tu es… je ne sais pas ce que tu fais.

Je me protège.

Je protège mon cœur.

Je prends soin de moi pour une fois au lieu de m'inquiéter pour tout le monde.

Ça ne suffit pas ?

– Écoute, c'est vrai, j'aurais pu t'envoyer un message, mais pour quoi faire ? Pour que tu te sentes gêné d'être vu de nouveau avec moi ?

Il soupire.

– C'est ça, que tu crois ? Que cela me gêne d'être avec toi ? Non, mais ça va pas, Brex ? Je voudrais te montrer à tout le monde, putain, mais les choses – *toi et moi* – sont déjà assez compliquées sans y ajouter la pression extérieure.

Je l'imagine à l'autre bout du fil. La main qu'il passe dans ses cheveux et la frustration gravée sur les traits de son visage magnifique.

Mais soudain, je me redresse lorsque ses paroles pénètrent mon esprit et que j'en perçois le sens. Il dit vraiment ce que j'entends ? Il veut plus, mais ne sait pas comment y parvenir ?

Mais pourquoi ? Comment ? Il y a tellement de choses que je voudrais dire, mais cela reviendrait à baisser la garde et il est trop tôt pour ça. Je ne peux pas m'ouvrir plus à lui alors que j'ai encore l'impression qu'il me repousse plus ou moins en prenant comme excuse que *c'est compliqué.*

Donc, je me concentre là-dessus. Sur la seule chose qui, d'après lui, est un obstacle entre nous et qu'il nous reste à déterminer.

– Pourquoi c'est compliqué ? *À quel point* ? C'est *toi,* et seulement toi, que je vois lorsque nous sommes ensemble. Je ne comprends pas pourquoi c'est différent pour toi.

– Nous avons un passé problématique.

Non. *Nos familles* ont un problème avec le passé. Nos pères. Ça n'a rien à voir avec nous.

Je repense à ce que mon père m'a dit. Aux accusations qu'a portées un Drew de dix-sept ans, et je me demande ce qu'il sait ou croit savoir de ce qui est arrivé.

– Comme je le disais, c'est compliqué.

– Les histoires de famille, c'est toujours compliqué. Pourtant, après y avoir réfléchi, je sens que quelque chose est possible entre nous, mais je refuse de m'y investir si je sais que je vais souffrir avant même que ça commence.

– On ne peut jamais garantir qu'il en sera autrement.

– Je sais, mais…

Je fais les cent pas dans le bureau. Je suis frustrée et j'ai peur de perdre Drew avant même que nous n'ayons eu vraiment la possibilité de nous retrouver.

– Brexton.

Il ne dit rien de plus, mais il y a tellement d'émotion dans sa voix que je suis sûre qu'il sait lui aussi qu'il existe quelque chose entre nous. Mais il a peur et je ne sais pas comment le rassurer.

– Je n'ai pas honte de toi, murmure-t-il.

– J'ai été contrariée quand tu m'as plantée l'autre soir. Je sais, tu avais une urgence, mais c'est comme si tu voulais me cantonner à certaines parties de ta vie et pas d'autres, et c'est dur pour moi qui, au contraire, te dévoile la mienne comme un livre ouvert. Je veux dire, je comprends, nous venons juste de nous retrouver après des années. Mais pour moi, nous avons quand même un certain degré d'intimité parce qu'après tout, nous nous connaissions bien à cette époque-là. Nous étions amis. Nous sommes toujours amis.

– Donc, tu as dit à ta famille que nous nous voyons tous les deux ?

Ça ne risque pas. J'hésite et il sait pourquoi.

– Tu ne l'as pas fait, je me trompe ?

– Non, je l'admets.

– Pourquoi pas ?

– Je ne sais pas pourquoi, mais j'ai peur de le faire. C'est presque comme si j'avais peur qu'ils se moquent de moi parce que j'ai craqué pour toi aussi vite.

– Ce qui me ramène à cette première nuit chez moi quand je t'ai dit qu'on ne parlait pas du passé.

– Mais le passé est ce que nous sommes, Drew. Le passé nous a façonnés et nous a amenés à ce moment de notre vie…

Je pousse un petit cri étranglé qui ne m'aide pas à me sentir mieux.

– Tu vois ? C'est compliqué.

– C'est vrai, mais c'est simple en même temps. Nous avons nos propres vies à vivre. Tout ça – le passé, notre histoire, nos pères – ne doit pas nous enfermer. C'est déjà assez compliqué de sortir avec quelqu'un, mais sortir avec quelqu'un qui annule les rencards à la dernière minute et refuse d'expliquer pourquoi, c'est pire que tout. Cela me donne le sentiment de n'être qu'un autre corps à ta disposition, comme si j'étais quantité négligeable, et franchement, j'estime que je mérite mieux que ça.

J'ai vingt-six ans, je veux plus que ça.

– C'est vrai, Brexton.

Il se racle la gorge et soupire.

– Tu mérites beaucoup mieux que ça.

– Alors, est-ce que tu peux comprendre que je ne te fais pas la gueule ? C'est plutôt que j'ai besoin de mettre mes idées au clair.

Parce que je suis déjà folle amoureuse de toi, Drew Bowman, alors que tout mon être me dit que c'est beaucoup trop tôt. Que je dois assurer mon équilibre avant d'être tellement bousculée que je vais souffrir.

Je sais qu'il n'y a aucune garantie quand il s'agit d'amour. *D'amour* ? Seigneur. Cette idée à elle seule justifie que je freine un petit peu. Que j'aie besoin de m'assurer que nous sommes sur la même longueur d'onde et que nous attendons les mêmes choses de cette relation.

34

DREW

« Ils se moqueront de moi parce que j'ai craqué si rapidement pour toi ». Les mots de Brexton tournent en boucle dans ma tête. M'obsèdent.

Les a-t-elle prononcés sans se rendre compte de ce qu'elle disait ?

Était-ce un lapsus ? Un aveu inconscient.

Mais elle les a dits et, maintenant, ce n'est plus un secret. Maintenant, je sais ce qu'elle pense, et c'est une bonne nouvelle. Moi qui pensais que j'étais un peu dingue de ressentir la même chose.

Comment ce genre de connerie peut arriver ?

Comment peut-on rencontrer quelqu'un quand on est ado, retrouver cette personne des années après et savoir immédiatement que ça devait arriver ?

Ça devait arriver ? Putain. Comment c'est possible ? Pourquoi est-ce que je pense des trucs comme ça ? Et comment est-ce que j'y crois alors que je n'ai jamais été du genre à y croire ?

Il y a eu le football. Il y a eu la famille. Il y a eu la nécessité de survivre.

Et maintenant il y a *elle*, putain.

Et d'une façon ou d'une autre, je dois remettre les choses à leur place.

Je ralentis en arrivant au carrefour et je cours sur place en attendant que le feu passe au rouge pour traverser.

Elle croit que cela me gêne de sortir avec elle. C'est à mourir de rire.

Elle ne se rend pas compte que je deviens dingue chaque fois qu'un des gars fait une remarque à son sujet ? À propos de ce qu'il aimerait lui faire ? Elle ne sait pas que j'adorerais dire à tout le monde qu'elle est à moi ?

Parce qu'elle est à moi.

N'est-ce pas le cas, d'une façon ou d'une autre, depuis ce premier baiser dans les Keys ?

C'est presque comme si le fait de la revoir, d'être avec elle de nouveau, avait confirmé quelque chose que je recherchais à mon insu. La ténacité de Brex. Son énergie. Sa passion pour la justice, même quand personne n'était d'accord. Son humour caustique, qui n'est pas toujours compris, et sa façon de renâcler quand elle rit trop fort. C'est adorable, putain.

J'avais oublié sa gentillesse, son empathie envers tout le monde, même ceux qui ne les méritent pas. Et je ne les méritais résolument pas quand on était gamins, et pourtant elle était comme ça avec moi aussi. Mais maintenant que je l'ai revue, que j'ai passé du temps avec elle, je m'en souviens.

Et puis, il y a ce qui est évident. Son allure. Sa beauté. Son apparence visible aux yeux de tous alors qu'ils n'ont pas idée de la jeune fille timide qu'elle était avant. Comment cette jeune fille est-elle devenue cette femme incroyable ? À l'assurance tellement naturelle et sexy ?

Toutes ces choses, ces traits de sa personnalité, sont ce que j'aime chez elle et que les autres n'ont pas.

Dans chaque femme avec qui je suis sorti, j'ai cherché un petit morceau d'elle.

– Bon sang !

Une dame qui se trouve à quelques pas de moi s'écarte avec sa poussette pour éviter ce dingue qui parle tout seul.

Mais j'entends les paroles de Brex.

Je crois que je comprends ce qu'elle veut dire.

Et puis, ne l'avait-elle pas déjà dit cette toute première fois ? Que nous mettions la charrue avant les bœufs. Qu'on est censé sortir ensemble d'abord avant de coucher ensemble.

Eh bien, il est peut-être temps de lui montrer que je l'ai entendue.

Je vais en baver – cela va me tuer de me priver d'elle –, mais peut-être qu'il est temps de ralentir.

Il est peut-être temps de reprendre au début, autrement que par un baiser sous l'emprise de l'alcool.

35

BREXTON

Drew : Je viendrai te chercher samedi. Sois prête à 9 h.

JE REGARDE FIXEMENT LE TEXTO ET JE FRISSONNE D'IMPATIENCE.

Cela fait quatre jours que nous nous sommes parlé. Quatre jours pendant lesquels je me suis angoissée à l'idée que peut-être j'en avais trop dit, que je l'avais poussé dans ses retranchements et que j'avais fini par le faire fuir.

Je veux dire, nous ne nous sommes vus que quelques fois, et pourtant… je crois qu'il fallait que je dise ce que j'ai dit. J'avais besoin de me rassurer et de lâcher ce que j'avais sur le cœur.

Et maintenant ça ? Un texto énigmatique. Une supposition que je suis libre ce jour-là.

Je le suis.

Mais si je ne l'étais pas, je trouverais le moyen de me libérer.

Je saisis mon téléphone pour répondre avec un large sourire.

Moi: Le ton est plutôt impérieux, non ?

Drew : Il faut bien que quelqu'un prenne les choses en main. Tiens-toi prête pour 9 h. Prévois d'être absente toute la journée.

Moi : Suis-je autorisée à demander où on va ?
Drew : Non.
Moi : Quelle tenue ?
Drew: Maillot de bain. Blouson. On sera dehors.
Moi: Autre chose ?
Drew : Je suis impatient de passer la journée avec toi.

Et si le rencard n'était pas suffisant, cette dernière ligne l'est.

Je me sens comme une midinette, à la regarder fixement bien plus longtemps que nécessaire, mais je m'en fiche. On a un rencard, et mon côté fleur bleue meurt d'impatience.

36

BREXTON

11 ANS PLUS TÔT

– Ça c'est vraiment naze, putain.

Drew lève les bras au ciel et Dekker et moi échangeons un regard en roulant les yeux.

Le mot *putain* est nouveau de cette année. Apparemment, Drew est devenu ado maintenant et, par conséquent, il pense que c'est cool de dire *putain* à tout bout de champ.

Dekker s'y est essayée une ou deux fois, mais juste après, elle regarde tout autour d'elle. Maman et papa nous tueraient s'ils nous entendaient dire ça.

– Qu'est-ce qui est naze ? demande Dekker en posant les pieds sur la table.

Elle prend une poignée de pop-corn et elle en fait tomber sur le sol au passage.

– Non, mais regardez ce gros nul.

Il pointe le doigt vers le match de football universitaire à la télé.

– Qui ? Le type qui vient de faire une passe désespérée et a inscrit un touchdown ? dit Dekker en riant. C'est de celui-là que tu parles ?

– C'est pas le sujet, dit Drew en se laissant tomber sur le canapé.

– Qu'est-ce qu'il a ? je demande, essayant désespérément de participer à la conversation dans l'espoir que Drew me remarque.

Je veux dire, Dekker est assise sur le canapé à quelques centimètres de lui, avec ses longues jambes et ses nichons naissants, alors que moi je suis assise là, telle un rêve de charpentier – plate comme une planche et droite comme un I.

– Jamais de la vie vous ne me verrez mettre les initiales d'une fille sur mon casque comme l'a fait ce quarterback. Quel bouffon !

Nous regardons tous les trois l'écran en attendant que le quarterback apparaisse de nouveau à l'image. Et là, on voit effectivement « K ♥ J » inscrit à l'arrière de son casque.

– Il l'aime peut-être, dis-je.

Drew pousse un grognement méprisant.

– Ce genre d'amour n'a pas sa place sur un terrain de football.

– Attends une minute, dit Dekker de sa façon hyper-théâtrale en se tournant vers Drew et en gesticulant des mains. Comment peux-tu dire ça ?

– Sans problème, j'ouvre la bouche et des mots en sortent.

– Tu te trouves drôle ?

– Oui.

Drew lance du pop-corn dans sa bouche et le mâche bruyamment pour nous énerver.

– C'est pas toi qui t'étais peint GH sur la main pour ton match de la fête du lycée le mois dernier ?

– Moi ? Jamais, dit-il en ouvrant des yeux ronds.

– Quel baratineur ! Arrête de mentir. Je l'ai vu sur ton réseau social. Tu avais GH pour Ginnie Huber sur la main.

– C'est même pas vrai.

La voix de Drew monte dans les aigus, puis se brise, ce qui nous fait rigoler.

– Si, c'est vrai.

Dekker lui lance un morceau de pop-corn.

– C'est qui le bouffon, maintenant, hein ?

– Ça n'a rien à voir.

– Ah ouais ?

– C'est elle qui m'a demandé de le faire. C'était la fête du lycée. Tous les joueurs l'ont fait.

– J'ai jamais entendu un tel tissu de conneries, dit Dekker en regardant rapidement autour de la pièce comme si nos parents allaient apparaître comme par magie… alors qu'on les voit dans le jardin par la fenêtre. Aucun des autres joueurs n'avait des initiales sur la main. J'ai bien regardé.

– T'as fouiné dans les photos de mon équipe de football ?

– Ouais, et je n'en ai pas vu un seul, dit-elle avec un sourire de plus en plus large.

– Ben, t'as pas bien regardé.

– Donc, tu veux me faire croire que comme ça, sans raison, Ginnie Huber t'a demandé d'écrire GH sur ta main et que toi, tu as décidé, toujours comme ça, de le faire ?

– J'ai dit que c'était une longue histoire.

– Non, tu as dit que c'était un truc pour la fête du lycée. Faudrait savoir.

Dekker croise les bras sur sa poitrine, tout excitée à l'idée d'avoir pris le parfait Drew en flagrant délit de mensonge.

– Parce que ça fait penser à ce genre d'histoire où tu t'es dit que si tu écrivais GH sur ta main, tu aurais toutes tes chances de passer la première base[5] après le match.

– Comme si j'avais besoin de ça pour passer la première base ! fanfaronne Drew.

---

5. Aux États-Unis, le jeu de base-ball est utilisé comme métaphore pour décrire les activités sexuelles ou presque sexuelles. La première base désigne un baiser amoureux.

Un petit bout de mon cœur se brise et je le couve du regard en me disant que j'aimerais bien avoir l'occasion d'aller à la première base avec lui.

Il est si craquant. Ses cheveux sont plus longs que la dernière fois et ses boucles couvrent un peu ses oreilles, mais son corps est en pleine transformation. C'est peut-être le résultat des poids qu'il soulève pour le football, en tout cas, maintenant il est musclé. Il me surprend en train de le regarder et hausse les sourcils comme si je me liguais avec Dekker pour le harceler. Je me contente de secouer la tête en reportant mon attention sur le match. *Si ça, c'est pas nul, Brex. Le dévorer des yeux ? Et te faire prendre ? T'es vraiment naze.*

– Depuis quand t'es devenu si arrogant ? demande Dekk.

– Depuis que tu es devenue une bouffonne.

– Une bouffonne ? C'est toi qui te moques de ce joueur parce qu'il a fait ça. (Elle montre la télé du doigt.) Et ce sera quoi, après ? Tu vas écrire GH à l'arrière de ton casque, toi aussi, pour que tout le lycée sache que tu l'as fait avec Ginnie ?

Je grimace en entendant Dekker. Je ne veux surtout pas penser à Drew *faisant quoi que ce soit* avec une autre fille. Je rougis.

– Tu me vois mettre ce genre de conneries sur mon casque ?

Il grogne et croise les bras d'un air agacé.

– Même si tu étais follement amoureux ? demande-t-elle.

– Nan, dit-il en poussant un soupir exaspéré.

– Tu veux dire que même si c'était la seule façon de déclarer ta flamme éternelle à quelqu'un, tu ne le ferais pas ?

– Dekker !

Il pousse un soupir agacé.

– Eh bien ?

– Ben voyons. Bien sûr. C'est *exactement* ce que je ferais pour déclarer ma flamme éternelle à quelqu'un. Une déclaration publique pour que tout le monde la voie, parce que je serais particulièrement ravi que les gars se foutent de moi, exactement comme je viens de le faire pour ce type à la télé.

– Je suis sérieuse, ajoute Dekker.

– Moi aussi. Et même mieux, je pense que c'est le moyen que je choisirais pour demander sa main à la femme que je voudrais épouser. Rien de tel que des gestes aussi craignos pour rendre le moment encore plus délicieux.

– Mais tu as toujours dit que tu ne te marierais jamais.

– Précisément, dit-il avec un hochement de tête résolu et en rigolant, tout en laissant tomber la télécommande comme une star jette le micro avant de sortir à grandes enjambées.

Il doit être très énervé pour partir au milieu d'un match de football.

D'après le sourire de Dekker, il est clair qu'elle pense que, d'accord il a jeté le micro, mais que c'est elle qui a eu le dernier mot, même s'il n'a pas été prononcé.

37

BREXTON

Lorsque j'ouvre la porte, je manque de défaillir en voyant Drew. Il porte un tee-shirt noir en V, un short, et arbore un sourire qui me terrasse sur-le-champ.

– Salut.

– Salut, répète-t-il en me tendant un bouquet de marguerites.

– Tiens, c'est pour toi.

J'émets un petit son idiot dont je n'ai pas honte tout en enfouissant mon visage dans les fleurs sauvages.

– Merci. Elles sont très belles.

Je lui prends la main.

– Tu m'as manqué, Brex.

Seigneur il n'est là que depuis quelques minutes et ma résolution de garder mes distances est déjà oubliée.

– Toi aussi, tu m'as manqué.

Je vais vers lui pour l'embrasser sur la joue, mais il recule.

– Pas encore.

– Pas encore ?

Je ris, légèrement déconcertée.

– Cela me fait du mal de le dire. Surtout quand je te vois là devant moi et que tu m'as manqué, mais tu avais raison cette première nuit.

– À propos de quoi ?

– Quand tu as dit qu'on avait tout fait à l'envers. Commencer par coucher ensemble sans être jamais sortis ensemble avant, et donc…

– Pourquoi est-ce que j'ai le sentiment que je vais regretter d'avoir dit ça ?

– Crois-moi. Tomber dans ton lit est la chose la plus facile que j'aie jamais faite. Ne pas y retomber – pour faire les choses comme il faut – va être une des plus difficiles.

– Qu'est-ce que tu veux me dire, Drew ?

– Je veux dire que nous allons à notre premier rencard. Je me suis promis que ce serait le plus beau premier rencard qui n'ait jamais existé. Je te le dois.

Mon cœur fond comme neige au soleil à ses pieds, et je ne peux m'empêcher de sourire.

– Je ne sais vraiment pas quoi dire.

– Dis que tu es tout excitée à l'idée de passer la journée avec moi.

– C'est vrai. Je le suis vraiment.

Je fais un pas vers lui.

– Je n'ai même pas le droit de te faire un bisou pour te dire bonjour ?

Il me regarde en serrant les mâchoires, le regard lourd de désir.

– Si tu insistes.

Nous nous avançons l'un vers l'autre. Du pouce et de l'index, il lève mon visage vers le sien et pose ses lèvres sur les miennes pour le plus doux et le plus tendre des baisers. C'est le genre de baiser qui augure de bien de choses à venir. Un niveau de respect qu'aucun homme, à part mon père, ne m'a jamais particulièrement manifesté auparavant. C'est un baiser empreint d'une délicatesse que nous n'avons pas partagée jusqu'ici. Une nouveauté qu'il nous reste à expérimenter.

***

Je lance un coup d'œil vers Drew et je secoue la tête. Je n'arrive toujours pas à croire qu'il a fait tout ça pour moi.

Il est assis à côté de moi avec un casque audio sur la tête, la main négligemment posée sur ma cuisse, tandis que le monde défile à toute allure devant la vitre à côté de lui. On est passés de la jungle du béton aux arbres luxuriants. De la ville à la campagne.

Si j'avais pensé que le rencard était une surprise en soi, Drew se garant à l'aéroport, et m'entraînant sur le tarmac vers un hélicoptère qui nous attendait, l'était encore plus.

Il me sourit, et j'ai envie de me faufiler sur ses genoux en me rappelant ce sentiment. Qu'il a pris le temps de planifier quelque chose pour moi. Peut-être un peu excessif, mais extraordinaire néanmoins.

Et mon corps est encore tout vibrant de ce baiser. C'est étrange quand on pense que nous avons déjà couché ensemble, que nous avons fait l'amour sauvagement contre cette porte à Miami – mais il y avait quelque chose derrière ce baiser qui m'a dit que ceci est plus… qu'il passe à l'étape suivante en essayant de comprendre ce qu'il y a réellement entre nous.

– Tu comptes me dire où nous allons ?

Cela le fait sourire.

– Là-bas.

Je suis des yeux son doigt qui pointe vers un grand lac qui s'étend au milieu d'une épaisse forêt. En me penchant davantage, je découvre tout. Le scintillement des reflets du soleil sur la surface de l'eau. Le sillage des bateaux qui croisent. Le vert des arbres qui l'entourent.

Cela évoque l'été et la détente, et je me tourne vers lui avec un grand sourire.

– C'est vrai ?

Il hoche la tête.

– Tu t'en souviens ?

C'est à mon tour de le regarder avec de grands yeux quand je comprends. Il me ramène au terrain de jeux de notre enfance : Lake George. Où nous avons passé tant d'étés et mangé beaucoup trop de marshmallows grillés tout en essayant de nous faire peur en nous racontant des histoires de fantômes.

Ce sont des souvenirs de moments d'insouciance et d'innocence. Quand nos chalets de location résonnaient de nos rires, que les soirées s'étiraient, allongés sur le sol à regarder les étoiles, et que ma mère était encore de ce monde. C'est incroyable à quel point elle me manque toujours autant après toutes ces années, et en revoyant ce lac, je ressens ce manque. Les souvenirs reviennent à flots. Son rire la fois où j'avais accidentellement retourné le kayak sur lequel nous étions. Sa façon de chanter l'hymne américain de toute la force de ses poumons quand nous regardions le feu d'artifice sur le lac le 4-Juillet. Son habitude de nous emmener en douce acheter des glaces sous couvert d'aller faire un peu d'exercice en s'assurant que personne ne le saurait. Et quand elle nous appelait dans sa chambre pour nous faire des câlins qui se terminaient invariablement en chatouilles et en rigolade.

Les souvenirs de Lake George sont toujours heureux et insouciants. *Et Drew m'a amenée ici aujourd'hui.* Est-ce que cela veut dire qu'il est prêt à laisser entrer un peu de son passé dans le présent ?

– Tu es sérieux ?

Il se contente de sourire tandis que le pilote nous informe que nous n'allons pas tarder à atterrir.

***

Nous flânons, Drew et moi, le long de la petite rue principale ensoleillée, en balançant nos mains enlacées. Combien de nuits ai-je passées à rêver de ça dans mon lit quand nous étions en vacances ici ? Combien de choses ai-je mentalement concédées pour que ça arrive ? Pas seulement pour que Drew Bowman me voie autrement que comme Brex La Peste, mais pour qu'il me tienne la main au vu et au su de tout le monde ?

C'est drôle de voir à quel point la vie change et que, pourtant, certaines de ces choses si simples gardent toute leur importance.

Comme ça.

Comme le moment présent.

– Quel est ton souvenir le plus marquant de cet endroit ? demande Drew.

– Il y en a tellement, mais le marchand de glaces qui vendait des cônes énormes…

– Pour lesquels nous pariions à qui finirait le premier pour ensuite avoir affreusement mal au ventre.

– Ouaip.

– Ta mère adorait cet endroit.

– C'est vrai.

Je souris, ça me fait plaisir qu'il s'en souvienne.

– Les rires. On riait tellement tout le temps, c'est vraiment ce qui me revient en premier quand je repense à nos vacances. Ça, et puis aussi quand on se levait le matin et qu'on courait jusqu'au ponton pour sauter dans l'eau, parce que le dernier a perdu.

Il acquiesce en souriant.

– Le feu d'artifice du 4-Juillet. Les journées passées dans l'eau et les soirées devant le feu de camp.

– C'était top, non ?

– Si.

Je lui lance un regard, mais ses yeux sont dissimulés derrière ses lunettes de soleil.

– Plus que tout, je me souviens qu'on n'avait pas de soucis. On n'avait qu'à être des gamins. Insouciants. Et ne penser qu'à ce qu'on pourrait inventer comme bêtise à faire le lendemain.

Il s'arrête devant une allée privée et soulève nos mains toujours entrelacées pour désigner la maison devant nous. C'est une maison de planches, grise avec un liseré blanc. Il y a des vélos devant la maison et un drapeau américain qui flotte au vent au-dessus du garage.

C'est l'image idyllique de l'Amérique moyenne, avec son herbe verte et ses parterres de fleurs abondants.

– Tu te souviens de cet endroit ? demande-t-il.

Je secoue la tête, puis je m'arrête quand je me rends compte que c'est *la maison* dans laquelle nous venions. Les Kincade habitaient celle-ci, et les Bowman son exacte réplique bleue juste à côté.

– Dans mon souvenir, elle était beaucoup plus grande. Beaucoup plus loin de la ville.

Les souvenirs affluent tous en même temps. Drew poursuivant Dekker dans le jardin avec le tuyau d'arrosage. Maggs et moi dessinant une marelle dans l'allée. Le ponton commun qui nous emmenait jusqu'au lac et qui servait à tout, depuis l'emplacement pour nos spectacles à la piste de course en passant par le coin de pêche.

– C'est parce qu'on était petits, tout nous paraissait grand à l'époque. Et puis, la ville s'est développée et ce qui était à la périphérie est maintenant en plein centre de la ville.

Il m'attire contre lui et dépose un baiser sur le sommet de mon crâne, et nous regardons comme des idiots se dérouler devant nous un pan heureux de notre enfance.

– Mais les maisons n'ont pas changé.

– En effet.

– Viens, on va voir si c'est toujours là.

– Si quoi est toujours là ?

Il me tire par la main pour que je le suive.

– C'est une propriété privée, *Drew.* On va s'attirer des ennuis.

Il se contente de rire et ralentit le pas quand nous arrivons sur le côté de la maison.

– Qu'est-ce qu'on fait là ? je murmure sur un ton sévère.

– C'est toujours là, murmure-t-il en s'accroupissant et en dégageant quelque chose dans le ciment que je ne peux pas voir.

– C'est quoi ?

– J'ai pensé que ça te ferait plaisir de voir ça.

Et quand il déplace sa main, je ne peux pas retenir un petit cri tout en tombant immédiatement à genoux pour le toucher.

Là, dans le ciment, se trouvent cinq empreintes de mains – une grande, quatre petites, avec des initiales gravées au centre de chacune.

Mais je tends la main pour en toucher une en particulier. C'est celle qui comporte les initiales CK. *Claire Kincade. Ma mère*. Les yeux pleins de larmes, je pose la main sur celle de ma mère. Et je trouve avec elle une connexion dont j'avais un besoin fou sans même en avoir conscience.

Et j'accueille avec bonheur le déferlement de souvenirs si chers – avec une joie mêlée de tristesse, de manque et d'amour – sur le côté d'une maison qui appartient à quelqu'un d'autre, et où on entend des rires provenant de l'intérieur. Je remarque aussi que ma main est de la même taille que la sienne.

Je regarde fixement, les yeux brouillés de larmes, incapable de détacher mon regard de sa main qui tient la mienne.

La maman qui me manque tant, et dont, pourtant, je me sens plus proche à cet instant.

Drew me caresse doucement le dos pour me réconforter en s'asseyant à côté de moi sans rien dire, me laissant profiter d'un moment que je n'avais même pas imaginé.

Il me laisse tout le temps qu'il me faut, le temps que mes sanglots étouffés se transforment en souffle haché, puis en un silence plein de gratitude.

– Merci.

Je pose ma tête sur son épaule.

– Tu n'as pas à me remercier. J'ai pensé que tu pourrais être contente de voir ça.

– Comment ça se fait que tu t'en sois souvenu ? Moi, j'avais oublié.

Mais maintenant, cela me revient. Je me rappelle que les propriétaires avaient fait couler une dalle de ciment et nous avions tous attendu que les ouvriers soient partis déjeuner pour nous précipiter et plonger nos mains dans la dalle qui séchait lentement.

– Je m'en souviens parce que j'étais jaloux que ta mère fasse ça alors que la mienne aurait préféré mourir plutôt qu'avoir du ciment sous les ongles.

Je souris doucement, mais me reviennent des souvenirs doux-amers. La personne la plus proche d'une mère pour moi, c'était Brenda Bowman. C'était elle dont j'aurais eu besoin lors de la mort de ma mère. Celle dont j'aurais aimé qu'elle me serre dans ses bras quand les larmes ruisselaient sur mes joues et que je ne trouvais pas les mots.

Parce qu'avec elle j'aurais été capable d'exprimer mon chagrin, ma tristesse. Je ne pouvais pas le faire avec mon père. Il était déjà suffisamment anéanti, et je tenais le coup, je faisais semblant, mais il y avait toutes ces nuits où je m'endormais en pleurant, étouffant mes sanglots dans mon oreiller, et où j'aurais voulu que quelqu'un soit là pour me consoler. Quelqu'un qui comprendrait ce que ma mère représentait pour notre famille. Pour moi.

Notre perte était immense, et voilà que nous les perdions, eux aussi.

Je me demande comment les choses auraient évolué si le scandale de Gary n'avait pas éclaté à ce moment-là. *Ou pas du tout.* Est-ce que Brenda serait devenue comme une mère de substitution pour nous ? Est-ce que sa présence dans nos vies aurait épargné à Dekker le chagrin et les maux de tête qui accompagnèrent pour elle l'obligation de grandir beaucoup trop vite et d'essayer d'être une mère pour nous ?

Un enchaînement de répercussions si considérable – quoi qu'il se soit passé. Pourquoi ce secret après toutes ces années ?

Je refuse, je ne peux pas, laisser les suppositions gâcher ce moment. Ce souvenir. Elle était vivante à ce moment-là. Chaleureuse, aimante, pleine de joie. Et cela doit me suffire.

– C'est le plus beau cadeau qu'on m'ait jamais offert. Un cadeau dont je ne soupçonnais pas avoir besoin. En me voyant aussi émue aux larmes, tu t'imagines bien à quel point il m'a fait plaisir.

– Je suis heureux qu'il soit encore là.

Je sors mon téléphone et prends une photo du souvenir et demande à Drew d'en prendre une où ma main colle avec celle de ma mère.

– Je pense qu'on ferait bien de partir avant d'avoir des ennuis parce que nous sommes là.

– Ils savaient que nous allions venir. J'ai réussi à trouver leur numéro et je leur ai demandé si c'était toujours là.

– Tu as fait ça pour moi ?

Pour toute réponse il se contente de sourire d'un air timide et m'aide à me relever.

38

BREXTON

– Comment ça s’est passé après la mort de ta mère ?

La tête posée sur ses genoux, je lève les yeux pour le regarder. Le sable grossier sur lequel nous sommes assis est chaud et il y a des jeunes qui jouent dans l’eau et s’éclaboussent à une dizaine de mètres de nous. La plage est encore animée à cette heure de l’après-midi où le soleil commence à baisser.

Comment répondre à cette question ? Comment expliquer ce que cela fait quand on vous arrache le cœur la semaine suivant votre seizième anniversaire et que vous craignez de ne plus jamais éprouver aucun sentiment ? Et que vous vous lancez tête baissée dans toutes les relations qui se présentent – même si cela implique d’avoir le cœur brisé de temps en temps – rien que pour vous prouver que vous avez encore des sentiments. Que votre cœur bat encore, même si vous avez l’impression qu’il est mort.

Je me mordille les lèvres et je soutiens son regard bleu avant de parler.

– C’était comme si on essayait de trouver un nouveau rythme tout en sachant que rien ne serait plus jamais comme avant, malgré le temps qui passe. C’était comme être précipité du haut d'une falaise sans parachute et qu'on te dise de te débrouiller pour atterrir. Même si tu penses que tu n'y survivras pas et que la douleur sera insupportable.

– Je suis désolé.

– Ça fait longtemps.

Je me déplace un peu pour mieux le voir.

– Et nous, nous n'étions pas là pour vous. On aurait pu.

– Le monde était en train de s'écrouler pour vous aussi, Drew.

Il repousse mes paroles en secouant la tête.

– Le lac paraît plus petit maintenant. Il me semblait immense quand on le regardait d'ici à l'époque.

Ce soudain changement de sujet est on ne peut plus significatif, et je me demande comment je dois réagir. Le laisser changer de sujet et balayer tout ça sous le tapis ou carrément lui poser la question ?

Le fait que nous soyons ici – que nous ayons fait tout ce chemin, au sens propre comme au sens figuré – implique que je n'ai pas le choix, je dois lui demander.

– Pourquoi as-tu si peur de parler avec moi de ce qui est arrivé ?

Je m'assieds et le regarde dans les yeux.

– Parler de quoi ?

Il baisse les yeux et je prends ses mains dans les miennes.

– De ta famille. De ce qui s'est passé. De tout ce qui te pousse à me maintenir à l'écart de ta vie.

Il fixe mes mains, et ses épaules s'affaissent comme si elles supportaient le poids du monde entier.

– Mon père est malade. L'autre soir quand j'ai atterri, le jour où j'ai annulé notre rendez-vous, j'avais reçu un coup de téléphone affolé de ma mère pour me dire qu'il avait été admis à l'hôpital.

– Oh, Drew.

– Ça va. Il va bien. Il a fait une réaction allergique à ses nouveaux médicaments et je ne sais pas… c'était la panique la plus totale, et elle avait besoin de moi.

– Mais pourquoi tu ne me l'as pas dit ? Pourquoi…

Je ne sais pas quoi dire. Pourquoi toutes ces cachotteries ? Je ne vois pas où est le problème de dire à quelqu'un qui te connaît depuis longtemps qu'un membre de ta famille a besoin de toi. C'est normal d'être là pour sa famille.

– Tu n'avais qu'à me le dire.

– Je ne sais pas.

Il passe le bout du doigt sur le dos de ma main.

– J'aurais eu l'impression de le trahir en te le disant.

J'ouvre la bouche, mais d'un mouvement de tête il m'arrête avant que j'aie commencé à parler.

– Je sais que cela ne te paraît pas logique, mais pour moi ça l'est. Personne ne sait qu'il est malade. Personne, et il faut que cela reste comme ça. Et la dernière personne à qui il voudrait qu'on le dise, c'est la fille de Kenyon, surtout après tout ce qui s'est passé.

Je déglutis péniblement en essayant d'imaginer quel rôle Drew pense que mon père a joué dans cette affaire. Qu'est-ce que Gary a bien pu dire à son fils pour déplacer la faute de façon à apparaître sous un éclairage différent à ses yeux.

Et malgré mon envie de crier sur les toits que mon père n'a rien à voir avec le scandale qui a entouré Gary, ce n'est ni le bon moment ni le bon endroit pour le faire. À cet instant, il n'y a rien que je puisse dire à Drew qui contredira une vie entière pendant laquelle on lui a dit que le ciel est vert alors qu'en réalité il est bleu.

Les larmes me montent aux yeux et, malheureusement, je ne réussis pas à les essuyer avant qu'il les voie. Le problème, c'est les émotions que je vois dans les siens, l'inquiétude, la perplexité, le désaccord – parce que cela ne fait que me rendre encore plus triste.

– Alors, c'est la bataille à laquelle nous sommes confrontés. Le fossé qu'il y aura toujours entre nous.

Un muscle bat sur sa mâchoire tandis qu'il réfléchit à sa réponse.

– C'est pour ça que j'ai dit depuis le premier soir que le passé est un sujet tabou.

J'essuie mes larmes et je détourne les yeux vers le lac en face de nous. La brise fait frissonner sa surface par endroits alors qu'à d'autres elle demeure plate comme de l'huile. Encore un rappel du fait que les mêmes événements nous ont touchés l'un et l'autre de façon différente.

Il se rapproche derrière moi, encadre mes jambes avec les siennes et appuie son torse contre mon dos. Son menton vient se poser sur mon épaule et ses bras me serrent fort contre lui.

– Je m'efforce de m'en sortir, Brex. Toi – tout ça –, c'est si inattendu et si formidable, et je dois déconstruire des années passées à protéger des trucs dont je ne possède même pas tous les éléments. Alors, sois patiente avec moi et ne laisse pas tout ça détruire ce qu'il y a entre nous, parce que, exactement comme tu avais besoin de voir ces empreintes aujourd'hui, moi j'ai besoin de toi.

Il pose ses lèvres sur mon épaule nue.

– Il se passe quelque chose ici, quelque chose digne d'un premier rencard, même si nous avons déjà couché ensemble.

Je pose ma main sur la sienne et je ferme les yeux. Bien sûr, le décor qui nous entoure est magnifique et inspirant, mais c'est vrai aussi de l'homme qui se trouve derrière moi. Je dois croire que nous trouverons un moyen de tout arranger.

– Tu disais que ton père est malade ?

– La maladie de Charcot.

Il n'y a pas d'émotion dans sa voix, mais ce nom est suffisamment dévastateur en soi. Il se racle la gorge.

– Maladie de Charcot sporadique.

– Je suis désolée.

C'est ce qu'il m'a dit à propos de ma mère, et même si je sais d'expérience que ces mots sont peu de chose en regard de la perte, j'espère qu'il sait que je suis sincèrement désolée de savoir qu'il va vivre le même deuil avec son père. J'ai peu de connaissances sur le sujet, mais je sais quand même qu'on n'en guérit jamais complètement.

– Ils sont légers pour l'instant. Les tremblements. Mais c'est comme sauter de cette falaise dont tu parlais, même avec un parachute, on sait que la fin sera rapide et douloureuse.

Je hoche la tête, parce que je comprends ce qu'il veut dire. J'ai moi-même traversé cette épreuve qu'est la perte d'un de mes parents, et il y est plongé la tête la première. La question est de savoir s'il vaut mieux se laisser aveugler par elle ou la regarder arriver en face.

Il presse de nouveau ses lèvres sur mon épaule et de façon imprévisible se met à me chatouiller. Il n'y a rien de tel que des doigts qui s'agitent sur vos côtes pour mettre fin à une conversation pesante. Je me tortille pour lui échapper en riant comme une baleine.

– Arrête. Je t'en supplie, arrête.

Je glousse, mais il me maintient contre lui d'une main et laisse les doigts de l'autre danser sur ma peau.

– Je ferai tout ce que tu veux, *tout ce que tu veux*, pour que tu arrêtes.

– Tout ? dit il en immobilisant sa main et en rigolant d'un air suggestif. Je m'efforce de bien me conduire. Ne me tente pas.

– Ah oui, j'oubliais, dis-je de ma voix la plus guindée. Toutes mes excuses, gentil seigneur.

Il rigole et me pose un baiser derrière la tête.

– Et qu'est-ce que tu penses de ça à la place ?

– De quoi ?

– Ça.

Il se met à dessiner quelque chose dans mon dos du bout du doigt.

– Qu'est-ce que tu…

Mais je souris automatiquement quand je comprends ce qu'il dessine. Est-ce qu'il se souvient aussi bien que moi de cette conversation ? Celle à propos des initiales sur les casques de football et sur les mains pendant le match de la fête du lycée, et de vouloir passer la première base, ou n'est-ce qu'une coïncidence incroyable ? Il trace de nouveau les deux lettres. *DB.*

C'était quoi, le mot qu'il avait employé ce jour-là ? *Un bouffon* ? Oui. C'est ça.

– Est-ce que tu deviendrais un bouffon, Drew Bowman ?

– Moi ? Un bouffon ? Je ne pense vraiment pas que c'est le terme qui convient.

Il se met à rire.

– Bouffon ou pas, tu te trompes de sens. C'était moi qui avais tellement envie de voir mes initiales sur ta main après cette discussion. J'étais tellement jalouse de Ginnie Machinchose. Tu avais ses initiales sur la main et tu essayais de passer la première base avec elle.

Drew rejette la tête en arrière et se met à rire.

– On s'en fout de cette pauvre Ginnie Huber. Je pense vraiment que toi et moi avons largement dépassé le stade de la première base.

– Ça n'empêche que j'ai toujours envie de voir mes initiales sur ta main.

– Vas-y, dit-il en tendant la main. Elle est toute à toi.

Je pose une main sur ma poitrine en feignant l'excitation.

– Pour moi ? Le footballeur de mes rêves va arborer mes initiales ?

– Oui.

Je prends sa main et trace BK sur le dos de sa main plusieurs fois, en souriant bêtement pendant tout le temps.

– Tu es rassurée ?

– Je suis sur un petit nuage.

– Apparemment, ce n'est pas compliqué de te faire plaisir.

– Chut. Ne le dis à personne, je dis en me laissant aller contre lui.

Est-ce qu'on se sent comme ça quand on est avec Drew ? Détendue ? Consciente du passé, mais pas totalement déconnectée ?

Bien sûr, je veux toujours savoir la vérité à propos de ce passé, les réponses concernant le scandale qui a mis un terme à l'amitié entre nos pères, mais peut-être que c'est ça, tourner la page, pour nous ? Peut-être ce compromis que nous avons trouvé nous suffit-il pour que nous puissions trouver une relation normale.

Parce que n'est-ce pas à quoi cette journée ressemble ? Un pas dans la bonne direction ? Le début d'une histoire qui pourrait être la nôtre.

Le point positif ? *C'est que je pense sincèrement qu'il veut lui aussi que cette histoire existe.*

Cette journée a été parfaite par tellement d'aspects et, alors que nous sommes assis là, je me délecte de cette idée pendant qu'autour de nous des gamins jouent, des mamans grondent et des papas râlent à propos de tout ce merdier qu'il faut remporter dans la voiture.

C'est tellement parfaitement normal, et j'adore ça.

– Au mariage, tu m'as dit que j'avais trop peur pour avancer dans la lumière…

– C'est seulement parce que j'étais furieuse que…

– C'est lui la raison, dit-il d'un air détaché. En restant à New York, je suis près de mon père. Cela me permettra d'être présent pour aider quand les choses vont empirer. Et je ne suis pas naïf, Brex. Ça va arriver. Je ne veux pas avoir à regretter de n'avoir pas été là.

– Tu es trop bon pour rester remplaçant, Drew.

Il a un rire d'autodérision.

– Je sais. Et peut-être que je l'avais oublié. Peut-être que j'ai fait passer mon devoir envers ma famille avant tout le reste, mais quand je t'ai entendue le dire, que j'ai su que tu y croyais, j'ai réalisé à quel point j'avais mis de côté mes propres envies et mes propres désirs.

Je ne laisse pas paraître ma surprise quand je croise son regard. J'ai envie d'être soulagée par cette soudaine révélation, mais je sais très bien qu'il y a loin de la révélation à l'action.

– Alors, qu'est-ce tu envisages de faire ? je demande d'une voix hésitante.

Il secoue la tête, le visage grave.

– Les Raptors ne vont pas se débarrasser de Hobbs. Ce qui veut dire que pour être QB titulaire, il faudrait que je sois échangé dans une autre équipe. Indépendamment de mon désir de jouer sur le terrain, est-ce la bonne chose à faire ?

– Je ne crois pas qu'il y ait une bonne réponse à cette situation.

– Mon père et moi, nous avons une relation compliquée, pour employer un euphémisme. Mais il n'a peut-être plus qu'un an à vivre, d'après ce qu'on m'a dit. Est-ce que je me conduis en égoïste et je devrai l'assumer, ou bien est-ce que ce sera la chose que je regretterai éternellement ?

Je serre sa main en guise de réponse et je me demande combien ça doit être difficile. Décider de sacrifier sa carrière professionnelle pour donner plus de sa personne.

Cela ne doit pas être facile.

Surtout pour un ego masculin.

Particulièrement quand vous savez que vous êtes suffisamment doué pour réussir ailleurs.

Cet homme a tellement de facettes. Et j'imagine qu'il y en a d'autres que je n'ai pas encore comprises.

– Merci de m'avoir fait suffisamment confiance pour me le dire.

Je baisse la tête pour l'embrasser sur le bras.

– Je suis là si jamais tu as besoin d'une oreille attentive. Je n'aurai pas les réponses, mais au moins tu auras quelqu'un à qui te confier.

Pour toute réponse, il se contente de soupirer.

Avec ses bras autour de moi, nous contemplons le soleil qui se couche lentement derrière les arbres qui entourent le lac. Nous regardons le scintillement des premières étoiles, écoutons le premier soupir de la nuit dans le bruissement des feuilles et profitons simplement du silence.

Parce que nous sommes là l'un pour l'autre.

39

DREW

– Tu n'entres pas ?

Elle pivote sur elle-même alors que je reste debout devant sa porte, nos mains tendues entre nous.

J'essaie de penser à quelque chose, *n'importe quoi,* pour faire disparaître l'image si parfaite de son corps en bikini tout à l'heure. Je ne sais pas si c'est plus facile ou plus difficile pour moi, sachant que mes mains ont déjà parcouru chaque centimètre de ces courbes.

– Je ne peux pas.

– Tu ne peux pas ? Je te promets de ne pas te mettre en retard pour ton match de demain.

Elle sourit.

– Tu ne joues pas franc jeu, Brex.

– Ça veut dire quoi, ça ?

– Ça veut dire que c'est absolument ce que j'ai envie de faire, mais je ne peux pas.

Une lueur d'étonnement s'allume dans son regard.

– Pourquoi pas ?

– Parce que c'est notre premier rencard, et je me suis promis de ne pas le faire.

Ses lèvres forment un O de surprise et je dois m'obliger à détourner le regard pour éviter de penser à ce que je voudrais que ces lèvres me fassent, là, tout de suite.

– Mais mes initiales imaginaires sont dessinées sur ta main.

– Cela ne te donne pas droit à plus, *Ginnie*, dis-je en riant.

Mais je n'entre toujours pas.

– Les premiers rencards se terminent sur un baiser. Ils se terminent sur toi qui fermes la porte et moi qui rentre chez moi en me demandant avec inquiétude si j'ai fait bonne impression ce soir.

– Tu es sérieux, on dirait.

– Je m'efforce de l'être.

– Tu as fait bonne impression, Bowman. Tu n'as pas d'inquiétude à avoir.

Je souris comme un putain d'ado.

– Tant mieux.

– J'ai quand même droit à un baiser ?

– J'ai fait tout ce que je pouvais tout au long de la journée pour en gagner un, dis-je en avançant d'un pas.

– Tu en as incontestablement gagné un, murmure-t-elle quand je prends son visage entre mes mains et cède à la tentation que représente Brexton Kincade.

Je vais regretter mon serment à la minute où nos lèvres se touchent. Au moment où ma langue persuade ses lèvres de s'entrouvrir. À la seconde où son doux gémissement atteint mes oreilles et roule contre ma poitrine.

Cette satanée bonne femme.

Son baiser.

Son défi.

Sa beauté.

Sa compassion.

Sa passion.

Je dois me forcer à détacher mes lèvres des siennes. À faire un pas en arrière.

Parce qu'un homme vaut ce que vaut sa parole, et je suis sur le point de revenir sur ma promesse si elle me tente un peu plus longtemps.

Brexton pousse un gémissement de protestation quand j'écarte mes mains de son corps et les pose résolument sur chaque montant de la porte.

– Il faut que j'y aille.

Elle fait un signe de tête en plantant ses dents dans sa lèvre inférieure et elle baisse les yeux vers mon érection bien visible sous mon short. Elle hausse les sourcils.

– Il faut vraiment que j'y aille.

Elle émet un petit rire rauque qui ne fait rien pour dissiper mon désir.

– Merci pour cette journée, Drew. Pour avoir fait revivre de vieux souvenirs et pour en avoir créé de nouveaux avec moi. Pour m'avoir parlé. Pour avoir ri avec moi. Pour m'avoir embrassée pour me dire bonsoir après notre premier rencard et pour être un parfait gentleman.

Elle fait un pas en avant sur la pointe des pieds et m'embrasse de nouveau. Mais, cette fois, ce baiser et lent et doux et ressemble à une torture agréable dont je ne me rassasie pas.

– Bonne nuit, Brex La Peste.

– Bonne nuit, Drew Le Terrible.

Et lorsqu'elle referme la porte, j'appuie mon front dessus, les mains arrimées au chambranle, et je pousse le soupir le plus long de l'histoire des soupirs.

Je lui ai dit pour mon père.

Ce n'est pas anodin. C'était accepter de m'ouvrir à elle.

Quelque part j'éprouve du… soulagement à cette idée. *Je ne suis plus totalement seul.*

Mais, par ailleurs, je suis terrorisé. *Et si je devais être trahi ?*

40

DREW

6 ANS PLUS TÔT

– Tu crois vraiment que je ne savais pas qui tu étais quand je t'ai recruté, fiston ?

Je regarde Roger Molleman, directeur général des Tennesse Tigers, et je lutte contre l'émotion qui me paralyse.

– Que je ne me souvenais pas de t'avoir tenu dans mes bras quand tu n'étais qu'un bébé ni d'avoir fait des passes de ballon avec toi quand tu devais avoir quatre ou cinq ans ?

Il fait tourner son anneau du championnat autour de son doigt, et je suis hypnotisé. Je n'arrive pas à le regarder dans les yeux.

– Je savais qui était ton père et pourtant j'ai parié sur toi, alors que d'autres coachs auraient regardé ailleurs.

Je serre les poings et j'ai mal à la mâchoire à force de serrer les dents. Cela noie la douleur d'avoir été rejeté plus souvent que je ne me soucie de compter ce soir. La douleur physique n'a rien à voir avec celle que j'ai ressentie tout à l'heure.

La douleur que je ressens encore au plus profond de mon être après avoir appris la nouvelle.

– Et maintenant… putain, Drew… après dix-huit matchs absolument excellents, ce soir, on aurait dit une putain de répétition de ce que ton père a fait il y a si longtemps.

Drew, c'est ton père.

– Je t'en supplie, dis-moi que tu n'as pas truqué le match, Drew.

Il a eu un très grave accident.

Je regarde Roger droit dans les yeux pour la première fois et je secoue la tête, incrédule.

– Comment tu peux me demander ça ?

Ses jambes ne répondaient plus. Il ne pouvait plus les contrôler. Les médecins… on a diagnostiqué une maladie de Charcot, Drew.

– C'est ce que tout le monde va demander. Tu as un remplaçant qui n'attend que l'occasion de jouer, et il n'a eu aucun mal à tirer des conclusions et à l'annoncer publiquement ce soir. Dans la presse. Il dit qu'il t'a vu avec un bookmaker sur le parking après l'entraînement. Il dit qu'il t'a vu lui donner de l'argent.

– C'est n'importe quoi, Roger.

– La presse fait déjà ses choux gras de cette histoire et il n'y a pas trois heures que le match est terminé.

Oui, ça va le tuer. Je suis désolée de te dire ça juste avant ton match, mais j'ai pensé que tu voudrais le savoir.

– Tu crois que j'ai truqué le match ?

Je pose la question à l'homme qui a été mon supporter le plus enthousiaste depuis que j'ai signé avec la NFL.

– J'ai mis toute mon énergie et tout mon cœur dans cette équipe. Dix-huit matchs pour être exact. Une saison complète et deux autres pendant ma deuxième saison avec la NFL. Comme oses-tu te tenir là, devant moi, et me poser cette putain de question.

– Et pourtant je n'ai pas entendu un simple oui ou non de ta part.

Je le dévisage, au comble de la fureur et le sang battant à mes tempes. Lui, la personne dont je pensais être certain qu'il était de mon côté. La personne même qui me croirait, putain, et pourtant, il me pose la question. Il laisse le doute s'installer.

Après tout le sang, la sueur et les larmes que j'ai donnés à cette équipe depuis le début de la courte période où j'ai été là, et il doute de moi ?

Un match raté, putain, et il me tourne déjà le dos ? C'est quoi, ce bordel ?

La voix de ma mère dans ma tête. Encore.

Exactement comme pendant le match.

En boucle.

Encore et encore.

Chaque phrase de cette conversation était comme la cadence que je donne avant un snap.

Chaque mot me motivait.

Au début, j'ai utilisé ma colère, la rage et la fureur qu'avait fait naître son appel, pour jouer comme un malade. Pour la canaliser et la transformer en agressivité.

Mais quelque part au début du dernier quart-temps, c'est comme si j'avais été vidé de toute substance.

Comme si j'avais tout perdu.

Ma volonté.

Ma concentration.

Mes capacités.

– Ton refus de t'expliquer est inquiétant, Drew. Qu'est-ce qui s'est passé, bon Dieu ?

Je serre les dents et je le regarde fixement.

J'ai surmonté des déficits, je me suis tiré de mauvaises passes, j'ai esquivé des coups fourrés… mais ça, c'est la seule chose que je ne peux pas fuir. C'est la seule chose qu'un Ave Maria ne peut pas arranger.

Mon père va mourir.

Je fixe Roger et mon estomac se révulse. Le besoin d'expliquer, l'envie d'expliquer est là et, pourtant, est-ce qu'il ne donne pas raison à ma mère ? Un mauvais match, et déjà la presse me tombe dessus. Supposant déjà le pire.

Exactement. Comme. Pour. Lui.

Je repousse le sentiment de trahison. La blessure.

– N'en parle à personne, Drew. Si les journalistes l'apprennent, ils parleront de karma.

Ils diront que c'est justifié. Ils vont le calomnier une fois de plus.

– Maman, arrête. Bien sûr qu'ils ne diront pas ça, quand même. Ils montreront de la compassion devant un diagnostic aussi éprouvant…

– Non, Drew. Ne dis rien *à la presse. Tu n'as pas idée des choses qu'ils vont dire. Ils traîneront de nouveau notre famille dans la boue. Nous t'avons protégé de ça du mieux que nous avons pu à l'époque, mais aujourd'hui… aujourd'hui que tu es dans la Ligue qui l'a livré aux chiens, je ne peux même pas imaginer le genre d'attention que cela attirera sur ta carrière. Ne dis* rien *à personne.*

– Il y a quelque chose qui cloche. Le Drew Hemmings qui était là aujourd'hui n'est pas le Drew Hemmings qui a joué pendant toute la saison. On ne l'a pas vu de tout le match. À la place, j'ai vu un débutant jouant en ligue amateur qui donnait l'impression de faire tout ce qu'il pouvait pour perdre. Si on rapproche ça du fait qu'on t'a vu avec…

– C'est des conneries, putain.

– J'ai besoin de réponses et j'en ai besoin tout de suite, gronde Roger d'une voix qui résonne dans la pièce vide pour bien enfoncer le clou.

Il les croit.

Et pas moi.

C'est fou de voir qu'il m'a soutenu tant que nous gagnions et maintenant, au premier accroc, au premier dérapage, il me laisse tomber. Je pensais qu'il croyait en moi – mais maintenant, il apparaît qu'il ne faisait que tester le terrain.

Je le regarde en clignant des yeux, ébranlé par le fait que, alors que mon monde est en train de s'écrouler, lui ne pense qu'à ce putain de score.

– Fait chier, je répète en envoyant voler un tabouret dans le mur d'un coup de pied. Fait. Chier.

Et au moment où je sors du vestiaire des Tigers, j'abandonne derrière moi le nom de Drew Hemmings.

41

DREW

JE REGARDE LA PENDULE SUR LE TABLEAU D'AFFICHAGE ET JE GRINCE DES DENTS.

Aujourd'hui, c'est la cata. Hobbs a la tête ailleurs et ça se voit dans son manque de concentration et ses passes.

Je bous d'impatience et cela me ronge.

Cela m'obsède. La foule hue lorsque Hobbs fait encore une passe à ras de terre alors qu'il a deux receveurs les bras ouverts sur le terrain.

– Putain de merde, hurle mon coéquipier, Pete Umansky, à l'intention de personne en particulier. Joue, bon Dieu !

Je lance un coup d'œil dans sa direction et nos regards se croisent.

– Il faudrait que tu joues.

Je hoche la tête. Rageant de ne pas y être.

– Il manque d'expérience, poursuit Umansky. Il a peur de jouer. Si on a peur de jouer, on se fait dévorer tout cru.

– Je suis bien d'accord.

À ce moment-là, Justin refile la balle à un receveur d'un geste mal assuré, si bien que le receveur perd l'équilibre et tombe.

– He, Lonnie ! crie Pete à notre coordonnateur offensif.

Lonnie, qui a l'air d'être au bord de la crise cardiaque, dégage une oreillette de son casque et se tourne vers nous. Il est tout rouge et une veine bat sur son front, il a les sourcils froncés depuis le début de la deuxième moitié du jeu. Il lève les mains pour demander à Pete ce qu'il veut.

– Fais-le sortir. Les Pats sont en train de le dévorer tout cru. Il communique son stress au reste de l'équipe. Quinton ne lâche pas les passes d'habitude. Huxley ne loupe pas l'itinéraire. Il foire tout et cela nous fait passer pour des nuls.

– Il faut bien qu'il apprenne, dit Lonnie tandis que Hobbs sort du terrain à petites foulées quand il ne parvient pas à transformer l'essai.

Mais comme un vrai dégonflé, il se dirige vers l'autre bout de la ligne pour être le plus loin possible de Lonnie.

– Mais il faut qu'on gagne, putain, rétorque Pete. Il n'a qu'à apprendre depuis la touche. Fais rentrer Bowman. Il fera le boulot. C'est lui qui devrait être titulaire, de toute façon.

Je pivote sur moi-même en entendant Pete. En entendant la conviction dans sa voix et en voyant les hochements de tête des gars autour de lui. Je n'en reviens pas, putain.

Je sais que les gars me respectent. Je sais qu'ils plaisantent pendant l'entraînement en disant que c'est moi qui devrais être sur le terrain avec eux. Mais je pensais que c'était parce qu'ils étaient sympas. Je pensais qu'ils disaient ça pour me faire plaisir.

– Ouais, vas-y, Lon, dit Jergen. On t'a dit qu'on voulait que Bowie entre sur le terrain.

Mais, maintenant, je vois les choses autrement.

Je croise le regard de Jergen, et il hoche la tête. Pour me dire qu'il pense ce qu'il dit, et c'est le coup de pouce dont j'ai besoin.

Je me précipite vers notre coordonnateur offensif quand il s'élance vers Hobbs.

– Putain, Lonnie, fais-moi entrer, dis-je sur un ton impérieux.

Il lève la main pour que je me calme – ou que je la ferme – tout en appuyant de la main sur ses écouteurs de façon à entendre ce qu'on lui dit. Il hoche la tête pour acquiescer à ce que disent les coordonnateurs qui regardent depuis la tribune de presse de l'équipe et qui dirigent le jeu.

– Allez, mec. Je suis prêt à monter au créneau. Il est en train de se noyer, là, et il nous entraîne avec lui.

Je lève les mains de rage.

– Il faut qu'il apprenne de ses erreurs, Drew.

– Quoi ? Tu vas perdre encore un match parce qu'il a besoin qu'on lui tienne la main ? Tu te fous de moi, putain ?

Quand je sors du terrain, je dois faire un effort considérable pour ne pas jeter mon casque de toutes mes forces sur le sol.

Mais je ne peux pas faire ça.

Esprit de solidarité. Et tout ce bordel.

Pourquoi cette équipe ne peut-elle pas se sortir la tête du cul et voir que c'est moi qui devrais jouer ? *Je devrais être sur ce terrain. C'est moi qui devrais diriger cette équipe.*

Mais je ne vois pas que ce soit près de changer.

Putain.

C'est peut-être le moment d'appeler mon agent. Pour exiger ce que, moi, je veux.

42

DREW

Brexton: La défaite a été rude.

Moi: Hobbs est au fond du trou dans sa tête.

Brexton : Tu pourrais passer me voir. Je te remonterais le moral.

Son invitation me tire un gémissement. J'adorerais oublier tout avec elle ce soir après avoir ressenti toute cette frustration pendant le match.

Cela me fait mal de taper la réponse.

Moi : Je croyais qu'on avait dit qu'on y allait doucement. Trois semaines ? C'est bien ce qu'on a dit, non ?

Brexton : Je devais avoir trop bu quand j'ai dit d'accord à ça. Trois semaines, c'est long.

Moi: On peut le faire. Ce truc d'apprendre à se connaître, c'est plutôt marrant.

Je ris tout haut en appuyant sur la touche « envoi », parce que je l'entends d'ici grogner en lisant le message. C'est le même grognement qu'elle a poussé chaque fois que je l'ai raccompagnée à sa porte et que j'ai tourné les talons.

Brexton: Pourquoi trois semaines ? Pourquoi ce laps de temps ?

Moi : Parce que trois est ton chiffre préféré.

Brexton: Sérieux ? Tu te souviens de mon chiffre porte-bonheur ?

Moi : Tu comptais toujours tout par trois quand on était gamins. Comment j'aurais pu oublier ça ?

Brexton : Encore heureux que c'était pas vingt.

Moi: Tu m'étonnes.

Brexton : C'est vraiment pour ça ? Les trois ?

Moi: Oui.

Je bois une gorgée de bière, m'enfonce dans mon canapé et pose les pieds sur la table basse. Un sourire me vient aux lèvres quand je me rappelle comment on n'arrêtait pas de taquiner Brex La Peste, à propos de son truc avec le chiffre trois. Sauter par-dessus trois fissures dans le trottoir. Trois ricochets sur l'eau, pas un de plus.

Brexton: Y aller doucement, ça craint.

Moi : Ça dépend pour quoi.

Est-ce qu'elle réalise à quel point j'ai envie d'elle en ce moment ? À quel point ça me désespère de ne pas pouvoir poser les mains et la bouche sur elle ? De ne pas la posséder, là tout de suite ?

Deux longues semaines de cafés pris à la sauvette dans cette petite cafétéria de Hoboken. De coups de fil si longs que le soleil se lève quand on raccroche. Que je m'oblige à ne pas poser la main sur elle pour prouver que je veux autre chose que du sexe avec elle.

Mais le sexe.

J'y pense H24. La moindre brise me fait bander à ce stade.

Parce que c'est l'effet qu'elle produit sur moi.

Ses mots, son rire, son intellect, ses opinions m'excitent. Elle me fait cogiter et désirer. J'attends avec impatience que ces trois semaines soient passées pour pouvoir m'abandonner à ce désir qui s'accroît chaque fois que nous discutons.

Brexton : Et ça, c'est assez lent pour toi ?

Et quand l'image en pièce jointe s'ouvre sur mon écran, c'est mon propre gémissement qui emplit toute ma maison.

Porte-jarretelles. Bas. Soutien-gorge en dentelle. Pas de culotte. Talons hauts.

Tous les quatre étalés sur un lit avec une carte posée sur le côté qui dit « Si seulement tu étais là ».

Moi: Ça, c'est cruel.

Tellement cruel, putain.

Brexton : Heureusement qu'il ne reste qu'une semaine.
Me : Heureusement.
Brexton : Fais de beaux rêves, Drew.

Je ris.

Que faire d'autre quand tout mon esprit est accaparé par des images de Brexton et de ce que j'ai l'intention de lui faire dans un avenir très proche ?

Dommage que mon avenir immédiat se résume à une douche très froide.

43

BREXTON

– Oh, bon sang, tu ne peux pas arrêter de parler et m'embrasser plutôt ? je demande alors qu'il attrape mes poignets pour essayer de m'empêcher de passer la main sur la couture en jean de son entrejambe.

Son rire résonne dans l'air nocturne alors qu'il lutte pour me retourner sur le dos sur la couverture où nous sommes allongés. La nuit est douce et les klaxons qui proviennent de la rue tout en bas sont sonores, mais cette oasis sur le rooftop de mon immeuble est idéale.

– Arrête de me tripoter, dit-il en riant.

Mais je continue à me débattre jusqu'à ce qu'il s'asseye à califourchon sur moi, coinçant mes cuisses entre ses jambes, et m'immobilise les mains le long de mon corps.

– Embrasse. Moi. Maintenant.

Je fais la moue.

– Mais moi, ça me plaît d'apprendre à te connaître, dit-il en affichant un large sourire.

– Drew. Sérieux. Deux semaines et six jours à parler, tu ne crois pas que ça va comme ça ?

– Il reste un jour pour faire trois semaines complètes.

– On a parlé au téléphone plus que je n'ai parlé avec personne de toute ma vie. De politique, de religion, de nos animaux préférés, des listes des choses que nous voulons faire avant de mourir, et cætera… et cætera. Emmène-moi en bas et, s'il te plaît, faisons-le.

Un sourire narquois flotte sur ses lèvres et je sens sa queue dressée qui se presse contre moi.

Tu parles d'une torture.

Au cours des deux dernières semaines, cet homme a fait tout ce qui était en son pouvoir pour me charmer et me séduire. Comme passer chez moi après un jogging à travers la ville et me demander une bouteille d'eau parce qu'il avait vidé la sienne. Alors bien sûr, il était là dans mon salon, torse nu, en nage, et plus sexy que jamais en vidant d'un trait la bouteille que je lui avais donnée, juste pour me sourire, me dire merci et redescendre en courant les quatorze étages avant de retourner à son jogging.

Ou bien me demander de passer chez lui manger un morceau juste pour le trouver en train de tondre sa pelouse – torse nu de nouveau – en pantalon de survêtement gris qui soulignait les contours de sa queue quand il marchait de-ci, de-là en bricolant. Le sourire qu'il arborait me disait qu'il savait exactement ce qu'il faisait. Mon entêtement me disait que je ne me laisserais pas surprendre en train de le reluquer.

Mais je reluquais. Je reluquais, carrément.

Il n'a pas arrêté de m'allumer. Un texto suggestif. Un « oups, les tee-shirts, c'est très surfait, je ferais aussi bien de l'enlever ». Un regard entendu qui me donnait l'impression d'être déshabillée.

Ça, pour apprendre à se connaître, on a fait plus que j'aurais jamais cru possible, mais en même temps, il a inventé une douce forme de séduction qui s'apparente à un supplice.

Savoir ce que ça fait de le toucher, de le déguster, et savoir qu'il ne cédera pas et que je ne peux pas l'avoir.

J'ai été forte.

J'ai juré de ne pas supplier, de ne pas mendier, ni d'ouvrir la porte totalement nue pour lui montrer à quel point j'ai envie de lui – même si c'était hyper-tentant de le faire.

Mais quand j'ai ouvert la porte ce soir et que je l'ai vu tenant à la main une bouteille de vin et un gâteau, les cheveux ébouriffés et le sourire timide, j'ai su que j'avais atteint mes limites.

J'ai su que j'allais mendier, négocier, cajoler ou le soudoyer pour pouvoir le toucher ce soir.

– Plus qu'un jour, dit-il. J'ai cherché sur internet une liste de sujets à aborder avec une fille qui t'intéresse. Ceux qui te permettent d'apprendre à la connaître, et j'ai découvert que jusqu'ici nous n'en avons couvert qu'une page sur quatre. Tu veux que j'aille chercher la liste en bas pour qu'on puisse avancer ?

– Tu te fiches de moi, là ?

L'expression de son visage me dit que non.

– Oh, mon Dieu, tu es sérieux, c'est ça ?

Hochement de tête qui dit oui.

– Ceux que j'ai choisis pour ce soir sont très inspirants, dit-il le plus sérieusement du monde.

– Oh là là. Ça, ça ne facilite pas du tout les choses, dis-je en me cambrant,

– Et de quelles choses tu parles ?

C'est à mon tour de sourire.

– Du fait que je mouille. Que j'ai une envie folle de te sentir me pénétrer. Me baiser. Me lécher.

Pour le coup, j'obtiens son attention. Il a le souffle coupé et ouvre des yeux ronds.

– Tu es une coquine.

– Emmène-moi en bas et faisons-le, Drew, et je te montrerai que je peux être vraiment coquine.

– Tss. Tss.

Ce son provoque chez moi un nouveau gémissement.

– Tu n'as pas oublié les règles ? Interdiction de passer du temps à l'intérieur dans des endroits comme les lieux d'habitation où se trouvent des tas de surfaces planes, dit-il réitérant les règles idiotes qu'il avait invoquées quand nos baisers devenaient trop ardents et passionnés et que j'avais presque réussi à lui faire enfreindre sa promesse. Ils sont trop propices à tomber accidentellement sur un lit.

– Qui a besoin d'un lit ?

Je m'humecte les lèvres du bout de la langue.

– Ou sur le canapé.

– Il y a toujours la table. Ou le plan de travail de la cuisine. Contre un mur comme à Miami. La douche, ça marche aussi. Et puis, il y a toujours la possibilité de me renverser sur la table basse. Ou…

– Question de sémantique, murmure-t-il en me dévorant des yeux.

Et quand il se penche sur moi, que je pense qu'il va capituler et finalement me donner ce que je veux – à savoir ses lèvres sur les miennes –, il me pose un chaste baiser sur la joue à la place.

Je pense que mon grognement de frustration sexuelle doit s'entendre jusqu'en Californie.

– Si on parlait des endroits préférés pour…

J'explose de rire.

– Pitié, non ! Je connais déjà toutes tes préférences. Tes plats préférés. Tes habitudes. Que tu aimes avoir une jambe en dehors de la couverture quand tu dors. Que tu adores courir le sprint de quarante yards, mais que tu détestes la course de fond. Que tu aimes le chou-fleur, mais que les brocolis te font penser à de la cervelle – ce qui n'a aucun sens. On a déjà fait ça, Drew, jusqu'à des heures indues… et maintenant, *gentil seigneur*, ce que je voudrais vraiment… c'est que tu *me prennes*.

– Ah bon, on a des exigences ? dit-il en passant le bout de sa langue tout le long de ma mâchoire pour finir par tirer très doucement le lobe de mon oreille avec ses dents.

– Toujours.

Il dépose des baisers tout le long de mon cou et murmure contre ma peau :

– J'aime assez ça chez toi.

Il effleure mes bras du bout des doigts.

– Ça et la façon dont tu te mordilles les lèvres quand tu enrages contre moi.

Il pose un baiser sur mon épaule.

– Ou la façon dont tu t'efforces de ne pas me regarder quand je sais que tu me regardes.

Sa langue dessine le contour de mon oreille et des frissons me parcourent tout le corps.

– Est-ce que tu t'imagines à quel point ça a été difficile de ne pas poser mes mains sur toi, Brexton ? De te voir, d'avoir envie de toi, de te provoquer, tout ça sans te toucher ?

C'est triste à dire, mais je suis absolument ravie d'apprendre que ça a été aussi difficile pour lui que pour moi, et je m'en réjouis.

– Drew, dis-je dans un soupir.

Pour le remercier, non pas de la frustration, mais de la cause qui la sous-tend.

Il relève la tête et nous nous regardons droit dans les yeux. Je sens tellement de choses passer entre nous. Une acceptation mutuelle du fait que ce qui nous attire l'un vers l'autre n'est pas uniquement de nature sexuelle. Que ce temps passé n'était pas du temps perdu. Exaspérant et sexuellement frustrant, certes, mais bien employé. Que nos sentiments sont bien plus profonds que nous ne sommes prêts à l'exprimer par des mots.

Mais même si elle reste tacite, la gravité de cet instant est bien réelle en dépit de la légèreté de nos propos.

Et là, sans dire un mot, Drew se lève brusquement et s'en va.

– Qu'est-ce qu'il y a, dis-je, déconcertée, mais je me tais en entendant un bruit métallique. Qu'est-ce que tu…

Je m'interromps quand je vois Drew s'avancer vers moi en déboutonnant son pantalon.

– J'ai bloqué la porte. Après avoir attendu deux semaines et six jours, je ne tiens carrément pas à être dérangé.

Tout mon corps frémit d'une impatience que je ne saurais exprimer par des mots lorsqu'il tombe à genoux devant moi.

– Il y a des choses que je meurs d'envie de faire avec ce corps, Brex. Des choses que je veux toucher.

Il saisit mes jambes derrière les genoux et les écarte.

Merci à l'inventeur des jupes gitanes et leur accès facile.

– Certains endroits que j'aimerais lécher.

Le bout de ses doigts remonte le long de l'intérieur de mes cuisses jusqu'au sommet et se balade sur la surface de ma culotte.

Je gémis sous sa caresse. C'est presque insupportable de le voir si près et de le sentir pourtant si loin.

Un peu comme au cours de ces vingt derniers jours.

– Des endroits que j'ai envie de baiser.

En me regardant droit dans les yeux, il baisse la tête, écarte ma culotte et passe la langue sur ma fente.

Je pousse un petit cri. Je me cambre. J'empoigne ses cheveux. Je perds le sens de tout ce qui n'est pas sa langue qui plonge en moi. Pour me goûter. Pour me donner du plaisir.

Son grognement agit comme un aphrodisiaque en soi.

Bien sûr, il ne m'en faut pas beaucoup pour démarrer. Les allées et venues de ces dernières semaines ont agi comme une lente mise en condition, un feu d'artifice sans bouquet final, et il me suffit de ça – la langue de Drew – pour m'enflammer et exploser.

Explosion que je manifeste par de longs soupirs et en serrant les poings alors qu'il me lèche, me suce et me pousse au bord de la perte de conscience que j'espère depuis Miami.

Cela me paraît si lointain, mais quand je chavire violemment de l'autre côté, toute notion de temps est effacée.

La frustration palpable.

Les préliminaires torrides.

L'attente insoutenable.

Parce que c'est Drew, parce que c'est moi, et qu'il existe entre nous un lien tellement enraciné, que je n'ai jamais ressenti avec quiconque auparavant.

Il relève la tête et me regarde dans les yeux. Son sourire est arrogant et son regard lourd de désir.

Et lorsqu'il me pénètre avec une lenteur exquise, lorsque mon nom passe ses lèvres dans un soupir voluptueux, j'ai la certitude que Drew Bowman possède plus que mon corps.

Il possède mon cœur également.

Dans ses moindres recoins.

Et en l'acceptant, j'ai la sensation que je peux enfin respirer.

44

BREXTON

– Je dépéris ici, Kincade.

– Tu dépéris ? C'est pas vraiment le terme qui me vient à l'esprit quand je pense à un quarterback titulaire de la NFL qui gagne plus en un an que la majorité des gens dans toute leur vie.

Je hausse les sourcils, tandis que Chase s'assied en face de moi, de l'autre côté de la table de conférences, en secouant la tête.

– Mais qu'est-ce que j'en sais ?

– C'est pas amusant, dit Justin.

– Justement, le directeur général des Los Angeles Chargers, lui, n'est pas à proprement parler *amusé* par tes performances au cours des deux derniers matchs, alors peut-être qu'au lieu de dépérir ici, tu ferais bien de te bouger un peu le cul sur le terrain.

Chase plisse les yeux et je note Hobbs sur mon bloc que je fais glisser vers elle. Elle pousse un petit rire et lève les yeux au ciel.

– Tu n'es pas censée être de mon côté ?

– Non, c'est Finn qui est de ton côté. Moi, je suis juste cette pièce auxiliaire qui essaie de t'obtenir une intervention sans engagement de ta part à long terme.

– En termes de flirt, je ferais mieux de te prévenir, je ne flirte pas. Je préfère baiser et passer à autre chose.

– Quelle chance elle a !

– Ça, c'était bas.

Il rit.

– Et toi, tu dois apprendre à être un peu plus respectueux des femmes. Je crois que tu devrais rester concentré sur le terrain, Hobbs. Te consacrer au sport, parce que personne ne sera d'accord pour te verser le salaire que tu demandes si tu ne le justifies pas par ton jeu.

– Donc, tu es toujours sur l'affaire, c'est ça ?

Je ris. Comment réagir autrement devant tant d'acharnement ?

– On peut dire ça.

Lorsqu'il raccroche, Chase me regarde en haussant les épaules.

– Je t'en supplie, ne me dis pas que c'est ce connard qui te donne un pas si léger, parce que si c'est le cas, tu as vraiment besoin de te faire soigner.

– J'ai des exigences plus élevées que ça, petite sœur.

– Pas toujours.

– Va te faire foutre !

Je lui lance mon stylo à la figure et elle l'esquive, donc il tombe par terre en faisant flop, ce qui la fait rire de plus belle.

– Et si on en parlait, de toi et de tes exigences ?

– Chérie, tant qu'elles sont fermes et durent longtemps, je ne demande pas plus.

– Seigneur.

Mon père toussote en passant la tête à la porte.

– Je pense que je n'ai rien à faire dans une telle conversation.

– Sage décision, je marmonne alors qu'il bat en retraite et referme la porte derrière lui.

– Tu es aussi vulgaire que Hobbs.

– Je préfère appeler cela de la franchise. Toi, tu t'embarrasses de mots sophistiqués et de petits gestes. Moi, pour ma part, il me faut du sexe sans fioritures, où je lui mets une petite tape sur les fesses quand je pars en le laissant couché dans le lit, la tête enfouie dans l'oreiller. Sans échange de paroles ni de promesses. Simple.

– Tu dis n'importe quoi.

– J'aimerais que ce soit autrement, mais ça rend les choses tellement plus faciles au bout du compte.

Elle croise les bras sur sa poitrine et se laisse aller contre le dossier de son fauteuil.

– Et donc, si ce n'est pas Hobbs qui te donne ces belles couleurs, c'est qui, si je puis me permettre ?

– Ah, d'accord, c'est pour ça que tu t'es décidée à venir me voir.

– Pourquoi tu dis ça ?

Elle joue les innocentes.

– Il n'existe pas de plus mauvaise menteuse que toi. Qui t'a demandé de venir me tirer les vers du nez ? Lennox ou Dekk ?

– Moi toute seule, comme une grande.

Elle me fait un sourire tellement faux qu'il confirme mon impression qu'on a parlé de moi dans mon dos.

– Ne me prends pas pour une conne.

– Pourquoi tous ces mystères ?

– Je ne fais pas de mystère, c'est juste que…

Je soupire en secouant la tête.

– Celui-ci compte vraiment, Chase.

– C'était pareil pour les autres, non ?

Elle rigole.

– Et voilà pourquoi je n'en parle pas. Tu viens de me prouver que j'avais raison. Je t'en remercie.

Je ferme mon ordi d'un geste brusque et je rassemble mes papiers.

– Non. Attends. Tu es sérieuse, là ?

Je laisse passer une seconde avant de la regarder dans les yeux.

– Je sais que ma vie sentimentale est un sujet de plaisanterie pour vous toutes. Je vois que vous ne la comprenez pas. Je suis tout à fait consciente que j'ai eu des tas de flirts, que je tombe follement amoureuse à tout bout de champ et que ça ne dure pas – *souvent.* Mais celui-là n'est pas comme les autres, Chase.

– Qu'est-ce qu'il a de plus ? C'est un dieu au lit ?

– Oui, il y a ça. (Je ne cherche pas à dissimuler le sourire qui vient sur mes lèvres.) Mais il y a autre chose.

– Du genre ?

– Tu ne comprendrais pas. Pour toi, les hommes sont comme une démangeaison qu'il faut calmer. Comme un moyen de te libérer de ton stress quand tu as décidé de faire une petite pause dans ta conquête du monde. Tu ne te laisses distraire par rien ni personne parce que tu as un plan de carrière et tu ne laisseras rien se mettre en travers de ton chemin.

– Merci, Docteur Kincade. Je ne savais pas que tu étais retournée sur les bancs de la fac pour passer un diplôme de psychologie.

Elle me chambre, mais je sens un brin d'agacement dans sa voix.

– C'est la vérité. Quand as-tu eu une relation amoureuse pour la dernière fois ? Quand as-tu eu envie de parler à quelqu'un juste pour le plaisir, sans arrière-pensée de coucher ensemble ?

Ma petite sœur me lance un regard dénué d'expression et souffle d'un air exaspéré.

– Ce n'est pas parce que je ne suis pas comme toi que c'est mal.

– C'est exact.

– Et si j'ai une liste de choses que j'ai envie de faire avant de tomber dans le piège de l'amour ? Ce n'est pas que je n'y croie pas, c'est plutôt que je ne veux pas me laisser détourner de mon chemin.

– Et je te comprends tout à fait, et cela me plaît chez toi… mais cela veut dire que tu ne peux pas imaginer ce que je ressens.

– Alors, explique-moi. Je ne suis pas émotionnellement handicapée. J'ai juste du travail – tout le temps – et les sentiments constituent un obstacle pour la motivation.

Je regarde Chase, la fille qui veut conquérir le monde, en souriant doucement.

– Il me fait peur. Cette façon qu'il a de me faire *ressentir* les choses. De me faire *vouloir* des choses. Je suis terrifiée à l'idée que mettre les autres au courant risquerait de détruire ce qu'il y a entre nous.

– Mais c'est justement ça, le test de la solidité d'une bonne relation, non ? Être capable de résister aux influences et aux pressions de l'extérieur ?

Comme toujours avec son sens pratique, elle marque un point.

Un point que je ne suis pas prête à mettre à l'épreuve tout de suite mais que, j'en suis sûre, nous allons être amenés à vérifier très bientôt.

45

BREXTON

– C'EST TOUT À FAIT CE QUE LE MÉDECIN M'A ORDONNÉ, DIT JULES EN LEVANT son verre de vin pour en boire une saine rasade.

Elle sourit en secouant la tête, ce qui fait voler sa chevelure auburn.

– C'était si éprouvant que ça, ce voyage de noces interminable au bord de la Méditerranée ?

Elle lève les yeux au ciel et me donne une tape sur le bras.

– Mais non. Ce n'est pas ça. C'est plutôt que ce mariage m'a accaparée des journées entières pendant si longtemps que maintenant que c'est passé, j'ai l'impression que je peux enfin respirer de nouveau.

– Alors, tout s'est bien passé. C'était merveilleux.

Je parcours des yeux le marché en plein air où nous avons pu trouver une table pour nous installer quelque part entre un fleuriste et un stand de produits bio. La foule se déplace de marchand en marchand en cette chaude soirée.

– Et Mildred ? Elle est incroyable, et je voudrais te remercier de m'avoir placée à sa table.

Jules se met à rire.

– Oui, c'est un personnage.

– Tu peux le dire.

– C'est gentil d'être venue boire un verre avec moi. Je sais que tu as du travail par-dessus la tête et que tu n'as pas beaucoup de temps, mais ça me fait plaisir de te voir, ne serait-ce que quelques minutes.

– Ça m'a fait plaisir que tu m'appelles. C'était…

– Ne regarde pas tout de suite, dit Jules, ce qui me pousse bien sûr à suivre son regard.

– Quoi ?

– Ne regarde pas. À deux heures. Un type à tomber par terre.

– Tu me dis de ne pas regarder tout en me disant où regarder.

Je ris en agitant la main.

– Tu es une femme mariée, à présent.

– Mais pas pour moi, enfin ! Sérieusement ! (Elle rit.) Je pensais pour toi.

Je la fusille du regard.

– Le fait que tu sois follement heureuse ne te donne pas le droit d'essayer de me caser.

– Oh mon Dieu ! Existe-t-il quelque chose de plus sexy qu'un gars super-canon avec un enfant ? Et qui achète des fleurs. Probablement pour sa femme. C'est bien de sa part de montrer à sa fille comment on doit la traiter.

– Hm-hmm.

Je me rends bien compte de la faculté qu'a Jules de se saisir d'un détail infime et de broder autour.

Et pour broder, elle brode.

– Je veux dire, regarde comme ses biceps se gonflent quand il prend sa petite fille dans les bras. T'imagines des bras comme ça de part et d'autre de toi alors qu'il se penche sur toi et…

– Trop de détails, surtout venant d'une femme mariée.

– Chérie, je me représente Archer au-dessus de moi, pas lui, mais, euh… toi, tu devrais te le représenter parce que, purée. Ces bras. Ce cul. Cette taille.

Elle pousse un long sifflement.

– N'importe quoi.

– Je veux dire, pourquoi est-ce que mon utérus se serre comme s'il allait le supplier de le remplir ?

– C'est bon, j'ai compris.

Je ris, mais je me retourne pour regarder l'objet de son attention, plus pour l'empêcher de continuer qu'autre chose.

Mais mon rire meurt sur mes lèvres quand l'homme et la petite fille se retournent vers nous.

Quand je vois son visage.

Quand je me rends compte…

– Mais c'est pas Drew Bowman ?

Une foule de pensées obscurcissent ma tête. La seule chose que j'arrive à faire, c'est acquiescer d'un hochement de tête en observant la petite fille dans ses bras, avec les mêmes yeux et le même teint que lui.

On a un long entraînement ce soir. Je t'appellerai après.

Ces mots prononcés tout à l'heure tournent dans ma tête tandis que ma perplexité augmente. *Et que ma colère monte.*

– Drew !

Elle lui fait un signe de la main et il tourne brusquement la tête vers nous.

Il se fige un instant – ses yeux croisant les miens – et son expression change.

Eh oui. Flagrant délit de mensonge.

Il se reprend rapidement, mais pas assez. J'ai le temps de saisir son étonnement de me voir ici.

– Si j'étais célibataire, je grimperais à cet homme comme à un arbre, Brexton, murmure-t-elle en le regardant venir vers nous.

Et, pour une raison que j'ignore, ce n'est pas Drew que je regarde alors qu'ils s'approchent, c'est la petite fille. Le bleu de ses yeux. Les boucles brunes qui dansent. La façon dont ses petits doigts s'enroulent autour son index.

Le cœur serré, un tas de scénarios me traversent l'esprit. Est-ce la raison pour laquelle Drew m'a tenue à distance ?

Elle.

Drew est le papa d'une petite fille.

Je ne sais même pas mettre un nom sur ce que je ressens – de la confusion, de la peine, de l'accablement, de l'étonnement – et pourtant, toutes ces émotions me submergent comme un tsunami lorsque Drew arrive à notre table.

– Mesdames.

Ma surprise atteint son comble lorsqu'il se penche vers moi et pose sur mes lèvres un chaste baiser.

– Salut.

Mon cœur est dépassé par la confusion. Comment peut-il agir comme si de rien n'était, comme si tout était normal, ce qui n'est pourtant pas le cas ?

Il m'a caché ça.

Il m'a menti.

– Jules, dit-il en se tournant vers mon amie estomaquée qui nous regarde l'un après l'autre avec un sourire entendu. Ça me fait plaisir de te revoir. J'espère que tu t'épanouis dans le mariage.

– Vous deux – vous – vous êtes…

Du doigt, elle fait un geste de va-et-vient entre Drew et moi.

– On peut dire ça, dit-il avec un charme tranquille et un sourire chaleureux.

Celui qui s'affiche sur mon visage est identique, bien qu'il soit loin d'être sincère.

– Et ça, qui est-ce ?

Jules pose la question qui m'obsède, bien que Drew se comporte comme s'il n'y avait rien de bizarre.

– Je vous présente, dit-il avec geste théâtral, ma nièce, Mademoiselle Charley.

Oh, putain.

Ce *n'est pas* sa fille.

Non.

Sa nièce.

La fille de Maggie.

Il faut une seconde à mon cerveau pour enregistrer cette information nouvelle, mais quand Charley se met à glousser, tout se met en place.

Le son de sa voix est un vrai bonheur et le sourire qu'il fait naître sur le visage de Drew est encore meilleur.

– Bonjour, Mademoiselle Charley, dit Jules en lui tendant la main. Ce fut un plaisir de te rencontrer, mais il faut que je me sauve.

– Non. Jules…

– Assieds-toi. Reste. Prends ma chaise, Drew. Et commande un autre verre pour Brexton, dit-elle avec un clin d'œil et un sourire.

Puis, avant que j'aie le temps de dire quoi que ce soit, elle est déjà partie.

Nous la regardons s'éloigner tous les deux, puis nous nous regardons, l'air ahuris, avant d'éclater de rire pour combler le silence gêné qui suit son départ.

Quand je tourne la tête, je vois que Charley m'observe. C'est une très jolie petite fille avec des yeux pétillants de curiosité et un sourire en coin, qui rappelle celui de son oncle.

– Comment tu t'appelles ?

– Brexton.

Je m'accroupis pour être à sa hauteur et je lui tends la main.

– Ravie de faire ta connaissance, Charley.

Elle regarde ma main, mais au lieu de la serrer, elle se jette sur moi et me serre dans ses bras, à mon grand étonnement.

– Tu es belle, murmure-t-elle en jouant avec une mèche de mes cheveux.

– Merci, toi aussi.

Quand je tourne les yeux vers Drew, il nous observe avec une drôle d'expression.

– On a acheté des fleurs pour mamie, dit-elle en montrant les pivoines que Drew a posées sur la table.

– Elles sont magnifiques. J'aime beaucoup leurs couleurs.

– Moi aussi.

Avec un hochement de tête, elle tend la main pour en caresser les pétales.

Drew se racle la gorge, et je lance un regard vers lui.

– Aujourd'hui, c'est la journée de Charley et Drew.

Il tend la main pour que Charley vienne vers lui. Il la soulève dans ses bras avec une aisance qui témoigne qu'il est tout à fait confortable avec elle.

Je les regarde, ne sachant pas trop ce que je ressens. Je suis attendrie par son amour évident pour sa nièce. Comment ne pas aimer un homme qui aime les enfants ?

En même temps, si elle occupe une part aussi grande dans sa vie, pourquoi ne pas m'en avoir parlé ? Comment se fait-il qu'il ait éprouvé le besoin de me cacher son existence.

Ces pensées viennent éroder le sentiment de sécurité que j'éprouvais en ce qui concerne notre relation.

– Brex ?

– Pardon ? Excuse-moi.

Je secoue la tête pour écarter ces idées.

Drew m'observe d'un air inquiet.

– Je disais que nous avions prévu d'aller nourrir les canards au parc et qu'ensuite on irait chez moi.

– Je dors chez lui, dit Charley en levant le poing.

– Soirée pyjama ?

– Pyjama, jus de fruit et Jenga !

Ses yeux brillent d'excitation.

– Elle peut venir ? dit-elle en se tournant vers Drew.

Il lui tire les cheveux et elle rigole.

– Aimerais-tu nous accompagner ? demande Drew.

– Merci, mais je ne voudrais pas m'imposer.

– Oncle Drew dit que ce n'est pas gentil d'exclure les autres. Nous ne voulons jamais faire de la peine aux gens. Alors, on ne va pas t'exclure.

L'innocence dans ses yeux et dans sa voix résume tout ce qui est beau chez un enfant.

– Non, dit Drew en tendant la main par-dessus la table pour serrer la mienne jusqu'à ce que je le regarde dans les yeux. On ne va pas t'exclure.

– Je ne veux pas…

– Mais moi je veux.

Sa voix est douce, son sourire chaleureux et accueillant.

– Moi aussi, je le veux, intervient Charley. Sauf pour la nuit. Mamie dit que les garçons et les filles ne doivent pas passer la nuit chez les uns et les autres.

Je ris, parce que c'est une chose que Brenda nous a souvent dite lorsque nous étions enfants.

– Ta mamie a absolument raison.

Je fais un clin d'œil.

– Alors, tu viens avec nous ? Au moins pour les canards et le dîner ? demande Drew.

La réponse est contenue tout entière dans mon sourire.

46

BREXTON

– Elle est vraiment adorable.

Charley est allongée sur le canapé, blottie dans son pyjama imprimé de licornes, la tête sur un oreiller posé sur les genoux de Drew.

Drew regarde ses mains qui jouent distraitement avec ses boucles et sourit tendrement.

– Oui, c'est vrai. Bon, elle a aussi ses moments démoniaques, mais on dirait que ce soir elle a décidé de se montrer sous son meilleur jour, pour toi.

– Apparemment, j'avais la réputation d'être démoniaque par moments, moi aussi. Et aussi d'être froussarde. (Je hausse les épaules.) Mais c'est pas le sujet.

Il rigole et prend sa bière pour en boire une longue gorgée, et lorsqu'il la repose il la fixe pendant un moment avant de finalement me regarder dans les yeux.

– Tu es contrariée.

Une inquiétude s'inscrit sur son visage.

– J'essaie de ne pas me sentir vexée que, bien qu'on sorte ensemble depuis longtemps et que nous ayons traversé l'épreuve des trois semaines pour apprendre à se connaître, tu ne m'aies jamais parlé d'elle, alors qu'il est évident que vous êtes très proches, tous les deux, ni de…

Ma voix se brise en regardant la petite fille, et une boule se forme dans ma gorge.

– Ni de ta vie d'avant.

J'attends d'avoir repris le contrôle de mes émotions avant de poser de nouveau les yeux sur lui. Il acquiesce d'un hochement de tête si léger, si résigné, qu'il brise quelque chose en moi.

– Il y a beaucoup d'autres choses que tu ne sais pas, Brex.

– Mais pourquoi ?

Je me rends compte que cette intéressante conversation va se tenir avec une enfant endormie entre nous.

– Tu n'as pas confiance en moi ?

– Il ne s'agit pas de confiance.

– Tu ne penses pas que…

– Tu ne comprendrais pas, tout simplement.

– Qu'en sais-tu ? Tu n'as pas essayé. Parce ce que nous avons parlé de tout ce qui me concerne. La mort de ma mère. Ce que j'ai ressenti après avoir dû renoncer à ma participation aux jeux Olympiques. Ce que c'est de travailler en famille. On a parlé de tout et toi, tu as des secrets pour moi. C'est dur à avaler, et dur de ne pas se sentir blessée.

Il pousse un profond soupir qui semble refléter le poids qu'il sent sur ses épaules.

– Qu'est-ce que tu veux que je te dise, Brex ? Que notre monde s'est écroulé ? Que du jour où mon père a quitté la NFL ma famille n'a plus jamais été la même ? Que mon père n'a plus rien à voir avec mon père ? Qu'il n'est plus que l'ombre de l'homme qu'il était ?

Sa voix est calme, mais il y a dans le ton une tristesse qui n'est, à mon avis, qu'une faible indication de ce qui se passe au-dessous.

– Que Maggs a commencé à avoir de mauvaises fréquentations avant de devenir accro à la drogue, parce qu'elle n'était pas cadrée ? Que, pour elle, c'était plus facile de se défoncer que d'affronter la réalité de notre maison où tout le monde allait et venait comme s'il ne s'était rien passé alors que nos vies avaient été détruites ? Est-ce que ça te paraît logique que je me sois tourné vers le football – le sport même qui a exclu mon père – et qu'il ne me l'ait jamais pardonné ? Un peu comme si je l'avais trahi en réussissant là où lui avait été rejeté ? C'est ça que tu veux savoir ?

Tout en continuant à caresser les cheveux de sa nièce, il se hérisse de colère. Une colère qui semble être dirigée contre moi, bien que je ne voie pas pourquoi.

Qu'est-ce que son père a bien pu faire subir à sa famille ?

Et cette pauvre Maggs. Où est-elle maintenant ?

Mon cœur saigne pour lui, en ce moment. Pour l'adolescent qui a traversé ces épreuves tout seul et pour l'homme qui essaie aujourd'hui de vivre avec en cachette, sans que personne ne le sache.

Je fais un mouvement vers lui dans un besoin de le toucher, de le consoler. Avec Charley sur ses genoux, et son léger ronflement entre nous, je m'agenouille devant lui, prends ses mains dans les miennes et presse mes lèvres sur sa paume.

– Drew… je suis désolée. Je n'imaginais pas.

– Personne ne sait. Personne ne sait, putain, et on nous a bien mis dans la tête depuis une décennie que personne *ne doit* savoir. Notre vie ne regarde que nous et si quelqu'un l'apprenait, il ou elle s'en servirait automatiquement contre nous.

Il secoue la tête.

– Au début, l'idée c'était que le moindre article, le moindre rappel du passé allaient faire écrouler le monde parfait dans lequel nous faisions semblant de vivre. Et maintenant l'idée, c'est que, si cela venait à se savoir, le stress ferait décliner rapidement la santé de mon père, parce que c'est un facteur déclenchant dans la maladie de Charcot.

Il retire une main des miennes et la passe dans ses cheveux.

– C'est cette partie de moi que tu veux connaître ? Les secrets obscurs et profonds ? Cela suffit à ton bonheur ?

– Tu es injuste. Je veux juste te connaître, Drew. Tout savoir de toi.

Parce que je suis amoureuse de toi.

C'est la première fois que je m'autorise à penser ces mots, à les admettre pour moi-même. Je bute sur cet aveu parce qu'il y a tellement de non-dits entre nous – la culpabilité que quelque part il reporte sur ma famille – que je crains que, même si je l'exprimais en paroles, il ne l'accepterait jamais.

– Eh bien, voilà, tu sais tout. Tu es contente ? Tous les jours, je m'efforce de faire ce qu'il faut pour que ça tourne, de maintenir ma sœur sobre et en vie, Charley entourée d'amour et dans l'ignorance de l'addiction de sa mère, mon père fier de moi alors qu'il passe son temps à me repousser parce que je pratique un sport qui l'a exclu, et ma mère qui vit dans un monde imaginaire pour ne pas sombrer dans la dépression qui la guette depuis toujours. Tout ça pour que personne ne s'écroule. C'est épuisant, mais si tout continue à tourner, alors, peut-être – je dis bien peut-être – que j'aurai une chance d'être enfin moi et de faire ce qu'il faut pour être heureux. Pour vivre ma propre vie, putain.

Sa voix se brise sur ces derniers mots et il se dégage doucement de sous la tête de Charley endormie et de moi assise à ses pieds et fait les cent pas dans la pièce pour essayer de calmer son agitation.

Je le regarde aller et venir en restant assise sur place. Il souffre et je ne sais pas quoi faire pour l'aider. Il souffre et j'ai peur qu'il ne veuille pas que je l'aide.

– Drew.

– Tu ne sais pas que c'est, toi ? C'est toi ma chance, Brex. Entrer sur le terrain pour un match, c'est ça ma chance. Et je suis terrorisé à l'idée que si je saisis l'une ou l'autre de ces chances, je vais tout gâcher et que je n'aurai pas de nouvelle opportunité.

Il y a des larmes dans ses yeux lorsqu'ils croisent les miens. Il y a dans son expression tant de gravité, tant de tristesse, que mon cœur se serre au-delà de tout ce que je pouvais imaginer.

– Je ne sais même pas quoi dire.

– Je suis tombé amoureux de toi, Brexton. Tu ne le vois pas ? Alors, dis-moi ce que je suis censé faire. Je suis coincé entre le marteau et l'enclume, alors que la seule chose que je veux, c'est être avec toi.

Je le regarde bouche bée, avec les yeux ronds et le cœur qui s'emballe.

Il m'aime.

Il est amoureux de moi.

Il tombe à genoux devant moi. Je reste là, éberluée, et il prend mon visage entre ses mains et murmure :

– Je suis amoureux de toi, et j'ai bien l'impression de l'avoir été toute ma vie.

Et lorsque ses lèvres se posent sur les miennes, c'est pour un baiser des plus doux, des plus innocents, mais qui a plus de signification que tous les baisers qu'on m'a donnés dans toute ma vie.

Il incline la tête en arrière pour me regarder dans les yeux comme pour s'assurer que je ne désapprouve pas ce qu'il vient de dire et c'est seulement à ce moment-là que je me rends compte que je n'ai pas exprimé de réaction.

Et juste quand je commence à parler, la petite voix de Charley se fait entendre à côté de nous.

– Oncle Drew, murmure-t-elle d'une voix ensommeillée. Tu pourrais ne pas l'embrasser ? C'est dégoûtant.

Nous rigolons tous les deux.

– Et est-ce que je peux aller dans mon lit, maintenant ?

– Bien sûr.

Il se penche et l'embrasse sur la tempe avant de la porter à l'étage.

Je sursaute et je souris en entendant le babyphone que je n'avais pas remarqué sur le plan de travail de la cuisine. Charley murmurant *bonne nuit,* Drew répondant, *dors bien.*

Quel homme dispose d'un babyphone pour les soirs où sa nièce décide de passer la nuit chez lui ? Et quand j'y pense, une chambre pour elle aussi ? Mais maintenant que je revois la façon dont elle a parlé de leur journée Drew et Charley, il semble bien que cela se produise de façon régulière.

Bon sang, c'est vraiment un mec bien.

Et pour le cas où tout ce que Drew vient de me dire ne m'aurait pas suffi pour l'aimer, sa manière d'être avec Charley le ferait.

Je somnole sur le canapé lorsqu'il redescend. Il reste là à me regarder, l'air incrédule.

Est-ce qu'il regrette ? Va-t-il s'excuser et retirer ce qu'il a dit ?

– Je n'ai pas grand-chose à t'offrir, Brexton, dit-il en traversant la pièce pour venir s'asseoir à côté de moi. J'ai une famille totalement foireuse. J'ai une carrière médiocre, ou au mieux embarrassante. J'ai une tonne de bagages que je ne peux pas déballer plus que je l'ai déjà fait. Et j'ai des parents qui pourraient ne jamais accepter le fait que je sois amoureux de toi. Je suis si… écartelé. Avoir travaillé toute ma vie à le rendre heureux, et finalement la première fois que moi je suis heureux, c'est avec toi. *Une Kincade.*

Il rit, mais d'un rire d'autodérision, au mieux.

Je me crispe. Il y a tellement de choses dans ce qu'il vient de dire, cette façon d'insinuer que sa carrière est médiocre, embarrassante. C'est déjà assez dur. Mais ce passage à propos de ses parents ? Dans le temps, ils me considéraient comme une de leurs propres enfants. C'était la façon dont nos familles fonctionnaient ensemble. Est-ce ainsi qu'ils me verraient maintenant ? Avec dédain ? Penseraient-ils qu'il fait un mauvais choix avec moi ? *Est-ce que je mérite ça ?*

Je grimpe sur ses genoux, pose la tête sur sa poitrine et le serre dans mes bras.

– Je ne te demanderai jamais de choisir entre ta famille et moi, je murmure, sachant que je ne pourrais pas le faire moi non plus.

– Je sais. C'est juste… je sais ce que je ressens, et c'est la chose la plus effrayante et la plus réelle que j'aie jamais éprouvée, et cela me bouleverse. Je pensais que si je ne t'en parlais pas, cela me permettrait de mettre tout ça à distance, que ce serait un peu moins… tout ça… mais je ne peux pas. C'est ce que je suis, Brexton. Avec les verrues et tout.

Je lève mon visage pour qu'il me voie bien, pour qu'il m'entende.

– Moi aussi, je suis amoureuse de toi, Drew Bowman. Je pense que je l'ai été toute ma vie. C'est seulement maintenant que je me rends compte que j'ai comparé tous les hommes avec qui je suis sortie à l'homme que je pensais que tu deviendrais en grandissant. Je ne me doutais pas que cet homme était encore plus extraordinaire que je l'avais imaginé.

47

DREW

– Il faut que j'y aille, murmure Brexton alors que je la tiens serrée contre moi.

Je gémis.

– Non.

– Si. La petite Mademoiselle Charley va bientôt se lever et se demandera pourquoi Brexton, l'amie d'Oncle Drew, dort dans le lit de son oncle.

Elle glousse et ce son suffit à me faire bander encore plus.

– Souviens-toi, les garçons et les filles ne sont pas censés faire des soirées pyjamas ensemble.

Elle a raison. J'aimerais ne pas en tenir compte, mais je suis bien obligé de le reconnaître. Je soupire.

– Reste encore un peu. Il fait nuit. Seulement cinq minutes ? Tu veux bien ?

Elle se blottit contre moi, la main sur ma poitrine.

– D'accord. Mais on est sages.

– Promis, je murmure sur le sommet de sa tête tout en traçant des lettres du bout du doigt sur sa main.

Au bout de quelques secondes, elle comprend ce que je suis en train de faire.

– JTAB ?

Elle me regarde en plissant les yeux et en fronçant le nez de la façon la plus adorable qui soit. Mais je vois le moment où elle déchiffre les lettres. Les fameux trois mots. Son regard s'attendrit et un sourire passe sur ses lèvres magnifiques.

– Je t'aime, Brexton, dis-je, encore étonné de lui avoir avoué mes sentiments hier soir, mais encore plus maintenant d'être aussi à l'aise quand je le dis de nouveau.

– Prends ça, Ginnie Huber, plaisante-t-elle. Moi, j'ai quatre lettres alors que toi tu n'en avais que deux.

48

BREXTON

MON CAFÉ EST CHAUD ET FORT, ET L'AIR MATINAL EST FRAIS, ANNONÇANT LES PREMIERS signes de l'automne. L'été s'est prolongé à New York cette année et je suis assise, les genoux remontés sous le menton, sur le rooftop de mon immeuble. Je suis tout à fait prête à accueillir ce passage des saisons.

Ce rooftop.

Je souris et secoue la tête en repensant à ce soir où nous avons fait l'amour ici, Drew et moi, il y a deux semaines environ.

Oui, nous avons fait l'amour.

C'était vraiment ça. Parce que ce mot n'avait pas encore été prononcé, mais nos cœurs avaient déjà pris leur décision.

Cela me semble irréel.

Cela me semble parfait.

Et pourtant, pourquoi ai-je l'impression d'attendre le retour de manivelle ?

Je bois une gorgée et je laisse le liquide puissant me brûler la langue en débattant de la seule chose qui pèse sur mon esprit : je cache Drew à ma famille.

Je suis amoureuse d'un homme. D'un homme qui m'aime, et la seule idée que je n'en ai parlé à personne d'autre que Jules, puisqu'elle nous a vus au marché, est totalement aberrante.

Mais pourquoi ne le fais-tu pas, Brex ? Pourquoi éprouves-tu le besoin de garder cette chose pour toi ? De la cacher aux autres ?

Est-ce que tu as peur que Drew puisse avoir raison ? Que ton père puisse avoir joué un rôle dans ce qui est arrivé à Gary Bowman ? Si c'était le cas, cela porterait un éclairage tout à fait différent sur l'homme que tu as mis sur un piédestal depuis toujours. *T'obligerait à le regarder différemment.*

Cette idée me perturbe.

Puis je la rejette immédiatement, mais c'est trop tard, la révélation persiste.

Est-ce la raison pour laquelle j'hésite à en parler ? Est-ce que je pense réellement qu'il en sait plus qu'il ne veut bien le dire ? Est-ce une possibilité ?

Apparemment c'est ce que pense Drew. Il ne l'a peut-être pas dit aussi clairement, mais le non-dit est là, suspendu entre nous.

Je me renfonce dans mon siège, parcourant du regard la ville qui s'étale devant moi, sans pour autant me concentrer sur quoi que ce soit. Je ne trouve pas les mots.

Parce que, pour la première fois, je comprends complètement ce que ressent Drew.

C'est là qu'est la faille, et nous sommes tous les deux fautifs de ne pas l'affronter.

Le problème, c'est comment faire pour y remédier ? Je ne sais pas si notre passé pourrait rester du passé s'il devait devenir source de conflits, à la fois maintenant… et dans l'avenir.

49

DREW

3 ANS PLUS TÔT

Je n'aurais pas dû venir ici.

J'ai bu assez de whisky comme ça, ce soir. J'ai passé trop de temps à gamberger, et je n'aurais pas dû venir ici, putain.

Et pourtant, je pousse la porte et j'entre. La maison de mes parents est claire et aérée, mais c'est un trompe-l'œil si j'en crois le poids qui m'oppresse chaque fois que je mets un pied dans ce satané mausolée.

– Drew.

Mon père sursaute en me voyant.

– Je te présente le héros du jour.

Je titube lorsque j'entre dans le salon, mais je m'en fous. Il est assis, les lunettes perchées sur le bout de son nez, avec son iPad sur les genoux.

– Drew ?

Je secoue la tête en rigolant.

– Tu sais ce que j'ai fait aujourd'hui ?

– Tu as bu, visiblement.

Je claque des doigts.

– Bingo. Et tu sais ce que j'ai fait d'autre ?

– Je n'ai pas le temps de…

– J'ai regardé l'équipe dont je me suis fait virer, l'équipe dans laquelle j'étais QB titulaire, gagner ce putain de Super Bowl.

En prononçant ces mots, j'ai l'impression de mâcher du verre pilé.

– Ce sont des choses qui arrivent.

Le ton de sa voix est mesuré.

– Ça aurait dû être moi.

Il pose sa tablette sur la table à côté de lui en soupirant.

– Ça aurait pu être beaucoup de gens.

– Non, papa. Moi. Moi, putain. Mais je n'y étais pas. Tu veux savoir pourquoi ? Tu as trois essais.

Mais il reste muet. Il ne dit pas un mot, bon Dieu, mais se contente de me regarder l'air agacé. L'air qui dit que je devrais tout bonnement *passer à autre chose.* J'ai l'impression que je *passe tout bonnement à autre chose* depuis dix ans, putain, et sans la moindre explication.

– Tout ça à cause de quelque chose qui n'a rien à voir avec moi, mais qui affecte toute ma vie adulte.

– On a déjà parlé de ça.

– Non. En fait, on ne l'a jamais fait. Tu es venu. Tu as dit que tu arrêtais. Tu as dit qu'on n'en reparlerait jamais. Et basta. Eh bien, tu sais quoi ? Je suis venu pour en parler, justement, *papa.*

Je vais d'un bout à l'autre de la pièce, me retenant de l'attraper au collet pour le secouer et qu'il me donne la réponse, bon sang.

– Est-ce que tu l'as fait ? Est-ce que tu es descendu de ce trône parfait sur lequel tu étais assis, tous les jours, à porter des jugements sur tout le monde, pour le faire vraiment ? Parce que ton départ sans un mot d'explication, putain, cela te désigne comme le coupable. Tout en faisant comme si…

– Maintenant ça suffit, explose-t-il.

– Ça n'a jamais suffi. Pas pour Maggie, qui est une véritable épave. Ni pour maman, qui est restée à tes côtés comme une marionnette que tu manipules. Est-ce qu'elle sait la vérité, elle, d'ailleurs ? Et en tout cas pas pour moi, que tu fusilles du regard chaque fois que je mets un pied dans cette maison. Pourquoi ? Parce que tu n'arrives pas à accepter l'idée que j'essaie de vivre un rêve que toi, tu as abandonné, putain.

– Tu ne pourrais jamais être moi, hurle-t-il, ce qui m'arrête net.

Je le regarde, sidéré.

Blessé.

Anéanti.

Dessoûlé.

Je cligne des yeux en accusant le coup, et l'expression de son visage se modifie quand il se rend compte de ce qu'il vient de me dire. La colère cède la place à l'incrédulité, puis à la prise de conscience.

– Ce n'est pas ce que je voulais dire, Drew.

Il se lève de son fauteuil, mais je marche déjà vers la porte.

– Drew, je ne voulais pas dire ça. C'est…

– Ne me touche pas, putain.

Il me prend le bras, mais je me dégage violemment et je pivote sur moi-même, le poing serré, prêt sans l'ombre d'une hésitation à le lui flanquer dans la figure. Une fureur démesurée s'empare de moi, immédiatement suivie d'un sentiment d'impuissance que je n'avais jamais ressenti auparavant.

– Drew, s'il te plaît.

Ses yeux sont inondés de larmes, comme si l'homme de glace avait fondu.

Mais seulement sous l'effet des regrets.

Seulement sous l'effet de la peur.

– Je te souhaite vraiment de n'être jamais comme moi, dit-il, mais c'est trop tard.

Les mots sont dits.

– Ça, ça ne risque pas.

Lorsque je sors en claquant la porte, il ne me suit pas.

Je cours au milieu de la rue aussi vite que je peux jusqu'à ce que je sois hors d'haleine et que je me plie en deux sur un trottoir.

Ils t'échangent, Drew.

Bien qu'ils n'aient rien trouvé pour m'incriminer, bien que je sois innocent, les Tigers ne voulaient plus d'un nom comme le mien sur leur listing. Un nom auquel on accole des accusations partout où il apparaît.

Les Tigers remportent le Super Bowl. Quel match incroyable !

Les déclarations des journalistes étaient autant de provocations. Qui me disaient ce que j'avais manqué. Ce que je n'aurais jamais.

Tu devrais être heureux que l'équipe de Floride t'ait engagé.

Comment pourrais-je être heureux si loin de ma famille ?

Tu ne pourrais jamais être moi.

Où je suis relégué au rang de remplaçant, assis sur ce foutu banc semaine après semaine.

Seul.

Tout seul, putain.

À cause de lui.

50

DREW

Je roule la tête en arrière, dévoré par la frustration. Encore un match passé à me ronger les sangs sur la touche, putain.

Encore un foutu match où le manque d'expérience d'Hobbs est criant d'évidence.

Et pour quoi ? Pour que les Raptors justifient ce que leur coûte le contrat exorbitant qu'ils ont consenti à lui signer.

C'est un échec, putain. Il a plus de talent dans son petit doigt que la plupart des quarterbacks, donc il faut qu'il dépasse ce blocage. Mais son mental ne tient pas le choc. Je sais ce que c'est. Mais moi, je m'entêtais, même après avoir été descendu de mon piédestal.

La foule des spectateurs de Géorgie hurle quand sa balle passe au large pour la troisième fois en trois tentatives. Heureusement, la Géorgie joue aussi mal. La seule raison pour laquelle nous avons encore une chance, c'est qu'ils ont fait autant de fautes que nous.

Les gradins explosent de joie quand Hobbs rate le premier touchdown. La victoire est si proche qu'ils la goûtent déjà.

Et cela me rend malade.

Je tourne le dos, incapable de regarder le match plus longtemps.

– Hé, Bowman ?

Je me retourne en entendant la voix de Lonnie.

– Tu n'y es pour rien, je lui dis pour répondre à la question qu'il m'a posée à chaque match, dernièrement. C'est Hobbs. C'est…

– Tu rentres pour la prochaine séquence.

Je n'en crois pas mes oreilles.

– Pardon ?

Est-ce que j'ai bien entendu ?

– Il reste cinq minutes. Tu penses que tu peux nous tirer de là ? Tu crois pouvoir trouver la manière d'inscrire un touchdown ?

Je souris pour toute réponse en passant mon casque et le mettant en place d'un coup sec.

La minute qui suit s'écoule dans un brouillard. Hobbs perd la balle dans un revirement. Il me regarde fixement en quittant le terrain à petites foulées avec un mélange de confusion et de soulagement quand il voit mon casque parler avec le coordonnateur.

Puis j'attends.

Notre défense tient la ligne et empêche la Géorgie d'avancer. Alors qu'ils mettent de force un punt entre nos mains.

C'est le moment d'y aller.

Quand je rentre en courant sur le terrain, la seule chose que j'entends, c'est mon sang qui bat dans mes tympans. Pas les acclamations des fans. Pas les gars en conciliabule qui discutent de leur stratégie. Seulement mon pouls et ma confiance. Je peux le faire. Toutes ces soirées passées à faire du temps supplémentaire sur un terrain plongé dans l'obscurité sur le côté du stade vont payer maintenant.

C'est pour ça que j'ai travaillé. C'est ma force. C'est moi le QB1, bon Dieu.

Montre-leur ce que tu sais faire, Bowman.

– Il nous reste deux minutes. Largement le temps de marquer, je dis aux gars dont les yeux sont braqués sur moi dans le conciliabule avant de leur présenter la stratégie.

– À droite de la porte ? demande mon ailier rapproché.

– À droite de la porte, je dis en hochant la tête avec un sourire.

La balle est posée.

La cadence est annoncée.

La balle est dans mes mains.

Je recule à petits pas, en espérant que la ligne tienne assez longtemps pour permettre à Nix de courir jusqu'au bout du terrain.

Allez. Allez. Allez.

Je vois la première ouverture sur le côté droit quand un Faucon fait une percée. Je fais quelques pas sur la droite alors qu'il est plaqué par mon joueur de ligne.

Vas-y. Vas-y. Vas-y.

Une nouvelle percée sur la droite.

Mais, cette fois, je ne me déplace pas.

Cette fois, je tire le bras en arrière et j'envoie.

La balle vole dans l'air et juste après je suis plaqué, envoyé dans l'air, et je retombe au sol avec un grognement. Le joueur de ligne est sur moi, mais j'ai la tête tournée vers nos lignes de touche et je vois tout le banc applaudir.

Les bras levés. Les poings dressés. Les doigts qui pointent dans ma direction, alors qu'ils sautent sur place.

Alors que mon running back et mon Ave Maria traversent jusqu'à la zone d'en-but.

51

BREXTON

Je l'attends avec fébrilité. La poitrine bombée de fierté, je me repasse le moment en boucle dans ma tête. Le remplacement non prévu de Hobbs par Drew. Mes cris d'encouragement devant ma télé dans mon appartement vide. L'Ave Maria. La balle envoyée dans une spirale magnifique à quarante yards au fond du terrain. Le rugissement de la foule quand Nix la rattrape. La victoire des Raptors grâce à ça.

Depuis, je suis sur un petit nuage.

Et pas seulement à cause de la victoire des Raptors. Mais je suis tellement heureuse pour Drew. Entrer sur le terrain et faire la différence doit être une satisfaction énorme pour son ego. Et son statut au sein de l'équipe. Tout cela ne peut qu'être positif pour son estime de soi.

Ce putain de Drew Bowman vient de montrer au monde que c'est lui la vraie bonne affaire, et je ne pourrais pas être plus fière de lui.

Quand il arrive à ma porte, je l'ouvre à la volée avant même qu'il ait fini de frapper, et je me jette dans ses bras en poussant un cri aigu.

Je l'accueille en l'embrassant, mes jambes croisées autour de sa taille, et en répétant « c'était superbe », encore et encore. Je le couvre de rires, de compliments et d'amour.

Tellement d'amour.

Un amour que je lui manifeste lorsque nous avançons en trébuchant vers le canapé, avant d'entreprendre de le déshabiller.

52

BREXTON

– Il faut vraiment que tu partes ?

Je gémis alors qu'il vient à quatre pattes jusqu'à moi, allongée dans mon lit, et plante un autre long baiser plein de tendresse sur mes lèvres.

Puis il fait une grimace, jure et finit par rigoler en s'asseyant sur ses talons.

– J'avais oublié ce que ça fait de se faire percuter comme ça pendant un match.

Il baisse les yeux sur l'hématome qui s'est épanoui juste sous ses côtes.

– Mon pauvre chéri. Laisse-moi te faire un bisou, tu verras, ça ira mieux.

Je pose mes lèvres sur son bleu, mais soudain je les laisse glisser plus bas jusqu'à ce qu'il m'empoigne par les cheveux et tire ma tête en arrière pour que je ne puisse pas atteindre mon objectif.

– Tu ne joues pas franc jeu.

Ce sourire ravageur. Comme tout chez lui, en fait, alors qu'il est assis sur mon lit dans la lumière du matin et qu'il me regarde avec des yeux qui me renvoient exactement le même sentiment que je ressens pour lui.

C'est enivrant. C'est merveilleux. C'est la plus belle chose qui existe, et le sourire qui danse sur mes lèvres le montre très bien.

– Jamais.

Je pose un autre baiser juste au-dessus de la ceinture de son jean.

– Et ça, c'est une promesse pour tout à l'heure.

– Tout à l'heure ?

Il se penche sur moi et m'embrasse de nouveau. Mais ce qui débute comme un petit bisou se transforme lorsque mes doigts s'emmêlent dans ses cheveux sur sa nuque et que j'approfondis ce baiser.

– Je n'ai pas envie que tu t'en ailles déjà.

– Les vidéos, dit-il avec un hochement de tête résolu, tandis que ses doigts se frayent un chemin sous la couverture et qu'il pousse un gémissement avant de les retirer précipitamment.

– Je dois aller regarder des vidéos.

– Ça a l'air chiant.

Il me lance un regard douloureux qui me fait sourire. Je suis contente qu'il soit aussi difficile pour lui de quitter mon lit que pour moi de le voir partir.

– C'est encore plus chiant quand je sais que tu es ici.

Il se lève, attrape son tee-shirt et l'enfile.

– Chaude et attirante…

– Mouillée et consentante.

Je souris en coin, et lui gémit des regrets.

– Tu es cruelle.

Il rigole.

– Et toi, tu es extraordinaire.

Il s'arrête brusquement et me regarde, les yeux emplis d'émotion.

– C'est vrai. Il faut que tu le saches. Pas seulement sur le terrain, Drew. Mais aussi dans la vie. Dans tout ce que tu gères, tout ce que tu entreprends, tout ce que tu tentes d'être, tu es tout simplement incroyable.

Et je le pense vraiment. Ce matin, alors que je le regardais dormir, je ne pouvais pas m'empêcher de penser à ce poids qui pèse sur ses épaules. Son devoir, son intégrité, sa propre carrière, et comment il réussit à équilibrer tout ça de telle façon que personne ne connaisse ses difficultés – parce qu'il les cache si bien.

– Merci, dit-il avec un regard très tendre qui me dit qu'il m'entend.

Qu'il sait que je vois l'homme au-dessous de ses multiples couches, et que je l'aime d'autant plus.

Il me regarde sortir du lit, les yeux se baladant sur ma peau nue comme s'il se remémorait toutes les façons magiques qu'il a eues de me donner du plaisir la nuit dernière et même avant.

Je soutiens son regard et ne m'en détache que le temps d'enfiler un vieux tee-shirt à col en V que je lui ai taxé la dernière fois qu'il l'a oublié chez moi.

– À ce soir, alors ?

– Seulement si tu me promets de m'attendre comme ça. Avec mon tee-shirt et rien d'autre.

– Oh, tu n'as pas apprécié ma lingerie fine, hier soir ?

Son sourire s'allume instantanément.

– Maintenant que tu le dis…

Nous rions et je lui emboîte le pas dans le living-room, nos mains liées, et il me pose un dernier baiser sur les lèvres.

– À ce s…

Mais sa phrase reste en suspens parce qu'au moment où il ouvre la porte, mon père est justement là, s'apprêtant à sonner.

Je ne vois pas le visage de Drew, en revanche, je vois le mouvement de surprise et l'expression étonnée qui passe sur celui de mon père.

– Drew, dit mon père en guise de salut.

Mon cœur bondit dans ma gorge avec cette peur soudaine d'être découverte qui accélère mon rythme cardiaque.

Drew recule d'un pas et me regarde avant de regarder mon père.

– Monsieur.

Il fait un signe de tête sans rien dire de plus. Mais il pâlit et ouvre de grands yeux et je ne peux qu'imaginer le million de choses qui lui traversent l'esprit.

– Je ne voudrais pas déranger, dit mon père en restant sur place avant de rougir quand il réalise soudain que je ne porte qu'un tee-shirt d'homme et rien de plus et que c'est Drew qui est là avec moi.

– Tu ne – ce n'est pas – il allait juste…

Je secoue la tête, gênée à mort, mais c'est Drew qui m'inquiète. Quand je lui lance un coup d'œil, il a l'air horrifié. Je ne sais pas très bien ce qu'il attend de moi. Je ne peux rien faire pour faire disparaître ce qu'il ressent. Sa confusion, son antagonisme, son malaise.

– J'ai regardé le match hier.

Mon père pénètre dans mon appartement, comme s'il ne pouvait pas laisser passer ce moment.

– Une des meilleures actions que j'aie vues depuis longtemps. À la hauteur de Rodgers contre les Lions, dit-il en faisant référence au quarterback des Green Bay Packers et à son fameux Ave Maria en 2015, qui leur avait fait gagner le match.

– Merci, mais je n'en suis pas si sûr.

Drew reste planté là et fixe mon père. Comme s'il voyait un fantôme.

– Si, c'était une action extraordinaire. Tu peux être fier de toi.

– Il faut que… euh… que j'y aille. Débriefing du match.

Il me lance un regard et je souris pour essayer de faire comme si tout était normal – ce qui est loin d'être le cas.

– D'accord. Je t'appelle plus tard.

– Monsieur, dit Drew.

– Drew ?

Drew s'immobilise. Il ne dit rien, les yeux toujours plantés dans ceux de mon père. Il a l'air d'un petit garçon perdu et je voudrais pouvoir faire quelque chose pour lui enlever les idées qu'il a dans la tête. Je ne peux rien faire d'autre que rester là, à le regarder se débattre.

– Ça me fait plaisir de te revoir après tout ce temps.

Drew baisse un peu la tête avant de faire un signe affirmatif, puis il s'en va sans rien dire.

Mon père et moi regardons la porte se refermer et je me demande comment je vais me sortir de cette situation incroyablement embarrassante. Mes mensonges, et mon père qui nous tombe dessus, sans parler de la simple étrangeté de me faire surprendre par mon père avec un homme chez moi. Peu importe l'âge qu'on a, c'est toujours gênant.

Nerveuse et cherchant un moyen de m'occuper les mains, je relève mes cheveux en un semblant de chignon et je décide de faire du café.

– Tu en veux ? je demande, comme si de rien n'était.

– Oui, volontiers.

Il pousse un soupir et s'assied sur un tabouret au comptoir de la cuisine.

– *Bon sang.*

– J'espère que tu ne dis pas ça parce que tu m'as trouvée avec un homme dans mon appartement. Je suis une femme adulte qui…

– Je dis ça parce que tu étais absente à notre réunion de ce matin, que tu ne réponds pas à ton téléphone et que j'étais suffisamment inquiet pour venir chez toi voir si tout allait bien, étant donné que c'est la première fois que ça t'arrive.

Je baisse la tête et me concentre sur le café qui coule dans la tasse. Eh bien, c'est une première pour moi. J'étais si accaparée par Drew que j'ai perdu toute notion du temps.

– Excuse-moi. Je ne voulais pas t'inquiéter. J'étais…

– Occupée. C'est ce qui m'a semblé.

Je lui passe la première tasse de café sans le regarder, puis j'attends que ma tasse se remplisse, tout en réfléchissant à la façon de tout lui expliquer.

– C'est à cause de ça que tu m'évites ?

– Je ne t'évite pas.

– Non ?

Je le regarde dans les yeux pour la première fois et ça m'agace de me sentir aussitôt assaillie par la culpabilité.

– Non.

– Parce que tu fais tout ce que tu peux pour être sûre de ne pas te retrouver seule avec moi au bureau. Nous n'avons plus de conversation en déjeunant dans la salle de conférences comme nous le faisons d'habitude. En fait, tu t'es faite plutôt rare, ces derniers temps.

– Encore une fois, j'étais occupée.

Son rire sourd me dit qu'il ne mord pas à mon excuse et, franchement, je le comprends.

– Tu as pensé que j'allais t'en vouloir ?

– Non.

Je réponds trop vite, puis je hausse les épaules et je regarde longuement mon café avant d'ajouter :

– Je n'en sais rien.

– Ce serait une honte et terriblement injuste que quelqu'un d'autre tienne rigueur à l'une de mes filles de toutes les erreurs que j'ai pu faire dans ma vie.

Je le regarde dans les yeux. J'y vois de la compassion. Il ne me juge pas, mais il est vexé.

– Je n'aimerais pas que tu me croies capable de faire une chose pareille.

Je hoche la tête et les larmes me montent aux yeux, ce qui m'énerve.

– Il pense que tu as joué un rôle ou que tu as une responsabilité dans ce qui est arrivé à son père.

– Il te l'a dit ?

– Non, mais il l'a laissé entendre.

– Et tu as caché ta relation avec lui parce que, au cas où ce serait vrai, tu avais peur que je sois fâché.

Il dit cela comme s'il essayait de comprendre mon raisonnement.

– Je sais que tu n'as rien fait de mal. Tu ne ferais jamais ça.

– Et pourtant, tu t'es posé des questions.

Je ne réponds pas, mais je le regarde en rougissant de honte.

– Gary Bowman était mon meilleur ami. C'était comme mon frère. Tout ce que je peux te dire, Brex, c'est que je connais la personnalité de l'homme que j'ai connu autrefois. Je sais qu'il aimait sa famille de tout son cœur et qu'il aimait tout autant le sport qu'il pratiquait. Lorsque la nouvelle a circulé qu'il était soupçonné d'avoir truqué un match, j'ai été aussi choqué que tout le monde. Ta mère et moi ne pouvions pas y croire. Nous n'y avons pas cru. Mais quand il a démissionné sans donner d'explications, j'ai eu peur que ce soit vrai. Quoi qu'il ait fait, il devait avoir une raison de le faire qui était justifiée à ses yeux.

Je me mordille la lèvre inférieure ;

– Alors, pourquoi Drew pense-t-il que tu as quelque chose à voir dans cette histoire ?

– C'était peut-être plus facile pour Gary de me faire porter le chapeau ? Pour restaurer autant que possible la relation qu'il avait avec son fils, parce que c'était plus important que tout le reste.

– Ça ne t'a pas mis en colère ?

– Je fais seulement des hypothèses, ma chérie, mais s'il y a une chose que j'ai apprise en devenant parent, c'est qu'avant d'avoir des enfants, tu jures tes grands dieux que tu ne ferais jamais ci ou ça… mais quand tu te trouves face à un avenir incertain et que tu t'inquiètes pour le bien-être de tes enfants, que tu as peur de les perdre d'une façon ou d'une autre – le chagrin, la colère, que sais-je – parfois, tu fais ou tu dis des choses sans réfléchir. Sur le moment, tu ne penses qu'à tout faire pour que ça n'arrive pas.

Il y a dans son regard une tristesse qui me dit qu'il sait de quoi il parle. Chacune d'entre nous est passée par des moments de chagrin après la mort de notre mère. Nous n'étions jamais à la même étape de deuil en même temps. Alors que notre père essayait d'empêcher l'implosion de notre famille, il devait se sentir comme un pompier qui doit éteindre différents feux quotidiennement. En faisant tout pour nous aider alors qu'il devait gérer en même temps son propre chagrin.

Ses mots résonnent en moi. Quand j'étais ado, je ne me suis jamais préoccupée de la façon dont il s'occupait de nous, mais maintenant que je suis adulte, je me rends compte que cela devait être épuisant.

Je regarde mon père avec le cœur plein d'amour et j'aimerais que Drew puisse voir comme moi quel homme extraordinaire il est.

– Est-ce que tu pourrais lui parler, papa ? Lui expliquer tout ça ? Je veux dire…

– Non.

Il m'interrompt en me souriant tendrement.

– Ce n'est pas à moi d'intervenir dans la relation entre un père et son fils.

– Mais il se trompe. C'est…

– Qu'est-ce que je suis pour Drew, ma chérie ? Je ne suis rien de plus qu'un vieux souvenir. S'il doit chercher à découvrir la vérité, ce doit être de son propre chef, sinon, il n'y croira jamais vraiment.

Je pose ma tasse de café et appuie mes doigts sur mes yeux. De nouveau, je suis envahie par la crainte que, quel que soit l'amour que nous éprouvons l'un pour l'autre, cette faille entre Drew et moi ne soit jamais comblée.

– Il m'a emmenée à Lake George. Pour voir nos empreintes de mains. L'empreinte des mains de maman.

Je ne sais pas trop pourquoi je ressens le besoin de lui raconter ça, mais cela me fait du bien de le partager avec lui. J'ai eu terriblement envie de le raconter à Dekker, Lennox et Chase, mais comment leur expliquer comment j'avais pu faire les photos ?

Cela me rongeait.

Tous ces mystères.

Il sourit et ses yeux s'embrument.

– Elle adorait cet endroit. Ces souvenirs que nous avons bâtis en tant que famille, là-bas.

Et Drew me les a redonnés.

Mon esprit se raccroche à cette pensée et ne la lâche plus.

– Je l'aime, papa.

– Je sais.

– Comment ça, tu le sais ?

– Il est assez important pour te faire perdre la notion du temps, c'est comme ça que je le sais.

C'est à mon tour de sourire. À mon tour de me rendre compte à quel point j'avais tort de dissimuler tout ça à mon père.

– Mais qu'est-ce qu'on fait maintenant ? Cette *chose* sera toujours entre nous, d'une certaine façon.

– Vous trouverez bien un moyen.

– Ça, ça m'aide vraiment.

Je ris.

– Si l'amour était facile, ça se saurait. Mais ce n'est pas comme ça que ça se passe.

– Ça non plus, ça ne m'aide pas.

Son sourire s'élargit quand il se lève, vient vers moi et m'embrasse sur la tempe.

– Si Drew est toujours le garçon que j'ai connu, intelligent, contemplatif, curieux, il trouvera un moyen.

– Mais si ce n'est pas moi qu'il choisit ?

Ma voix se brise et son expression devient grave.

– Personne ne doit avoir à choisir entre toi et sa famille. Ça ne pourrait pas marcher.

Il m'attire contre lui dans une embrassade chaleureuse qui me donne l'impression de redevenir une petite fille et qu'il a toutes les réponses.

– Il ne peut pas ne pas te *préférer*. Vouloir être avec toi. Savoir que les choses seront compliquées parfois, mais c'est ça, la vie.

– Mais s'il ne le fait pas.

– Drew et toi, vous avez une relation particulière, depuis votre enfance. Vous terminiez toujours les phrases l'un de l'autre, vous vous agaciez l'un l'autre, vous vous regardiez quand l'autre ne regardait pas, espérant qu'il vous remarque. Tiens bon. Sois patiente quand tu auras l'impression qu'il n'y a rien à quoi te raccrocher, ma chérie.

Il cogne sur le montant de la porte, comme s'il achevait ce qu'il n'a pas eu le temps de faire quand Drew l'a ouverte. Je ne sais pas pourquoi cela me frappe, mais c'est ainsi.

Il aurait pu arriver plein de colère, les sourcils froncés, et ne pas se montrer aimable avec Drew en le voyant. Il aurait pu me disputer pour l'avoir inquiété.

Mais il ne l'a pas fait.

Au contraire, il a évalué la situation présente au lieu de nourrir une colère venue du passé. Il a traité Drew avec respect, l'a même complimenté sur son match, alors que je suis certaine que son côté père protecteur aurait aimé poser des questions et exiger des réponses.

Il a admis que sa fille était amoureuse, et ne s'est pas comporté comme si j'avais été déshonorée.

Et maintenant, finalement, toute cette culpabilité que je ressentais pour avoir caché ça à ma famille a disparu. C'est comme un poids qu'on a enlevé de mes épaules.

Drew et toi, vous avez toujours eu une relation particulière, depuis votre enfance.

Il a raison. C'est vrai. Je le vois et je le comprends maintenant. Cela dit, serons-nous capables de relever *ce* défi ?

53

DREW

L'ANALYSE DES VIDÉOS A ÉTÉ REPORTÉE POUR UNE RAISON QUE J'IGNORE, mais ça m'arrange parce que j'étais en retard et, de toute façon, je n'aurais jamais pu rester assis et concentré après ce qui s'est passé.

Au lieu de cela, je suis assis dans mon pick-up en face de chez mes parents, à me demander ce que je fous là.

Je viens de me retrouver face à face avec un homme que je prenais pour le monstre qui a détruit la famille Bowman. Le méchant de notre histoire. Kenyon Kincade.

Et pourtant, il n'avait rien de l'homme que j'avais inventé de toutes pièces. J'ai retrouvé au contraire, l'homme que, semble-t-il, j'avais oublié. L'homme gentil, au rire communicatif, qui adorait ses filles.

Le revoir… bon Dieu ! Le revoir a déclenché en moi un tsunami de souvenirs et toutes les émotions qui vont avec. Encore plus violent, peut-être, que lorsque j'ai revu Brexton pour la première fois, parce que Kenyon était… Kenyon était l'élément de stabilité. De nos quatre parents, c'était lui l'adulte que tout le monde écoutait et consultait pour des conseils.

Est-ce que cela a rendu plus facile le fait de croire que c'était lui le monstre ? Lui le coupable ?

Les mains crispées sur le volant, je regarde fixement la maison.

Des détails.

Je ferme les yeux en essayant de me souvenir de quoi mon père avait accusé Kenyon. Des détails précis. C'est le trou noir. Parce que c'est comme ça pour tout dans cette fichue histoire. Trouble. Inexpliqué. Un vrai bazar, putain.

Kenyon est-il innocent ? Est-ce que l'homme au regard doux et au sourire chaleureux que je viens de rencontrer chez ma petite amie n'aurait rien fait de mal ?

C'est toi qui l'as fait, c'est ça ? La fureur et l'incrédulité me tenaillent et me rongent alors que je regarde le plus vieil ami de mon père. Il écarquille les yeux et reste bouche bée.

Il est stupéfait.

Gravement stupéfait que je sois venu pour le confronter à ses mensonges.

– Drew ?

Le meilleur ami de mon père traverse le hall de l'agence Kincade Sports Management.

– Est-ce que je peux t'aider, fiston ? De quoi est-ce que tu parles ?

– Je t'interdis de m'appeler fiston, je hurle les poings et les dents serrés.

– Viens dans la salle de conférences, on sera plus tranquilles pour parler.

– Pour quoi faire ? Pour que personne ne puisse entendre que tu as provoqué la destruction de ma famille ? Que c'est toi qui l'as fait alors que tu prétendais être…

– Bon Dieu, Drew !

Il me pousse à l'intérieur de la salle de conférences avant de claquer la porte dernière nous.

Je dégage violemment mon bras pour qu'il le lâche et je fais un effort considérable pour ne pas lui flanquer mon poing dans la figure. Ni quoi que ce soit pour calmer cette putain de rage qui me submerge.

– Pourquoi tu ne veux pas me laisser parler à l'extérieur, hein, Kincade ? Pourquoi tu...

– Pour t'empêcher de te ridiculiser, tu vois.

– Moi ?

Je ricane en fusillant du regard l'homme à qui j'étais censé pouvoir faire confiance. J'ai un mal fou à le regarder dans les yeux.

– Moi ? C'est toi qui es responsable de tout ça. C'est toi...

– Drew, je comprends que tu sois en colère. Je sais que tout ton univers a été bouleversé, mais je n'accepte pas que tu m'insultes de cette manière.

– Mais c'était toi. C'est toi qui devrais avoir honte. C'est toi qui as détruit mon père. Qui nous as tous détruits.

Je secoue la tête pour me débarrasser de cette idée, parce que si ce n'est pas lui le coupable, alors il n'y a pas d'autre explication.

C'est mon père qui l'est.

L'homme qui, à maintes reprises, nous a répété que ce n'était pas vrai.

Ce n'est pas possible.

Il n'aurait pas fait ça.

Pas à notre famille. À Maggs. À ma mère. À *moi*.

Je refuse d'y croire. Principalement parce que c'est la seule explication que je peux supporter d'entendre en ce moment.

Tu parles de montagnes russes émotionnelles. Entre hier soir et ce matin.

Prends.

Choisis.

Décide.

Allez, Drew.

Mais je ne veux rien faire de tout ça.

Je ne peux pas.

À la place, je saisis mon téléphone, je fais dérouler mes contacts et j'appuie sur « envoi ».

– Salut, mec.

– Tu pourrais installer les tees, Steve ? J'ai besoin de travailler un peu.

– Il n'y a pas d'entraînement aujourd'hui. C'est repos. Analyse des vidéos un peu plus tard. Tu n'as pas reçu le mail ?

– Oui, oui, je sais. C'est juste que j'ai besoin de…

J'en ai besoin, c'est tout.

Le seul réconfort dans ma vie. Depuis toujours. Le bruit de mes pas sur le gazon. Le sifflement de la balle dans ma main quand elle passe le long de mon oreille. La sensation de maîtriser au moins une chose dans ma vie.

Le football.

Alors que j'ai peur tout à coup que le sport n'ait été synonyme de faute pour mon père.

Pour moi, il a été salvateur.

54

BREXTON

Le stade paraît gigantesque lorsqu'il est vide.

Vide, à part moi et l'homme qui, en ce moment même, monte et descend les gradins en courant. L'homme qui possède mon cœur.

Il monte les gradins depuis le rez-de-terrain jusqu'aux loges inférieures puis aux loges supérieures. Une marche après l'autre sans ralentir, comme s'il était déterminé à résoudre tous les problèmes du monde en une seule session d'entraînement.

Mais je sais qu'il ne va rien résoudre du tout en faisant cela. Il pourra peut-être se calmer les idées. Mettre en sourdine sa colère et sa confusion. Je ne peux qu'imaginer ce qui le travaille. Le fait d'avoir revu mon père après tout ce temps. La possibilité pour nous d'être ensemble alors que sa famille pourrait le renier s'ils apprenaient qu'il sort avec une Kincade. Sa place chez les Raptors et la probabilité qu'ils lui accordent plus de temps de jeu.

Je ne sais pas combien de temps je reste à l'observer, mais suffisamment pour mesurer le poids qui pèse sur ses épaules. Je voudrais tellement pouvoir faire quelque chose pour l'alléger.

Mais mon père avait raison – c'est une chose qu'il lui appartient de régler lui-même.

Et cela me fait très peur. J'espère seulement que lorsque la poussière retombera après l'explosion que je vois se profiler à l'horizon, je serai encore debout auprès de lui.

Je peux dire à quel moment Drew m'aperçoit. Il rate une marche, mais se rattrape et poursuit sa course comme si de rien n'était.

Donc je m'assieds et j'attends qu'il finisse de zigzaguer entre les rangées de sièges et qu'il ne puisse plus m'éviter parce que je suis au milieu de son chemin.

– Tu ne réponds pas à mes messages, dis-je lorsqu'il ralentit et s'arrête devant moi.

Je suis appuyée contre la grille qu'il doit franchir pour traverser le terrain en direction du tunnel qui mène au vestiaire.

Son regard croise le mien et j'y vois un torrent d'émotions rageuses.

– J'étais occupé.

– Ce n'est pas en courant jusqu'à l'épuisement que tu vas régler tes problèmes.

– Parce que toi, tu sais ce qu'il faudrait faire, c'est ça ?

Au lieu de pousser le portillon derrière moi, il choisit de sauter par-dessus la barrière à ma droite.

– Pardon ?

Je cours derrière lui, plutôt étonnée de sa remarque.

– Tu m'as bien entendu.

– Courir et te cacher, ça ne va rien arranger, Drew.

– Tu ne voudrais pas aller retrouver ta putain de famille et me foutre la paix ?

– Sérieux ? Tu vas retourner tout ça contre moi ? T'en prendre à moi ? Tout ça parce que tu as croisé mon père ? Tu pensais qu'on pourrait continuer à se voir sans que ça arrive à un moment ou à un autre ?

– Tu ne veux pas parler moins fort ?

Il se retourne pour regarder par-dessus mon épaule.

– Il n'y a personne. J'ai baratiné le vieux Barry pour qu'il me laisse entrer avant de refermer en partant.

– Qu'est-ce que tu veux, Brexton ? demande-t-il en poussant un soupir résigné, les épaules affaissées, la tête rejetée en arrière pour prendre une longue inspiration.

– C'est à toi de me le dire.

– Qu'est-ce que ça veut dire, ça, putain ?

Il fait quelques pas vers moi, les épaules redressées, les tendons du cou étirés au maximum.

– Cela me semble pourtant clair, si on pense à la façon dont nous nous sommes quittés ce matin. Si on ajoute à ça que tu ne réponds pas à mes messages, j'aurais tendance à penser qu'il y a beaucoup à dire.

– Je n'ai pas envie de parler de ça pour le moment.

– Mais pourquoi, Drew ? C'est le moment de sortir ce que tu as sur le cœur. Tu peux crier, hurler contre moi, si tu veux. Dis-moi ce qui se passe dans ta tête, putain, parce que j'en ai vraiment assez d'essayer de deviner, de m'inquiéter, de m'interroger. Ce serait sympa pour une fois de l'entendre de ta bouche.

Je le provoque, parce que je suis en forme et prête pour la bagarre. J'ai l'impression d'avoir contenu tout cela depuis un bon moment. On a beau être super-bien ensemble, il y a en permanence cette tension sous-jacente – le passé qu'on ne contrôle pas et qui vient jeter un voile sur tout ce qu'il y a de bien entre nous.

Et si c'est ce que je ressens, je n'imagine même pas ce qu'il éprouve lorsqu'il doit décider qui il doit croire.

– Ce qui se passe dans ma tête. Tout le monde s'en fout de ce que je pense. Tout ce qui compte pour eux, c'est que j'accepte leur version des faits sans poser de questions alors que je ne sais vraiment plus qui croire.

– J'ai l'impression que tu le sais.

– Arrête !

Il crie comme un petit garçon qui refuse d'entendre ce qu'on lui dit.

– Je t'interdis de me dire ce que je dois croire alors que tu es du côté de ta famille parfaite et que tu te permets de me juger.

– C'est ce que tu penses ? Que je te juge ?

Les mains posées sur la tête, je m'éloigne de lui avant de me retourner. Il me regarde, perdu, mais déterminé.

– Je ne porte aucun jugement, Drew, mais là, je suis paumée. Tout ce que je veux savoir, c'est ce que tu penses. Ce que tu ressens. Je veux arrêter de me dire que je suis amoureuse d'un homme tout en attendant le retour de manivelle. Il est évident que ça va me revenir dans la figure, ou alors je suis abusée par un tissu de mensonges et ce n'est pas moi que tu vas choisir.

Ma voix se brise et une larme involontaire roule sur ma joue.

– Brex.

Il prononce mon nom sur un ton résigné, mais chargé d'émotions entremêlées.

– Qu'est-ce que tu veux que je te dise ? Que ça m'a foutu en l'air de voir ton père aujourd'hui ? Je me sens stupide de le reconnaître. Quand je suis parti, j'étais plus paumé que jamais, parce que depuis dix ans on m'a laissé entendre que c'était lui le coupable. Et, putain, Brexton, pendant le court instant où il m'a regardé dans les yeux, j'ai su qu'il n'avait rien à voir avec tout ça.

Il marche de long en large dans le tunnel et je suis sûre que s'il pouvait donner un coup de poing dans quelque chose, il le ferait.

– As-tu une idée de ce que cela fait de te rendre compte que la personne que tu idolâtres t'a menti ? Ce n'est pas exactement la chose la plus facile à avaler ni même à affronter.

– Je suis désolée.

– Stop, hurle-t-il lorsque je m'avance vers lui pour toucher son bras.

Il serre les paupières et une larme lui échappe. Sa lente progression, alors qu'il fait tout pour contenir son émotion, me fend le cœur.

– Ne me repousse pas, je t'en supplie. Ne…

– Arrête de parler, s'il te plaît. Arrête…

Et, soudain, il se jette sur moi avec une ferveur que je ressens mais que je ne comprends pas.

Ses mains parcourent mon visage et sa langue exigeante cherche la mienne. Il me soulève pour me permettre de croiser les jambes autour de sa taille et me transporte dans le bureau des entraîneurs. Il me pose au sol, juste le temps de nous dévêtir partiellement afin de nous connecter instantanément dès qu'il me soulève pour me poser sur le bureau.

La colère se mue en passion. L'agressivité en ardeur.

Sans dire un mot, il me pénètre. Sans petits mots murmurés. Sans douceur. On n'entend que nos gémissements rauques tandis que je me donne et qu'il me prend. Il n'y a rien de doux dans notre étreinte. Elle est brutale et dominatrice. Totalement égoïste, et je m'en fiche. Il souffre et si c'est ce dont il a besoin là tout de suite, je suis prête à le lui offrir.

D'autant plus que je n'avais pas de mots pour lui faire du bien.

Alors, je lui donne mon corps pour qu'il se perde en moi. Je lui donne mes gémissements pour qu'il les couvre avec ses lèvres. Je lui donne les marques de mes ongles sur son dos et la morsure de mes dents sur son épaule pour qu'il puisse en ressentir le contraste avec le plaisir et sache que ce moment est réel.

Que je suis réelle.

Et avec la tête enfouie dans le creux de mon cou et les mains maintenant mes hanches, Drew Bowman jouit violemment, rapidement et sans prévenir.

Ses mains se crispent, son corps se tend, et son cri étranglé est assourdi lorsque ses lèvres se posent sur mon cou. Mais même quand la dernière parcelle de plaisir s'échappe de lui et que son souffle est toujours haletant, il ne bouge pas.

Il lui faut un peu de temps.

Pareil pour moi, d'ailleurs.

Alors je lui caresse le dos. Je lui laisse le temps de récupérer une partie de la fierté que ses aveux lui ont coûtée. Je fais en sorte de le pousser à se sentir enveloppé de mon amour.

Je ne peux pas lui en vouloir. Bien sûr, il a dit des choses blessantes, mais si j'étais à sa place… si mon père m'avait menti pendant si longtemps au sujet d'une chose si capitale dans ma vie, je serais anéantie. Je serais blessée. Je m'en prendrais à tout et à tout le monde qui tenterait de me dire le contraire. Je n'arrive pas à imaginer la violence de ce qu'il subit.

Je veux être son espace protégé. L'endroit où il peut se réfugier quand il aura besoin de réconfort. Les bras qui le soutiendront quand le doute l'envahira. Le cœur qui l'aimera plus que tout.

– Parfois, je voudrais pouvoir revenir à cette époque-là. Quand tu étais Brex La Peste et moi Drew Le Terrible, et que tout était normal.

Je pose mes lèvres sur le côté de sa tête.

– Mais dans ce cas-là, nous ne partagerions qu'un simple baiser au cours d'un défi de la bouteille qui tourne, au lieu de ce que nous avons découvert entre nous.

Il penche la tête en arrière et me regarde avec une franchise qui me donne la certitude que ça va s'arranger. Et quand il s'avance pour m'embrasser, son baiser est si lent et envoûtant que j'en ai le souffle coupé.

Lorsqu'il s'arrête, je garde les yeux fermés quand il pose son front contre le mien, caressant mes joues de ses pouces.

– Je vais régler ça. Je te le promets.

J'acquiesce d'un hochement de tête et je souris pour confirmer ses paroles.

– Mildred avait raison.

– Pardon ?

– La baise engendrée par la haine, c'est la meilleure.

Il rejette la tête en arrière et se met à rire.

– Je ne dirais pas exactement les choses comme ça. Il n'a jamais été question de haine entre nous.

– Eh bien, faisons en sorte de ne jamais nous approcher plus que ça de l'aspect haine, d'accord ?

Il pose un baiser sur le bout de mon nez.

– Ça marche.

55

BREXTON

– Dekker, je crois que tu as encore reçu des fleurs. Ton mec est tellement gentil que c'en est écœurant, crie Chase à travers le bureau en levant les yeux au ciel de façon théâtrale, les bras chargés d'un superbe bouquet d'anémones qu'on vient de déposer à la réception.

– Ah oui ?

Dekker saute sur place comme une ado écervelée et le prend des mains de Chase. Mais ce n'est qu'après l'avoir posé et regardé l'enveloppe qui l'accompagne qu'elle éclate de rire.

– Je ne veux rien savoir de ce qu'Hunter a écrit concernant ce qu'il a l'intention de te faire. Ou bien – Chase lève un doigt pour faire taire Dekker – ce que tu lui as fait pour avoir droit à de telles largesses.

– Si elles étaient pour moi, je te donnerais justement tous les détails pour te rendre folle de jalousie. Mais elles ne sont pas pour moi.

Chase et moi échangeons un regard.

– C'est plutôt à Brex de nous dire ce qu'elle a fait et à qui, parce que cette carte lui est adressée.

J'ai l'impression que tous les regards, dans le bureau de mes sœurs et du staff, se tournent vers moi.

– À moi ?

– À toi.

Dekker secoue la carte entre deux doigts et je m'approche de la table pour regarder le bouquet. Je tends la main.

– Je peux avoir la carte, s'il te plaît ?

– Seulement si tu nous dis qui est l'expéditeur.

Elle remue les sourcils et Chase vient se placer à côté d'elle pour former un front uni.

– Je ne vois pas comment je pourrais te le dire si je n'ouvre pas l'enveloppe, si ?

Je la lui arrache des mains et m'éloigne de quelques pas pour pouvoir le faire à l'écart de leurs regards inquisiteurs.

Lorsque je l'ouvre, je ne peux retenir une sensation de griserie ni le sourire qui monte sur mes lèvres.

Tu es la seule personne avec qui je veux faire tourner une bouteille.

JTAB

DLT

Drew le Terrible a vraiment le chic pour couronner une semaine géniale.

JTAB. Quatre lettres qui en disent tellement long.

Comme si le fait de me réveiller blottie contre lui tous les matins de la semaine n'était pas suffisant. Maintenant ça.

– On attend, dit Dekker d'une voix chantante quand je recule, enfouis mon visage dans le bouquet et prends une profonde inspiration.

– Alors, c'est qui ?

Chase regarde la carte par-dessus mon épaule.

– JTAB ?

– JTAB ?

Dekker lève les yeux vers moi, puis vers Chase.

– Oh. *Oh.*

Elle me regarde de nouveau.

– *Je t'aime Brexton ?*

– Ouaip. C'est mon petit ami qui les a envoyées.

Je prends le vase et me dirige vers mon bureau sans manquer de remarquer au passage leurs bouches grandes ouvertes.

– Drew Bowman.

Et quand je tourne les talons sous leur regard ahuri, je croise celui de mon père et lui souris lorsqu'il me fait un clin d'œil. Je sais que je n'ai que quelques secondes avant que le feu nourri des questions ne démarre, donc j'accélère le pas dans l'espoir de m'enfermer dans mon bureau avant qu'elles ne commencent.

Mais c'est raté. En les voyant se bagarrer pour passer la porte et parler la première, je revois les horribles demi-sœurs de Cendrillon.

– Drew ? Drew ? *Notre* Drew ? demande Dekker, l'air absolument stupéfaite.

– Il n'y a qu'un Drew Le Terrible, répond Chase à ma place.

– Mais comment c'est arrivé ? Comment c'est possible ? Je veux dire…

– Ce que veut dire Dekker c'est, *purée, tu sors avec Drew* ? poursuit Chase.

– C'est exactement ce que je veux dire, acquiesce Dekker, sauf que ma remarque aurait comporté beaucoup plus de mots grossiers.

– C'est vrai. Elle jure beaucoup plus que nous, dit Chase.

– Vous avez bientôt fini, toutes les deux ? Parce que je serais curieuse de savoir pourquoi vous débarquez comme ça dans mon bureau, sans me laisser le moyen d'intervenir dans cette conversation.

– Lennox, dit Chase. Il faut le dire à Lennox. Elle le sait ? demande-t-elle en se tournant vers moi.

– Bien sûr que non, dit Dekker. Si jamais elle le sait et pas nous, alors elle va sérieusement se faire sonner les cloches pour ne nous avoir rien dit.

Elles se mettent à rire et s'arrêtent lentement lorsqu'elles se rendent compte qu'elles sont tellement excitées d'avoir découvert avec qui je sors qu'elles ne me laissent pas en placer une.

– C'est sérieux, c'est ça ? demande Dekker.

– Je l'aime.

Le fait de le dire tout haut me donne des frissons.

– Oh mon Dieu, dit Chase sur un ton théâtral en se laissant tomber dans le fauteuil en face de moi. Je ne t'avais jamais vue aussi sûre d'être amoureuse. Tu es sûre, sûre ?

On croirait que je viens de lui dire que j'ai été enlevée par des extraterrestres.

– Elle en est absolument sûre, dit Dekker.

– Et comment tu le sais ? dit Chase.

Dekker se tourne vers moi avec des larmes plein les yeux.

– Parce quand tu le sais, tu le sais… et Brexton, là, elle le sait.

56

DREW

Je cours avec la balle.

C'est tout ce que je peux faire alors que la ligne offensive s'effrite pour la troisième fois en trois jeux. Les Forty-Niners nous connaissent bien et cela se voit.

Je parviens à lancer la balle et je vois qu'elle ne va pas être rattrapée – par une ou l'autre équipe – un millième de seconde avant d'être plaqué au sol. J'atterris avec un bruit sourd et un grognement, et ensuite je grimace quand un autre gars vient s'ajouter à la pile.

On m'a accordé cinq minutes supplémentaires. Cinq précieuses minutes pour montrer ce que je sais faire après que Hobbs a encaissé coup sur coup.

Mais je ne vais pas pouvoir faire grand-chose.

Pas avec notre ligne offensive qui se replie à chaque putain de jeu.

Et quand le temps est écoulé et le match terminé, je n'ai pas été fichu d'inscrire un seul point sur le tableau d'affichage pour contrebalancer les sept points que notre défense et sa couverture merdique leur ont donnés sur un plateau.

Je jette un coup d'œil en direction des gradins quand nous sortons du terrain, le petit garçon en moi espérant toujours voir son papa assis là-haut, fier de lui. Je suis idiot de penser ça. D'espérer. D'autant plus après les événements de la semaine passée.

Et pourtant, juste une fois, j'aimerais qu'il soit fier de moi. Rien qu'une fois, je voudrais qu'il ne se fasse pas passer lui-même et ce que les autres pensent de lui, en premier, mais qu'il pense à ce que cela signifierait pour moi de le voir là – que je sois sur le banc de touche ou que, par hasard, je sois sur le terrain.

– On s'est fait massacrer, aujourd'hui, tu ne crois pas, mec ? Cette foutue équipe a vraiment merdé.

Je jette un coup d'œil à Hobbs et j'opine du chef. Il a raison. Il a absolument raison, putain. Mais ce n'est pas le genre de choses à dire à une équipe qui vient de se faire ratatiner et qui souffre dans son corps et dans son orgueil. Ce n'est pas ce que fait un dirigeant.

– C'est des choses qui arrivent. Maintenant, on va aller dans le vestiaire et une fois que le coach aura parlé, c'est toi qui t'adresseras à eux. Tu vas leur dire qu'ils se sont bien battus, et qu'on a perdu, mais que ça ne fait rien parce qu'on a six jours pour améliorer notre jeu avant le prochain match.

– Mais ils ne se sont pas bien battus. Ils…

– C'est toi le leader. Tu dois les diriger de façon positive.

Hobbs trébuche et nous échangeons un regard assez long pour que je sois certain qu'il comprend ce que je lui dis.

Le problème, c'est que je me demande s'il va assumer ses responsabilités ou s'il va botter en touche.

– Hé, Bowman.

Je m'arrête au moment où nous entrons dans le tunnel et, en levant les yeux, je vois deux mecs portant la tenue des Raptors, une bière à la main, qui se penchent par-dessus la rambarde.

– Tu as eu cinq putains de minutes et tu n'as même pas réussi. C'est pas étonnant que tu aies été remplaçant toute ta carrière.

– Si on peut appeler ça une carrière, ricane l'autre.

– Ouais, loser. Abandonne, comme ton vieux l'a fait, d'après ce que j'ai lu.

– Ouais, abandonne, putain.

Je continue à avancer dans le tunnel sans leur donner la satisfaction de leur répondre.

Mais les mots demeurent.

Et ils me font mal.

Pendant toute la réunion après match et le point presse qui suit.

Quand j'envoie un texto à Brex pour lui dire que je ne pourrai pas venir chez elle ce soir.

Pendant tout le trajet pour rentrer chez moi.

Et même encore quand je me gare dans l'allée et que sa voiture est là, et qu'elle est assise sous mon porche, les jambes allongées et les chevilles croisées l'une sur l'autre.

Je sors de mon pick-up, hésitant entre la colère et le plaisir de la voir.

– Qu'est-ce que tu fais là ? dis-je en traversant la courte distance qui sépare l'allée du porche.

Elle soulève un pack de bières et un sac de plats à emporter.

– Il faut bien que tu manges, non ?

Elle sourit tendrement en se levant, et me regarde en penchant la tête sur le côté.

– J'ai peur de ne pas être une compagnie très agréable ce soir. Je ne suis pas très en forme.

– Hé, on célèbre aussi bien les défaites que les victoires.

– T'es dingue.

Je ris.

– De toi, oui.

Elle me fait un autre sourire avant de monter sur la pointe des pieds pour m'embrasser.

– C'est ridicule.

– C'est possible.

Elle hausse les épaules.

– Mais c'est peut-être ce que le médecin a prescrit.

Je la regarde debout sous l'éclairage du porche et je souris, tout en m'apitoyant sur mon sort.

Qu'est-ce que j'ai fait pour mériter ça ? Pour la mériter, elle ?

– Tu ne m'invites pas à entrer ? demande-t-elle en battant des cils.

Je rigole en secouant la tête et j'attrape le carton de pizza et le sac qu'elle a apportés avant de déverrouiller la porte.

– Tu es vraiment un personnage, dis-je en me dirigeant vers la cuisine alors qu'elle referme la porte derrière nous.

– Hé, Drew ? Et ça, est-ce que ça pourrait aider à te faire oublier le match ?

Je me retourne.

Et à ce moment-là, le match et toutes les idées noires qui vont avec s'envolent instantanément

Brexton se tient debout dans l'entrée, la robe tombée sur les chevilles, vêtue seulement d'un déshabillé de dentelle noire.

Je lâche la pizza sans regarder où elle tombe et je retraverse la pièce pour la rejoindre.

– Je pense que ce serait un bon début.

***

– Si je gagne ça quand on perd…

Je pousse un sifflement tandis qu'elle trace des lignes distraitement, du bout du doigt, sur mon torse.

– Très drôle.

Elle pose un baiser dans mon cou et je me laisse aller en fermant les yeux.

Sa présence ici.

Et moi qui apprécie qu'elle soit là.

Parce que, autant je voulais rester seul ce soir, autant je voulais me complaire dans mes ruminations à propos de ce que ces connards m'ont dit, autant sa venue m'a démontré que j'avais tort.

Ses lèvres sur les miennes, c'est ce dont j'avais envie. Savoir qu'elle est ici pour moi, que je gagne ou que je perde, c'est ce dont j'avais besoin. Qu'elle sache ce dont j'avais besoin… qu'elle sache comment m'aimer… ça me dépasse.

Elle valide mon existence.

Elle croit en moi.

Comme elle l'a toujours fait, semble-t-il.

La lingerie et le sexe formidable n'étaient que la cerise sur le gâteau.

– Je peux savoir pourquoi tu étais si contrarié après ce match alors que tu n'es pour rien dans cette défaite ? Les Forty-Niners, c'est une bonne équipe et ils ont anticipé toutes vos actions, ce soir. À la loyale. Ce sont des choses qui arrivent.

Je ne réponds pas.

– Il y a quelque chose que tu ne me dis pas.

– C'est juste des connards après le match. Toujours les mêmes conneries.

– Qu'est-ce que tu veux dire ? Quelles conneries ?

Elle se redresse sur son coude pour me regarder. Je préférerais regarder ce corps superbe plutôt qu'avoir cette discussion.

– Ce que j'ai dit. Il y a toujours un connard dans le tas, toujours une remarque pour me relier à mon père d'une façon ou d'une autre, ou un truc du genre.

– Qu'ils aillent se faire foutre !

– J'aimerais bien que ce soit aussi facile.

– Pourquoi ça ne le serait pas ? Toutes les autres critiques, tu les prends avec un peu de recul, fais la même chose pour ça.

– Avant j'y arrivais, mais cette fois-ci, avec tout ce qui se passe, je pense que ça m'a touché plus que d'habitude.

Est-ce pour cette raison ? Parce que, pendant des années, j'ai pensé que mon père avait été traité injustement par la NFL et que, pour une fois, je me dis que c'est lui qui a mal agi ?

– Il va bien falloir, à un moment ou à un autre, que tu aies une explication franche avec ton père, pour ton bien. Tu as le droit de connaître la vérité parce qu'elle t'affecte quotidiennement. Et quand tu l'auras fait, alors tu pourras envisager d'aller de l'avant.

Elle a raison.

Je le sais.

Mais c'est tellement plus facile de poser la main sur sa nuque et de l'attirer vers moi pour pouvoir savourer ses lèvres encore une fois.

Pour tout oublier avec elle.

57

BREXTON

– Félicitations.

Je serre la main de Mark Whittier.

– Te voilà un Los Angeles Charger, à présent.

– Sans déconner ?

Il sourit de toutes ses dents.

– Sans déconner.

Je lui tapote le dos.

– Le coach m'a dit que j'étais attendu dans la petite salle de réunion et je flippais un peu. Je croyais qu'ils allaient me tailler en pièces après tout ce…

Il pousse un soupir et secoue la tête.

– Los Angeles ? C'est vrai ?

– Le contrat a été envoyé il y a une vingtaine de minutes. Je me suis dit que j'allais passer pour te le dire en personne.

Il se passe la main sur le visage.

– Shonda va être folle de joie.

Il parle de sa femme, qui fait des pieds et des mains depuis des années pour retourner dans son État d'origine.

– Donc, tu as intérêt à te tenir à carreau jusqu'à la fin de la saison, comme ça, rien ne pourra t'empêcher de repartir sur de bonnes bases là-bas, au printemps.

Il fait oui de la tête, je le regarde digérer la nouvelle, l'expression de son visage est impayable.

– Merci. Vraiment. Merci, Brexton.

Je souris, super-contente d'avoir fait des heureux. Les jours comme ça, où les sportifs apprécient mon travail, c'est ce qui en fait tout le prix.

– Je vais revoir le contrat en détail pour m'assurer qu'il est conforme à ce qu'ils ont dit et je te l'enverrai par mail pour que tu le signes.

– Ça marche.

Il fait quelques pas vers la porte avant de se retourner.

– Encore merci.

Je le regarde partir en souriant avant de rouvrir mon ordi pour envoyer deux trois trucs.

– Alors, tu as pu lui obtenir un deal avec les Chargers, mais pas à moi ?

Évidemment.

Hobbs.

C'est la voix de Justin dans mon dos. J'aurais dû me douter que Mark allait le dire à tout le monde, mais il aurait pu attendre un peu.

– J'ai tout entendu, dit-il en pénétrant dans la pièce exiguë.

Je pousse un profond soupir en posant une fesse sur le bureau et je tourne la tête vers lui.

– On en a déjà discuté, Justin. Je t'ai dit que je ne pouvais rien te promettre, d'autant plus que je n'ai absolument aucune autorité pour négocier en ton nom.

– Donc, tu m'as mené en bateau.

– Pas du tout. J'ai mentionné ton nom au cours de mes discussions avec eux. Je leur ai suggéré qu'ils pouvaient renforcer leur défense. Je leur ai dit qu'ils avaient besoin de toi.

– Moi, ce que je crois, c'est que tu n'as pas été assez convaincante.

Il fait un autre pas vers moi en redressant les épaules.

– Et ce que je sais, moi, c'est que tu n'as pas spécialement brillé sur le terrain dernièrement, ce qui n'a pas servi ta cause.

– Ah, c'est de ça qu'il s'agit ? Tu me défonces et, comme ça, toi et ton copain vous pourrez vivre la belle vie à New York tous les deux ?

– Mon copain ?

Je me mets à rire.

– Tu crois que je ne sais pas que Bowman te kiffe ?

J'espère que ma stupéfaction ne se voit pas sur mon visage. Mais je me ressaisis rapidement. Je n'ai pas envie que Drew surgisse dans cette conversation qui ne le concerne pas.

– Si c'était le cas, Hobbs, si j'essayais de t'entuber au profit de Drew comme tu l'insinues, alors ça m'arrangerait que tu dégages pour qu'il puisse être QB titulaire.

Je fais un pas vers lui en pointant du doigt.

– J'ai fait tout ce qui était en mon pouvoir pour que tu puisses aller là-bas, mais je ne joue pas à ce jeu-là.

– Ça, c'est sûr, dit-il en baissant la voix et en franchissant la limite de ma zone personnelle.

Une colère soudaine émane de lui.

– Et puisque tu n'as pas joué à ce jeu-là pour moi, je pense que tu me dois quelque chose.

– Moi, je te dois quelque chose ?

Je le prends de haut, mais quand il s'avance encore plus, je n'en mène pas large. Il me domine de toute sa taille, et c'est encore plus évident lorsqu'il est si proche.

Des signaux d'alarme se mettent en marche dans ma tête, généralement, je n'en ai pas besoin.

Merde.

– Je ne te dois rien du tout, mais je vais te redire ce que je t'ai déjà dit. Va voir Finn. Dis-lui que tu veux la Californie. Demande-lui de faire son travail pour toi, parce que je commence à penser que tout ça, c'était du vent. Même si j'avais obtenu ce que tu veux, tu n'as jamais eu l'intention de signer avec KSM. Tu as juste besoin qu'on flatte ton gros ego. Tu as besoin de croire que tout le monde tourne autour de toi comme des poulets sans tête qui veulent te faire plaisir.

– Et toi, tu sais comment tu pourrais me faire plaisir ? dit-il d'une voix doucereuse.

Si jamais il essaie de me toucher, je jure que je lui colle mon genou dans l'entrejambe direct. Sans hésiter.

– Méfie-toi, Hobbs.

– Et qu'est-ce que tu vas faire, hein ? Parce que moi, là, tout de suite, je vois une dizaine de trucs à faire qui rendraient les choses bien plus marrantes, putain.

– Comme de reculer de dix pas, par exemple.

Je tourne brusquement la tête en entendant la voix venant de la porte. Je n'en reviens pas de voir Finn, les bras croisés et l'air furieux.

Je relâche un souffle que je retenais sans m'en apercevoir, et Finn lance un regard assassin à Justin jusqu'à ce que celui-ci obtempère.

– Finn.

Je respire plus aisément.

– Va te changer, ordonne Finn à Justin. Et attends-moi, t'as pas intérêt à te barrer. On va avoir une petite conversation tous les deux.

Justin reste planté là, avec les yeux qui font les essuie-glaces entre son agent et moi.

– Ce n'est pas ce que tu crois.

– J'en ai assez entendu pour savoir exactement ce que c'est.

Finn hausse les sourcils et montre la porte. Avec un soupir agacé, Justin traverse la pièce à grandes enjambées sans ajouter un mot.

Une fois qu'il est parti, Fin et moi restons silencieux une minute en réfléchissant à ce qui vient de se passer.

– Je n'aurais jamais pensé dire ça un jour, mais je suis contente de te voir, Finn.

Il rejette la tête en arrière et se met à rire.

– T'as rien de plus gentil à dire ?

– Nan, dis-je pour le faire marcher.

Mais mon visage redevient grave lorsque je me rends compte de la situation. Toute ma carrière, j'ai côtoyé des hommes et je me targue de dire que c'est la première fois qu'une telle chose arrive. Et j'aimerais que ça continue comme ça.

– Eh bien, j'ai toujours pensé que c'était un petit con inoffensif, mais maintenant, je sais que c'est surtout un sale con qui se croit tout permis.

– Tu peux le dire.

Il fait la moue et hoche la tête.

– Tu veux bien m'expliquer de quoi il parlait ?

– Ton client essayait de nous monter l'un contre l'autre pour obtenir son échange pour LA.

– Et tu as saisi l'occasion ?

– Bien entendu. Si j'ai une occasion de te piquer quelqu'un et d'ajouter un petit pois sous cette pile de matelas sur laquelle tu dors dans ta tour, je la saisis évidemment.

– Putain ! J'y crois pas.

Mais il rigole.

Je hausse les épaules sans aucune contrition.

– Mais je lui ai dit dès le départ que c'était pas gagné. Qu'il fallait qu'il parle avec son agent, parce que moi, je ne pouvais rien faire, en réalité.

– Et donc, qu'as-tu fait exactement ?

– J'ai lâché quelques suggestions au directeur général des Chargers. Je lui ai dit que cela intéresserait Hobbs de jouer pour eux, mais que je ne pouvais pas faire grand-chose de plus. Tu vois ça ?

Je lui tends la main.

– C'est quoi ?

– Je te passe le relais. C'est ton client. Après ce petit numéro, il a perdu beaucoup de son charme à mes yeux.

– Sans déconner.

– J'ai menti, dis-je en soupirant.

– Oh oh.

– Je m'en veux un peu d'avoir essayé de te le piquer. Je veux dire, tu as volé à mon secours, en quelque sorte.

– Nan. Vous les Kincade, vous n'avez jamais besoin qu'on vole à votre secours. J'ai bien vu ton genou prêt à entrer en contact avec ses parties intimes. Tu t'en serais très bien tirée toute seule.

Je rigole en le regardant.

– Merci, Finn.

Il acquiesce.

– Si ça peut te consoler, j'étais venu lui dire que les Las Vegas Raiders sont intéressés. Ce n'est pas la Californie, mais c'est l'État juste à côté.

Je hausse les sourcils, étonnée et contrariée que ce connard sûr de lui obtienne ce qu'il voulait – un échange vers la côte Ouest –, mais je suis contente que ce ne soit pas la Californie.

C'est une petite victoire, mais c'en est une quand même.

– Les Raiders ? Il sera à sa place dans cette équipe.

– Oui, c'est vrai.

J'observe Finn un instant et je secoue la tête. Il n'est pas censé être le mec sympa dans l'histoire. C'est celui que je veux détester. L'ex-petit ami de ma petite sœur, qui l'a fait souffrir, et un concurrent qu'il me plaît de considérer comme notre ennemi.

Il n'est pas censé être le mec à qui je souris et que je remercie d'avoir été là.

– Hé ? Quand tu négocieras les termes du contrat de Hobbs avec les Raiders, tu crois que tu pourrais lui obtenir une *réduction* de salaire au passage ? À mon humble avis, il ne mérite pas d'être récompensé pour avoir agi comme un connard, en essayant de t'entuber en s'adressant à une concurrente.

Finn me fait un petit sourire en coin.

– Toi, en l'occurrence ?

– Parfois on gagne. Parfois on perd. Et, cette fois-ci, je suis contente de perdre contre toi. Maintenant, c'est ton problème à toi.

Il rit avec moi.

– Je ferai de mon mieux pour cette réduction de paie. Mais je ne garantis rien. Je ferai traîner les négociations aussi longtemps que possible pour le faire mariner.

Mon sac sur l'épaule, je m'arrête devant lui.

– Tu sais quoi ? Tu n'es pas si mauvais, en fin de compte.

– Chut. Inutile que ça se sache, dit-il en me faisant un clin d'œil.

58

BREXTON

Drew : Tu es où ?

Moi : À Philadelphie. Pourquoi ?

Drew: C'est moi qui ouvre le match aujourd'hui.

Moi: C'est vrai ? OMG !

Drew: Lonnie vient de me le dire.

Moi : Comment ? Quand ? Pourquoi ? Je suis tellement contente pour toi. Qu'est-ce qui est arrivé à Hobbs ?

Drew: Le karma.

Je secoue la tête, mon sourire s'élargit en entendant sa remarque dont le ton sarcastique ne m'échappe pas. Je revois sa tête quand je lui ai raconté le petit numéro de Justin et comment Finn m'a prêté main-forte. C'est un euphémisme de dire qu'il était furieux, mais je lui ai fait promettre de ne rien faire. De ne pas mettre en péril le résultat de tous ses efforts en faisant une connerie – comme de se battre avec un coéquipier – au moment où il va enfin progresser dans sa carrière et avoir la possibilité de jouer.

Il s'est calmé.

Au bout d'un moment.

Seulement après que je lui ai dit que ça ne remettait pas sa virilité en cause de ne pas se battre pour moi, bien au contraire, que ce qui faisait de lui un homme, c'était de me faire confiance pour me défendre toute seule.

Et maintenant, voilà que ça arrive.

Heureusement qu'il m'a écoutée et n'a pas risqué de perdre cette occasion.

Je regarde le texto encore une fois, puis je lève les yeux vers le stade où je m'apprête à entrer. Six de mes clients sont sur le point de jouer ici, et je sais sans l'ombre d'un doute que je ne vais pas les voir remporter la victoire.

Ni même inscrire un seul touchdown. Mon cœur bondit en relisant ses lignes. Une nouvelle chance pour lui de montrer aux Raptors – et au monde entier – qui il est et ce dont il est capable.

Je me mordille la lèvre inférieure. Je sais que cela peut paraître peu professionnel de lâcher mes clients pour aller voir jouer mon petit ami, mais en même temps, c'était une visite impromptue. Cela ne va rien changer pour mes clients, et je n'ai aucun rendez-vous prévu.

Certaines choses sont plus importantes que le travail, et une en particulier, qui est de le voir jouer comme titulaire pour la première fois. Qui, j'en suis sûre, sera suivie de beaucoup d'autres.

Évidemment, la circulation va être horrible, mais je suis pratiquement sûre d'arriver pour la mi-temps.

Je sais où je dois me trouver.

Je sais où mon cœur se trouve déjà.

Moi : J'arrive.

Je remuerai ciel et terre pour m'y rendre.

Pour être là-bas.

Pour l'encourager.

59

DREW

Je suis épuisé.

Je suis survolté.

Je lève les yeux vers l'écran géant, de l'autre côté du stade. Nous sommes réunis pour le conciliabule et je sais que c'est à notre portée.

La victoire.

Et une place pour les éliminatoires.

Les Panthers se sont défendus pied à pied depuis le début de la rencontre. On marque des points, ils marquent des points. On perd la balle, ils perdent la balle.

Réguliers comme un foutu balancier.

J'ai l'impression que le match sera remporté par l'équipe qui marquera le dernier point.

Et le temps passe.

Je lance un regard vers Lonnie sur la ligne de touche et il me fait un signe de tête, confirmant ce qu'il m'a dit quelques minutes plus tôt.

– Qu'est-ce que tu en penses ?

Lonnie est debout à côté de moi, les bras croisés, au bord de l'apoplexie.

– Je pense qu'ils veulent nous avoir à l'usure. Ils anticipent nos actions. Ils devancent les coups de Donnel, dit-il, faisant référence à un de mes hommes de ligne offensive qui bientôt ne pourra plus les arrêter. Si ça se produit, t'as plutôt intérêt à t'accrocher à cette putain de balle, parce que c'est un véritable char d'assaut quand il te rentre dedans.

– Il ne me rentrera pas dedans.

– Rigolo, murmure-t-il alors que la foule hurle quand Grandy plaque le quarterback des Panthers dans le champ arrière. Ah, ça, c'est plutôt bon pour nous.

– Et donc ? C'est quoi le plan de jeu ?

– Je te fais confiance.

– Quoi ?

Je tourne brusquement la tête vers lui sans regarder nos équipes spéciales qui entrent sur le terrain pour récupérer la balle.

– Je vais te laisser décider. Tu connais les actions. Tu interprètes bien leurs positions sur le terrain. À plusieurs reprises, ils ont anticipé ce que nous allions faire et il est trop tard pour changer, alors je te laisse faire.

Si ça, ce n'est pas une marque de confiance extrême dans mes capacités, je ne sais pas ce que c'est. Je le regarde avec des yeux ronds, cet homme qui m'a désavoué un nombre incroyable de fois mais qui me dit maintenant qu'il me fait confiance, il me faut un instant pour être sûr d'avoir bien entendu.

– C'est à toi, Bowman, dit-il en me donnant une claque sur les fesses alors que les équipes spéciales sortent du terrain.

– Il nous reste une minute. Un tas de choses peuvent arriver en une minute, dis-je en regardant tour à tour chacun de mes gars dans les yeux.

– Il faut qu'on marque, mec. Ils nous tuent dans le champ arrière, dit Muncy, l'air frustré.

– Je sais. Je le vois.

Je regarde Fulton dans les yeux et je dis :
– Texas 15.
Ses yeux s'illuminent.
– Sans déconner ?
Les autres se mettent à sourire. Ils savent que les Panthers pensent que nous allons courir. C'est la stratégie que nous avons adoptée toute la soirée. Mais à présent que c'est moi qui décide, et plus les types qui donnent les ordres depuis le box là-haut, je vais jouer en fonction de ce que je sais. De ce à quoi je peux me fier. *Mon instinct et mon bras.*
– Sans déconner.
Son sourire s'élargit.
– Pigé.
– On fait ça, les gars. Break.
On claque dans les mains pour mettre fin au conciliabule en regardant la pendule et en adressant une petite prière aux dieux du football.
C'est ma chance.
De prouver que je peux commencer et terminer un match en position de force. Que je suis digne du poste de titulaire.
– Texas 15. Texas 15. Hut. Hut. Hut.
Je retourne en petites foulées dans la poche de protection. Fulton court devant moi et je lui tends la balle. Il court vers la droite et prend la tête alors que tous les joueurs changent de direction et le suivent. La ligne offensive tient bon quand Fulton esquive un placage et me fait une passe latérale. J'ai une microseconde pour regarder vers le bas du terrain où Muncy attend les bras ouverts.
La ligne offensive cède. Le numéro cinquante-cinq fonce sur moi, et là je tire le bras en arrière et j'envoie la balle, qui survole les quinze yards me séparant de Muncy.
Il l'attrape, la serre dans ses bras tandis que le stade explose de joie.

Mais il n'a pas fini.

Il se retourne et sprinte en traversant le terrain pratiquement dégagé jusqu'à la zone d'en-but.

Je lève les bras en même temps que les arbitres qui annoncent un touchdown, et les clameurs dans le stade deviennent assourdissantes.

On se congratule, on se serre dans les bras, on se tape sur les fesses, et j'échange un regard avec Lonnie qui me fait un grand sourire en secouant la tête, l'action était risquée.

Mais ça a marché.

Ça a marché, putain.

Et je ne pense plus qu'à ça alors que nous jouons la montre pour écouler le temps qui reste. Trente-cinq secondes, et la pendule dit vingt.

Un simple genou fera l'affaire.

Nous n'avons pas besoin du point supplémentaire. Nous avons juste besoin de mettre un genou à terre et de laisser s'écouler le temps de jeu.

Et c'est ce que nous faisons.

Quand Stussy pose le ballon dans mes mains et que je m'agenouille, le stade explose en une frénésie de cris assourdissants.

On a gagné.

On a gagné, putain, et c'était moi qui étais aux commandes du début à la fin.

C'était moi qui dirigeais cette équipe.

Je suis au bord des larmes. L'épuisement mental et le poids des sept années qui viennent de s'écouler pèsent sur mes épaules comme une tonne de briques. Même quand le temps est écoulé, je reste là avec la balle dans une main, le coude posé sur mon genou, la tête dans la main, et je profite du moment.

Quand mes coéquipiers me tapent dans le dos pour me féliciter, je finis par lever les yeux vers eux, puis vers les gradins. Vers l'endroit où mon père était assis quand j'étais gamin et regardait. Je sais qu'il n'y sera pas, parce qu'il ne met plus jamais les pieds dans un stade, et pourtant je regarde, poussé par une vieille habitude irrationnelle.

Mais je sursaute en voyant Brexton, qui sans le savoir se trouve exactement à l'endroit où il aurait été. Elle arbore un immense sourire et saute sur place, tout excitée, quand nos yeux se croisent.

À cet instant, plus rien d'autre ne compte pour moi que d'aller la serrer dans mes bras. Ni le chargé des relations publiques des Raptors qui attend pour me guider, ni les journalistes qui attendent debout pour m'interviewer en direct, ni mes coéquipiers qui attendent pour revivre l'action.

Il n'y a qu'elle.

La fille dont je suis tombé amoureux il y a des années et qui m'attend sur la ligne de touche comme si elle savait exactement où elle devait être.

Je franchis la foule en disant « Je reviens », « Une minute » et « Je dois faire ça d'abord » jusqu'à ce que je rejoigne Brexton. Elle pousse des cris stridents alors que j'escalade la rambarde, et quand j'arrive à sa hauteur, elle se jette dans mes bras.

Je ne pense ni aux caméras, ni aux journalistes, ni aux fans. La seule chose à laquelle je pense en l'embrassant, c'est qu'elle est là.

Qu'elle croit en moi.

Et que j'ai une chance de bâtard.

60

DREW

– Tu vas avoir mal partout demain matin.

Brexton me regarde par-dessus son épaule depuis la cuisine où elle prépare des plats.

– Tu as pris quelques coups aujourd'hui.

Je suis perclus de douleurs, et mon épaule meurtrie a besoin que je lui remette de la glace.

– Oh ! Rien de grave, que quelques bières et un peu de ça auront vite fait de faire passer, dis-je en posant mes lèvres sur les siennes pour un long et tendre baiser.

Je passe la main sur ses fesses en l'embrassant de nouveau. Je sens sur elle le parfum de mon savon, mais juste quand je prolonge le baiser avec, en tête, l'idée d'une petite gâterie rapide sur le comptoir de la cuisine avant que tout le monde arrive, elle repousse mes mains d'une petite tape.

– Non, non, non. C'est toi qui as invité les gars pour fêter votre victoire, alors pas question de ça pour l'instant.

Mais sans craindre de se contredire elle-même, elle empoigne le devant de mon tee-shirt et m'attire contre elle pour un autre baiser.

– Tu sais que je suis terriblement fière de toi ?

Ses yeux s'éclairent d'un sourire que je vois à peine tellement je suis concentré sur l'émotion que j'y vois.

– S'il quelqu'un l'a mérité, c'est bien toi, Drew Le Terrible.

Sa langue passe sur mes lèvres et il me semble évident de la laisser prendre le contrôle. De me laisser gagner par la sensation que tout est pour le mieux dans le meilleur des mondes pour la première fois depuis tellement longtemps que c'en est ridicule.

– Si tu continues à me provoquer comme ça, la seule chose que je vais poser sur ce comptoir derrière moi, c'est toi.

Elle rigole sur mes lèvres et se trémousse contre moi.

– Des promesses, des promesses.

– Bon Dieu !

Mais je m'écarte d'elle pour résister à son pouvoir de distraction.

Elle me regarde en faisant une moue adorable et éclate de rire.

– Si tu accueilles tes invités avec ça, dit-elle en montrant la bosse qui tend mon jean, ils vont se faire des idées sur le genre de la soirée.

– Très drôle.

– Je sais.

Elle me fait un clin d'œil et désigne le comptoir de la main.

– Peux-tu me passer ce saladier ?

À ce moment-là, la sonnette retentit et nous nous regardons en riant.

– Tu vas ouvrir ? Heureusement qu'on s'est arrêtés à temps. Tu avais dit sept heures, non ?

La pendule dit six heures.

– Apparemment, un de ces crétins a reçu trop de coups sur la tête aujourd'hui et il a perdu la notion du temps. J'y vais.

– Tu vas régler ce problème avant d'y aller ? dit-elle en désignant mon entrejambe.

– Tu me feras toujours rire.

Elle me fait un sourire malicieux en s'essuyant les mains sur un torchon pendant que je vais ouvrir la porte. Pas de problème à régler vu que le seul fait d'imaginer un de mes coéquipiers derrière la porte me remet dans mon état normal.

Quelle journée incroyable, putain !

C'est avec un grand sourire et une ironie non dissimulée que j'ouvre la porte en disant :

– J'avais dit sept heures, espèce de connard.

Mais je reste stupéfait quand je vois qui est devant moi.

– Maman ? Papa ? Mais qu'est-ce que vous faites là ?

Sont-ils venus me féliciter ? Ils ont fait tout le trajet pour me dire qu'ils ont regardé le match et qu'ils sont fiers de moi ?

Mais cet espoir est vite démenti lorsque mon père me fusille du regard, les mâchoires crispées et les yeux lourds d'une incrédulité rageuse.

– Qui était cette femme ? demande mon père alors que ma mère s'accroche à son bras.

– *Quelle femme ?*

Et soudain, je comprends. Les journalistes. Les caméras. Lorsque j'ai embrassé Brexton.

– Charley a montré la télé en disant que c'était Brexton.

Le regard qu'il me lance est empreint d'une peur que je n'ai jamais vue auparavant. Je me demande ce qui le terrifie à ce point. Craint-il que j'aie interrogé la fille, et peut-être même l'homme lui-même sur lequel il a reporté toute la faute ? Craint-il que ce monde illusoire dans lequel il a installé sa famille ne s'écroule ?

– Pourquoi ? je demande et hausse les épaules en scrutant son visage, incertain d'espérer qu'il me déçoive, me confirmant par là, si j'ai raison ou pas.

– Une *Kincade*. Tu n'es pas fou ?

– Je suis sûr que son père aurait pu dire : « Un Bowman, tu n'es pas folle ? » *Mais justement, il ne l'a pas fait.*

Je les provoque pour obtenir une réaction de leur part.

– Ne mentionne pas *cet homme* en notre présence, dit ma mère d'une voix froide et les yeux pleins de fureur et de stupéfaction.

Je ne peux que mettre mes mains dans mes poches et rigoler en les regardant, totalement incrédule. Si jamais j'avais des doutes auparavant quant à l'histoire de mon père, tous les deux viennent de les conforter.

Je ne sais pas pourquoi la pensée me traverse l'esprit, mais elle est là et ne veut plus disparaître. Ils n'ont pas traversé toute la ville pour venir me féliciter pour le couronnement de tous mes efforts. Ils sont venus s'assurer que leurs mensonges demeurent intacts, et franchement, je ne sais pas ce qui, des deux, devrait me faire le plus de peine.

– Vous avez fini ?

– Drew.

Dans la bouche de mon père, mon nom sonne comme un avertissement, et soudain il est pris de tremblements, et si j'en juge par la respiration raide de ma mère, cela ne lui a pas échappé.

– Après *tout* ce que cette famille nous a fait ? *Comment as-tu pu* ?

Est-ce qu'il est là, mon dilemme ? Comment l'affronter sans lui faire courir de risques pour sa santé ? Comment regarder celui qui fut mon idole et lui dire que je ne le crois plus ? N'est-ce pas ce qui m'a toujours stressé ?

Et aujourd'hui, nous y sommes. C'est le moment de vérité. En le regardant, je ressens tout l'amour possible, mais en même temps un tel sentiment de trahison.

De perte.

Une décennie de reproches infondés qui n'ont pas de sens et qui pourtant ont été proférés.

– Réponds-moi, exige-t-il.

Je recule.

– Je pense que c'est plutôt toi qui me dois des réponses, dis-je avec calme.

– *Drew* ? C'est qui ?

Mon père écarquille les yeux en voyant Brexton par-dessus mon épaule. Les tendons de son cou saillent et toute son expression se fige.

Il lui lance un regard dur. La dévisage. La reconnaît.

Puis il me regarde de nouveau en plissant les yeux comme si c'était moi qui l'avais trahi. Comme si c'était moi qui l'avais blessé. Les lèvres pincées et la main agitée de tremblements. Ma mère s'accroche à lui avec détermination comme si elle espérait qu'en serrant son bras assez fort, elle pourrait les faire disparaître.

– Qu'est-ce que tu as fait ? demande-t-elle d'une voix à peine audible, mais chargée de reproches.

– Rien, maman. Absolument rien, putain, sauf d'essayer de vivre ma vie en me sortant de la toile de mensonges que papa a tissée autour de nous.

Le menton de mon père se met à trembler et je vois tellement d'émotion dans ses yeux que je ne sais pas s'il va partir en courant ou rester pour se battre.

Espérons qu'il m'aime plus que le football. Espérons *qu'il va se battre* pour moi.

– Je l'ai fait pour toi.

La voix de mon père n'est qu'un chuchotement et je ne sais pas si c'est parce qu'il ne veut pas que Brexton entende ou parce qu'il est submergé par l'émotion.

– *Pour moi ?* Pas un jour tu ne t'es préoccupé d'autre chose que de toi-même, alors ne viens pas me mettre ça sur le dos.

Arrête de jouer les pauvres victimes. Tu as bouleversé nos vies parce que tu étais beaucoup trop faible, soit pour te battre pour défendre ce en quoi tu croyais, soit pour admettre que tu étais coupable.

61

BREXTON

Mon cœur se serre quand je vois ce père et ce fils que tout oppose en dépit de leurs traits si semblables.

Je n'arrive pas à détacher mon regard de Gary. L'homme avec qui, enfant, je plaisantais, je jouais au ballon et que je considérais comme un oncle. Il a vieilli. Les années n'ont pas été clémentes avec lui, mais je ne sais pas si c'est dû à la maladie ou au stress généré par toute cette histoire.

C'est l'expression de son visage qui retient mon attention. Je n'arrive pas à décider s'il est soulagé et le dissimule sous la colère ou s'il est réellement aussi furieux qu'il en a l'air.

L'un comme l'autre sont tout aussi désolants pour ce qui concerne les conséquences pour l'homme que j'aime.

Et puis, il y a Brenda.

Elle s'accroche au bras de Gary comme s'ils n'étaient qu'une seule et même personne et c'est à la fois pathétique et, en même temps, je pourrais me représenter mes parents comme ça si ma mère avait vécu.

Drew se tourne vers moi et je remarque l'intensité de son regard qui reflète tout ce qu'il éprouve à cet instant. Le défi. La colère. La confusion.

Je me sens complètement déplacée et mal à l'aise, incapable de décider si je dois partir ou rester. Alors je reste plantée là, comme immobilisée par une chape de plomb.

– Elle n'a rien à faire ici, dit Gary à Drew, comme si j'étais un enfant à qui il ne peut envisager de s'adresser directement.

– Elle reste, répond-il, impassible, sans me regarder ni me demander si j'ai envie d'être là.

Ce qui n'est pas le cas.

Pas le moins du monde.

Quoi que Gary ait à reprocher à mon père, ma présence ici ne va faire que compliquer les choses.

– C'est une affaire privée, fils. Qui doit se régler en famille.

Je vois Drew se tendre et je l'entends étouffer un rire incrédule.

– Je suis chez moi, ici. Tu te fous de moi ou quoi ? De quel droit tu viens ici me donner des ordres ? Je t'ai obéi toute ma putain de vie, mais c'est fini. J'en ai plus que marre. Tu n'as plus à me dire ce que je dois faire.

– Ne fais pas ça, murmure sa mère.

– Faire quoi, maman ? Faire ce que j'aurais dû faire depuis des années, mais nous avions tellement peur de troubler cette précieuse paix ?

– Ne t'avise pas de déshonorer notre famille, menace Gary.

– Ah oui, c'est vrai ! J'oubliais. Je t'ai déshonoré en jouant au football alors que tu ne voulais pas. J'ai déshonoré le nom de Bowman parce que je n'étais pas assez bon. Et je t'ai déshonoré en tombant amoureux de l'ennemi. C'est exact, tonne Drew. Je l'aime, bon Dieu, et vous deux, vous pouvez aller vous faire voir si vous refusez de l'accepter.

Un silence de plomb s'abat sur la maison. Un silence accablant et étouffant. J'ai l'impression de voir deux voitures au ralenti prêtes à se percuter de face, et tous les cris que je pourrais pousser ne pourraient l'arrêter.

Je ne devrais pas être ici. C'est quelque chose qui les regarde et ma présence ne fait qu'empirer les choses.

Je me dirige vers le plan de travail pour récupérer mon sac, il faut que je parte. Je tiens à ce que Drew soit libre de dire ce qu'il veut sans craindre de me blesser en parlant de ma famille.

– Brex ? dit-il lorsqu'il entend le bruit de mes clés quand je reviens dans l'entrée.

– Je… il vaut mieux que vous régliez ça entre vous. Il a raison.

Drew fait la grimace.

– Il vaut mieux que je m'en aille.

Il ouvre et referme la bouche. Les larmes qui lui montent aux yeux me fendent le cœur. Mais il ne dit rien et n'essaie pas de m'arrêter quand je trouve le courage de sortir en passant devant Brenda et Gary. Je croise leurs regards, mais je ne dis pas un mot. Le silence est tel qu'on pourrait entendre une mouche voler.

Le calme avant la tempête.

Malheureusement, j'ai le sentiment que dès que je serai partie, l'orage qui se prépare sera assourdissant.

Mais lorsque je sors, personne ne dit rien. Personne ne m'arrête. Et quelque part, j'ai un léger sentiment de soulagement quand Drew lui-même ne le fait pas. Je me sauve en courant, accompagnée du seul bruit de mes talons.

J'ouvre la portière de ma voiture d'une main tremblante et je démarre. Sans que je sache vraiment pourquoi, je suis au bord des larmes en conduisant.

Quelque part, j'appréhende ce que Drew va affronter. Ce n'est jamais une partie de plaisir de se disputer avec ses parents. Mais par ailleurs, j'ai peur que ce ne soit la dernière fois que je vois Drew.

Pourtant, j'ai entendu ce qu'il a dit à ses parents, mais le poids de la famille est beaucoup plus fort que le poids d'un nouvel amour.

En même temps, je me sens égoïste de penser cela.

De penser à moi et à nous alors que, plus que tout, Drew a besoin de cela, pour lui-même. De réponses. De conclusion. D'un nouveau départ.

Je roule. Ici. Là. Je traverse la banlieue qui jouxte son quartier, en espérant, en désirant recevoir un texto ou un appel venant de lui.

N'importe quoi pour me dire qu'il va bien.

N'importe quoi pour me dire que *nous* allons bien.

Leur discussion est probablement terminée, à présent. Mais au moment où je rentre chez moi, après avoir passé des heures à rouler au hasard, je décide de prendre le taureau par les cornes et je l'appelle.

Il ne répond pas.

Je lui envoie un texto.

Il ne répond pas.

Et ce sentiment égoïste commence à revenir. Celui qui veut savoir comment ça s'est passé. Celui qui me fait craindre qu'il croie de nouveau à ces odieux mensonges.

Celui qui m'avertit qu'un chagrin d'amour pourrait bien se profiler à l'horizon.

62

DREW

La bouteille de whisky est vide.

Mon téléphone qui n'arrête pas de vibrer est posé à l'envers, à côté de moi sur le canapé.

Ma maison est plongée dans l'obscurité.

Mais mes pensées n'arrêtent pas de tourner dans ma tête.

Ils sont partis. Ils ont passé la porte immédiatement après le départ de Brexton, alors que j'exigeais des réponses, putain.

– C'est une Kincade.

La voix de mon père est sourde, son visage impassible, alors que les feux arrière de la voiture de Brexton sont encore visibles au bout de la rue.

– Pourquoi on ne parle pas de la raison pour laquelle l'idée de me savoir avec elle te met dans une panique absolue, papa ? Pourquoi on ne parle pas de la peur qui te saisit là tout de suite, quand on ne peut plus faire semblant ?

– Son père a détruit notre famille, dit mon père d'une voix inflexible.

– C'est ce que tu as toujours dit, mais tu sais quoi ? Cela ne tient pas debout. Pourquoi aurait-il grillé un client important qui lui rapportait des masses de fric en commissions ? Pourquoi

aurait-il fait du mal à des amis qui étaient comme une famille ? Seul un lâche ferait ça, et d'après mes souvenirs, Kenyon Kincade n'avait rien d'un lâche. Mais je commence à me dire que toi, tu l'étais.

Je plante la graine. L'amorce. J'attends sa réaction. J'ai besoin de voir s'il va se dresser et se défendre ou tourner les talons comme un lâche.

Deux réactions complètement opposées. Deux vérités totalement différentes.

Il a menti au sujet de ce qui est arrivé. Je le sais au fond de moi. Peut-être l'ai-je toujours su, mais étais-je trop lâche moi-même pour l'admettre ? J'avais besoin de me raccrocher à l'espoir que mon père était l'homme que j'avais toujours voulu qu'il soit.

– Donc, tu as fait ton choix ? dit mon père.

– Non. C'est toi qui fais ce choix. Pas moi.

Mon père me regarde dans les yeux et je suis certain d'y voir quelque chose qui ressemble à du désespoir, mais c'est fugace et aussitôt effacé par une crise aiguë de tremblements. Le visage de ma mère se décompose, et je suis tenté de tendre la main pour le soutenir, mais j'ai peur de sa réaction.

L'émotion me serre la gorge alors que ma mère lui chuchote de se calmer et le guide par le bras le long de l'allée pour l'éloigner de moi.

– Putain, je murmure dans l'obscurité et la solitude, alors que les événements repassent en boucle dans ma tête.

J'aurais dû courir après Brexton.

J'aurais dû laisser mes parents à leur absence de réponses et courir pour rattraper la seule personne qui, du plus loin que je me souvienne, a toujours été authentique et vraie et honnête.

Cette fichue Brexton.

Mon sauveur. Mon double. Ma meilleure amie.

Mais je n'ai pas essayé de la rattraper. Et maintenant, je me sens comme un idiot qui n'a pas essayé de la défendre *et* comme le fils qui s'est détourné de son père malade.

La dernière fois que nous nous sommes disputés, nous ne nous sommes pas reparlé pendant plus d'un an.

Plus d'un an, bordel.

Et si c'était la même chose aujourd'hui ? Parce que je ne vais pas plier cette fois. Pas à moins d'obtenir des réponses. J'y ai droit.

Mais s'il ne me les donnait pas ?

Est-ce que la maladie sera venue à bout de lui, d'ici là ? Est-ce que je vais perdre le temps qu'il lui reste avant qu'il soit trop tard ?

Mais il ne m'a pas donné de réponses… seulement des ultimatums.

Il n'a rien fait d'autre que pointer Brexton et les Kincade du doigt.

J'imagine que perpétuer le mensonge est plus important pour lui que réparer les fautes.

Et qu'est-ce que je suis censé éprouver par rapport à ça, putain ? Qu'il attache plus d'importance à ce qui s'est passé qu'à moi ?

Alors, j'ai bu du whisky. Beaucoup de whisky. Tellement que j'ai perdu le compte, mais la bouteille est vide sur le sol à mes pieds.

Et puis, il y a eu la rage. D'un geste, j'ai balayé tout ce qu'il y avait sur le plan de travail, et tous les préparatifs de la fête ont volé à travers la pièce. Les assiettes cassées, la nourriture par terre.

Et puis, il y a eu la succession de coups à la porte à mesure que mes coéquipiers arrivaient et repartaient, se demandant probablement ce qui se passait. Et qui continuent à envoyer des messages demandant si tout va bien.

Et maintenant ? Maintenant, j'essaie de comprendre ce qui fait de moi un homme. La crédulité qui m'a conduit à rester sous l'emprise de mon père. La facilité avec laquelle j'ai tout fait pour plaire à un homme suffisamment égoïste pour faire passer un match avant sa famille.

C'est lui qui a fait ça. À nous. À notre famille. À lui-même.

Ce n'était pas Kenyon, et ce n'était pas quelqu'un d'autre, ça, c'est sûr.

C'était lui et je ne sais quelle faiblesse à laquelle il a cédé.

Et le pire, c'est que je suis assis là, dans le noir, complètement torché, à me demander comment je peux m'inquiéter pour lui. Je crains que cette dispute n'ait affecté sa santé. Je continue à me demander s'il est fier de moi pour le match que j'ai gagné aujourd'hui. Je me demande si je viens de perdre ma famille.

Quel genre d'homme est-ce que ça fait de moi ?

Un dégonflé ? Sans caractère ? Veule ?

Je me passe la main dans les cheveux et pose la tête sur le dossier du canapé.

Il y a cette merde que je dois régler, ces réponses que je dois trouver avant de pouvoir être digne d'un amour comme celui de Brexton.

Elle mérite mieux que ça. Mieux que moi. Tellement mieux.

Elle mérite un chevalier blanc alors que je ne suis qu'un Montaigu destiné à être éternellement en guerre contre elle et sa famille.

Règle tes problèmes, Bowman.

Réfléchis. Ressaisis-toi. Et puis règle tes problèmes.

La réponse est simple.

Du moins, elle devrait l'être.

Je ne sais pas combien de temps je reste à regarder le plafond ni combien de fois je repasse la soirée dans ma tête, mais quand mon téléphone vibre une fois de plus, je finis par le prendre.

Texto sur texto défilent sur mon écran. De mes coéquipiers qui demandent ce qui s'est passé ce soir avec la fête.

De Brexton.

Elle s'inquiète.

Moi aussi.

Mais j'ouvre le message et je réponds.

Moi: J'ai seulement besoin d'un peu de temps pour faire le point.

Brexton : D'accord. Je suis là si tu as besoin de moi.

Je devrais taper autre chose. Un *Merci.* Un *Viens chez moi.* Un *J'ai besoin de toi.*

Un *Je t'aime.*

Mais je ne le fais pas. Au lieu de cela, je rejette mon téléphone où il était et je ferme les yeux.

J'espère seulement qu'elle pourra encore m'aimer bien que je n'aie pas pris sa défense ce soir. Que je n'aie pas couru pour la rattraper.

Je ne me suis pas suffisamment battu pour la seule chose que j'aime.

Est-ce que cela ne fait pas de moi exactement le même homme que lui ?

63

BREXTON

Trois jours.

Cela fait trois jours que je suis partie de cette fichue maison, trois jours que j'ai reçu ce texto qui ressemblait à une condamnation à mort de notre couple, et depuis, plus rien, plus un mot.

Je sais qu'il est allé à l'entraînement, sans plus.

Est-ce qu'ils ont réglé le problème par une dispute et que Drew se morfond, quelle qu'ait été la conclusion ? Est-ce que Gary a réaffirmé sa position que ma famille est coupable et que Drew est retombé dans le piège et a peur de me dire que tout est fini entre nous ?

– Arrête de te prendre la tête, dit Lennox dans mon oreille.

– Ce n'est pas ce que je fais.

– C'est des conneries, et tu le sais. Il n'était pas obligé de répondre à ton texto et pourtant il l'a fait. En fait, il a dit clairement qu'il avait besoin de temps pour régler ses problèmes. Je dirais que c'est un progrès. Je dirais que c'est un homme qui ne te cache pas ce qui se passe au lieu de refuser de communiquer comme le feraient la plupart des hommes. Je sais que c'est dur, mais tu dois te raccrocher à ça.

– C'est possible.

– Ce n'est pas possible. C'est un fait. (Elle rigole.) S'il voulait rompre, il n'aurait pas répondu. Il t'aurait laissée tomber, point final. Au lieu de ça, il t'a demandé de lui laisser du temps, pour l'amour de Dieu, et c'est ce que tu fais. Cela me semble être le parfait compromis, si tu veux savoir.

– Sauf que je suis dans le noir.

– C'est vrai, mais tu fais ce qu'il attend de toi, en ce moment. Et c'est une des choses les plus importantes dans n'importe quel couple. Il faut savoir faire des concessions par moments, l'un et l'autre. Il se peut que cela ne te plaise pas, parfois, mais c'est la vérité.

– Bien sûr, parce que tu es experte en couple, maintenant que tu as trouvé Rush.

– Loin de là, mais j'apprends au fur et à mesure. Oh, et ne va pas croire une seconde que je ne sais pas pourquoi tu m'as appelée pour m'en parler. C'est parce que tu n'as pas à me regarder en face, et donc quand j'ai raison, tu peux sauver la face.

– N'importe quoi.

Mais je sais qu'elle n'a pas totalement tort. Maintenant qu'elle vit en Angleterre, c'est à elle que je m'adresse quand j'ai besoin de conseils parce que c'est plus facile.

– Tout va toujours bien avec Rush ?

– Merveilleusement. Et en parlant du loup, il m'appelle de la pièce d'à côté. Ça va aller ?

– Oui. Merci.

– Tu me remercieras quand tu sauras que j'ai raison.

– Très drôle.

– Je t'aime.

– Moi aussi, je t'aime.

Et quand je raccroche, je me sens un peu mieux, mais je m'inquiète encore pour lui.

Il me manque.

J'ai une foule de contrats à relire – parce que la vie continue même quand mon cœur voudrait qu'elle s'arrête pour attendre l'homme que j'aime –, mais je suis psychologiquement épuisée. Donc, bien qu'il soit encore tôt, je referme mon ordi et je me coule dans mon lit.

Mais le sommeil ne vient pas.

Les yeux grands ouverts, je regarde par la fenêtre les étoiles qui essaient de lutter contre les lumières de la ville, et mes pensées se déchaînent dans l'obscurité.

– Dégage, Brex La Peste. J'ai envie d'être seul. Je n'ai pas envie de parler.

Je ne sais pas combien de fois j'ai entendu ça, cette année. Drew Le Terrible est devenu Drew Le Taciturne, voulant toujours être seul. J'ai bien essayé de ne pas me sentir vexée, je le suis quand même.

Il n'avait jamais refusé ma compagnie auparavant. En fait, cela ne le dérangeait pas que je reste avec lui sans rien dire, s'il n'avait pas envie de parler.

Mais pas cette année.

Et cela me fait plus mal que jamais.

Je parie que si Ginnie Huber était là, il ne lui dirait pas de dégager.

– Qu'est-ce que tu as ?

– Rien.

– Rien ? Ben alors, pourquoi tu fais la tête ?

– Je ne fais pas la tête, c'est juste… des trucs.

– Quel genre de trucs ?

Je me dis qu'il a peut-être des peines de cœur. J'essaie d'imaginer comment je pourrais m'incruster et le guérir de sa tristesse.

– Tu sais quoi ? C'est pour ça que je veux que tu t'en ailles. T'arrêtes pas de poser des questions.

– Tu vois que tu fais la tête.

– J'ai dit que c'était juste des trucs, *d'accord ? Des trucs que tu ne peux pas comprendre.*

– Bah.

Je croise les bras et je le fixe.

– Peut-être que je n'ai pas envie de te parler, moi non plus, Drew Le Terrible. Peut-être que je suis juste venue regarder les étoiles et que c'est toi qui devrais dégager.

– J'étais là d'abord.

– Et alors ?

Il me regarde et lève les yeux au ciel, mais ne proteste pas quand je m'assieds à côté de lui.

– Ma mère aime bien regarder les étoiles. Elle dit qu'il n'y a rien de mieux que de regarder les étoiles quand on a besoin de réfléchir.

– Pourquoi ?

Je m'allonge sur le dos en mettant les mains derrière ma tête.

– Parce que le ciel et les étoiles te rappellent que ton problème est infiniment petit par rapport à cette immensité. Cela te permet de ne pas te sentir seul.

– Tu crois ça ?

– C'est sûr.

– C'est un truc de mère.

Il dit ça sur un ton méprisant, mais s'allonge sur le dos comme moi.

– Et maintenant, tu dois faire un vœu.

– Un vœu ? Pour quoi ? Ce n'est pas mon anniversaire.

Je soupire.

– Ça n'a pas besoin d'être ton anniversaire. Tu regardes l'immensité du ciel. Comment savoir s'il n'y a pas quelqu'un, quelque part, qui regarde ce même ciel – et qui a la réponse à ton problème ? Alors, fais un vœu. Peut-être que cette personne l'entendra et pourra t'aider.

– C'est encore un truc de mère ?

Il me donne un coup de coude.

– Nan. Un truc de Brexton.

Il éclate de rire, mais il reste là, à côté de moi, au moins une heure, jusqu'à ce que nos parents nous disent de rentrer.

– Hé, Brex, dit-il en se levant et en me faisant un sourire en coin tout en m'aidant à me relever.

Mon cœur se met à battre plus vite.

– Ouais ?

– Merci. Peut-être que regarder les étoiles avec quelqu'un, c'est mieux que d'être tout seul, après tout.

Une idée me vient à l'esprit. Je ne suis pas sûre qu'elle soit très maligne, mais je ne peux pas rester loin de lui plus longtemps. J'attrape mon téléphone et je lui envoie un texto.

Moi : Tu te souviens de la fois où on a regardé les étoiles et fait des vœux silencieux ? Je regarde les étoiles en ce moment même, Drew. Je fais un vœu. Si tu veux me rejoindre, tu peux m'appeler. On n'est pas obligés de parler, mais c'est plus sympa de regarder les étoiles avec quelqu'un que d'être tout seul.

J'appuie sur « envoi » et je me fais immédiatement l'effet d'être idiote. Il ne se rappelle probablement pas ce soir-là. Il n'est probablement pas…

Je sursaute quand mon téléphone sonne et que son nom s'affiche sur l'écran.

– Je suis là, je dis en répondant. Je suis là.

– Je sais.

Il n'en dit pas plus et nous regardons les étoiles ensemble, nous sentant moins seuls ce soir.

64

DREW

– Je peux entrer ?

Je regarde, les yeux ronds, ma mère devant la porte et, à ma grande honte, je suis tenté de lui dire non. Elle va encore me sortir son baratin et ce n'est vraiment pas le moment, alors que je commence tout juste à y voir clair.

– Je dois partir, j'ai une réunion avec l'équipe, je suis obligé d'y aller.

– Ce n'est pas vrai. Tu oublies que tu parles à la femme d'un ancien membre de la NFL. Les réunions ont lieu le matin. Après, c'est l'entraînement. L'analyse des vidéos le lundi. Je comprends que tu n'aies pas envie de me parler, mon fils, mais il y a quelque chose que je voudrais te montrer.

Elle fait un geste vers le carton posé à ses pieds.

– Maman, je t'en supplie. On ne va pas recommencer. S'il refuse de me donner des réponses, alors ce n'est pas la peine. Tu ne crois pas que j'ai au moins droit à ça ? Pareil pour toi, et Maggs et Charley. Tu ne crois pas ?

– S'il te plaît ? insiste-t-elle, les larmes aux yeux.

J'ouvre la porte et je soutiens son regard jusqu'à ce qu'elle entre. Sans un mot, je soulève le carton et je vais le poser sur la table basse, entre les deux canapés.

– Qu'est-ce que c'est ?

– Beaucoup de choses ont été dites l'autre soir.

– Je dirais plutôt qu'il y en a plus qui *n'ont pas* été dites.

Je n'ai pas l'intention de la laisser s'en tirer comme ça, cette fois. Elle a joué un rôle de facilitateur dans toute cette histoire, alors je lui en veux beaucoup à elle aussi.

Elle me lance un regard qui m'implore de lui laisser une chance. Je soupire et me rassieds, déjà frustré.

– Tu as reproché à ton père de ne s'être jamais intéressé à personne d'autre qu'à lui-même, toute sa vie.

– Et c'est vrai.

– Tu es sa fierté et sa joie, Drew. Comment peux-tu dire ça ?

– Comment ? Je peux dire ça parce que quand il a renoncé à ce sport, il m'a laissé tomber avec. Il n'est jamais venu assister à un seul de mes matchs. Il n'a jamais rien dit de positif. La plupart des pères seraient flattés de voir leur fils marcher sur leurs traces. Le mien, lui, m'en a voulu et m'a dit que je ne serais jamais à la hauteur de mon héritage.

– Au contraire. Ton père se tenait à l'écart pour ne pas te faire de l'ombre. S'il avait été là, il aurait attiré l'attention sur lui. Il gardait ses distances pour ne pas être égoïste et prendre la lumière qui te revenait.

– Tout ça, c'est des mots, maman. Ça ne veut rien dire parce que, même quand il n'était pas là, les murmures et les commentaires tournaient autour de lui. À chaque putain de match. Tu ne crois pas que ça aurait été plus facile s'il avait été à mes côtés. C'était pas égoïste de me laisser affronter tout ça tout seul ? C'était trop dur pour lui de venir assister à un match, ou tout simplement de me dire qu'il était fier de moi ? Ou alors il m'en voulait trop parce que je pratiquais un sport auquel il avait renoncé par lâcheté.

Elle pousse le carton à travers la table.

– Ouvre-le.

– Pourquoi ? Quoi qu'il y ait dans cette boîte, ç'est pas ça qui va sauver notre famille foireuse.

– Ouvre cette boîte, bon sang, Drew, et arrête de faire des histoires.

Lorsque j'ouvre le couvercle du carton, je trouve un ensemble de classeurs, ou peut-être d'albums de souvenirs. En regardant ma mère, j'en sors un au hasard.

– Ouvre-le.

En l'ouvrant, je tombe sur une photo de moi au cours d'un match. Je me souviens très bien de cette coupure de journal en noir et blanc. C'était un championnat de conférence à la fac que nous avions perdu à l'issue d'un suspense insoutenable.

Mais alors que je me souviens clairement de ce premier article, en feuilletant les pages, j'en trouve des dizaines d'autres dont je ne garde aucun souvenir. Des petits entrefilets qui mentionnent mon nom. Des tableaux de statistiques collés sur une page. Une photo en action aux couleurs fanées. Une brochure de l'équipe universitaire.

L'une après l'autre, je regarde ces pages qui composent une chronique de mon histoire. Chacune documentant un moment dans le temps dont je ne me serais jamais souvenu.

– Tu vois qu'il s'intéressait à toi, Drew. Il a suivi chacune des étapes de ta carrière. Les hauts et les bas. Les entre-deux. Tu en as la preuve sous les yeux. Et il y a ce classeur, mais il en a des dizaines d'autres pareils.

Je n'essaie plus de dissimuler mes larmes. Ce que j'ai là, c'est le souhait exaucé d'un petit garçon et de la façon dont il l'a souhaité.

Je l'ai cherché des yeux. À chaque match où j'étais sur le terrain, je l'ai vainement cherché des yeux, alors pourquoi ne m'a-t-il pas dit qu'il me suivait ? Il ne pouvait pas m'envoyer un texto, un mail, prendre son putain de portable, n'importe quoi, pour me dire qu'il était fier de moi ?

Qu'il est *fier de moi.*

J'ai sous les yeux la preuve tangible qu'il s'intéressait à moi. Mais qu'est-ce que je suis censé en faire maintenant ? C'est comme une carte d'anniversaire qui arriverait en retard – agréable à recevoir, mais un rappel que quelqu'un a oublié le grand jour.

– Tu ne crois pas que ça aurait été plus facile de le dire ?

– Est-ce que tu l'aurais cru ? Ou aurais-tu pensé qu'il voulait se faire pardonner son absence ?

– Je ne sais pas, mais j'avais besoin d'entendre mon père me dire qu'il pensait que je pouvais être quarterback titulaire. Je suis resté sur la touche, parce que je ne croyais pas en mes capacités.

– Je sais que tu crois qu'il ne pensait qu'à lui – et je peux le comprendre –, mais je me suis dit qu'il serait bon que tu saches que chaque histoire comporte deux versants, Drew. En ce qui te concerne, voilà son point de vue. Sa preuve. C'est toi qui lui as permis de tenir, la plupart des jours.

Elle se lève et fait le tour de la table pour m'embrasser sur le front.

– Je suis désolée que tu n'aies jamais eu connaissance de ces albums jusqu'à aujourd'hui.

– Maman ?

Je me débats dans tout ça.

– Quand on est parent, on veut avant tout protéger ses enfants de tout ce qui peut leur nuire. Et parfois, on ne s'aperçoit qu'une fois qu'il est trop tard, qu'en les protégeant, en fin de compte on leur fait du tort.

– Ok, d'accord. Mais pourquoi ne répond-il pas à mes questions ? *À nos questions ?* Est-ce que je ne mérite pas une explication sur les raisons pour lesquelles notre vie est partie en vrille comme ça ?

Ses yeux sombres croisent les miens et un sourire doux-amer passe sur ses lèvres.

– Je viens de te la donner, dit-elle doucement avant de tourner les talons et de sortir de chez moi en laissant la boîte derrière elle.

Quand on est parent, on veut avant tout protéger ses enfants de tout ce qui peut leur nuire. Et parfois, on ne s'aperçoit qu'une fois qu'il est trop tard, qu'en les protégeant, en fin de compte on leur fait du tort.

Qu'est-ce que ça signifie, bon sang ?

Et moi qui croyais avoir réglé tous mes problèmes, je suis de nouveau en proie au doute.

65

BREXTON

– Salut, c'est moi, dis-je sur la boîte vocale de Drew. Je sais que tu as besoin d'espace, mais je voulais que tu saches que je ne te demanderai jamais de choisir entre moi et ta famille. Je ne veux pas que tu aies le sentiment de devoir faire ce choix. Je t'aime vraiment, Drew. *Éperdument.* Mais je m'effacerai si c'est la condition pour que tu sois heureux. (Je manque de m'étouffer en le disant, mais je sais que je le ferais pour lui.) Je ne supporte pas que tu souffres. Si seulement je pouvais faire quelque chose pour t'aider, mais je comprends que c'est un problème que tu dois affronter et régler toi-même. Je serai toujours là si tu éprouves le besoin de parler ou… tout ce que tu voudras.

Je regarde fixement mon portable en me demandant si j'ai raison de dire ça ou pas, mais il est trop tard maintenant. Ce qui est dit est dit. Alors je raccroche.

Mais cette impossibilité de lui parler me tue. Je doute de moi-même et de la solidité de ce qui nous lie.

Je continue à penser que le silence parle quand les mots ne le font pas, mais j'ai du mal à interpréter le silence de Drew.

Agitée et préoccupée, je vais jusqu'à la porte de mon bureau puis je reviens, oubliant déjà ce que je voulais faire.

Avoir une vie.

Avoir des nouvelles de Drew.

Voir Drew.

N'importe lequel des trois suffira.

– Coucou. Tu vas bien ?

Je sursaute en entendant la voix de mon père et, en levant les yeux, je le vois à l'autre bout du bureau qui m'observe.

Il y a combien de temps qu'il est là ?

Est-ce qu'il m'a entendue parler au téléphone ?

J'ai fait des efforts désespérés pour faire bonne figure, afin que personne ne sache ce qui se passe. Au moins jusqu'à ce que je sache ce qui se passe, en tout cas.

– Brex ?

– Oui, oui, ça va. Excuse-moi, j'étais perdue dans mes pensées.

Je hoche la tête en souriant, mais je suis sûre qu'il se rend compte que c'est un sourire de façade.

– C'est à cause de Flatley ?

Il parle de mon joueur de NBA qui pose problème en ce moment avec ses coéquipiers des Chicago Bulls, et la direction insiste pour que j'intervienne.

– Si tu es trop occupée, je peux demander à Dekker ou Chase d'y aller à ta place. Je pourrais même y aller. Je sais que tu as beaucoup de travail et…

– Ce n'est pas la peine. Tout va bien. J'ai déjà réservé mon vol pour demain matin. Je vais là-bas et ensuite j'ai quelques rendez-vous le lendemain avec des clients que j'ai un peu négligés. C'est dans le même coin. C'est un déplacement de courte durée. Je serai rentrée dimanche après-midi.

– Tu es sûre ? Je peux te remplacer, tu sais.

Il me regarde et j'essaie de rendre mon sourire plus convaincant cette fois.

– Absolument. Tu me connais, j'aime bien être occupée.

Je m'appuie sur le chambranle de la porte de mon bureau et je prends une profonde inspiration. *C'est ton père, Brex. Tu sais que tu n'es pas obligée de donner le change avec lui.*

– J'avoue que je suis un peu débordée en fait. Je m'en veux de n'avoir pas réussi à échanger Hobbs, mais même si je lui avais obtenu cette position chez les Chargers, je n'aurais pas signé avec lui après le numéro qu'il m'a fait.

– Je t'approuve totalement, tu n'as aucune raison de t'en vouloir, ma chérie.

– Je sais, mais quand même, je suis fatiguée parce que je dois trouver d'autres nouveaux clients pour compenser. Et par-dessus le marché, il y a cette histoire avec Flatley, et ça m'énerve. C'est ça. Je suis fatiguée et agacée.

Arrête de parler. Arrête de te justifier. C'est le meilleur moyen pour qu'il sache que quelque chose ne va pas.

– On survivra sans un connard comme Hobbs. Je te l'ai déjà dit. Et Drew ? Il va bien ?

– Oui. Bien sûr.

Mon sourire crispé me vaut un regard suspicieux, suivi d'un hochement de tête.

– J'ai apporté de quoi déjeuner. Comme toujours, j'en ai trop pris. Tu veux partager avec moi ? On pourrait déjeuner tous les deux dans la salle de conférences comme au bon vieux temps ?

Son sourire est tendre, son regard entendu. Il voit bien que quelque chose me contrarie.

Mais il ne pose pas de question.

Je déglutis péniblement à cause de la boule qui me serre la gorge et je fais un signe de tête affirmatif.

– Bonne idée. Merci.

Avant de lui emboîter le pas, je jette mon portable sur mon bureau. Je ne sais pas si je le laisse parce que j'ai peur que

Drew ne réponde pas à mon message vocal ou, s'il le fait, que sa réponse ne me fasse pas plaisir.

Mais je le laisse.

Parce que, là tout de suite, je peux me permettre de ne pas être sûre de moi. Je peux me permettre de me sentir un peu perdue.

Au moins ici je ne risque rien à éprouver ces sentiments.

Mon père est à mes côtés.

Mon roc.

Et, en plus, ses sandwiches sont toujours délicieux, ce qui ne gâche rien.

66

DREW

– Tu es distrait cette semaine, dit Lonnie quand je passe devant lui sur le terrain. Tu n'es pas le Bowman que je vois d'habitude à l'entraînement. Tu as rompu avec ta copine ? Tu as besoin de tirer un coup ? C'est quoi le problème ?

Casque à la main, je m'arrête et je me tourne vers lui, je ne me rendais pas compte que toute cette merde dans ma tête affectait mon jeu sur le terrain. Je croyais que je parvenais à le cacher.

– Ça va. Tout va bien.

– Tu es sûr ?

Il coince son clipboard sous son bras et s'avance vers moi. Je hoche la tête.

– Oui.

– Tant mieux, parce que je compte sur ta lucidité sur le terrain demain, Drew. J'ai besoin de te sentir suffisamment concentré pour tirer parti de l'avantage de jouer à domicile pour les éliminatoires.

J'ouvre de grands yeux. Ce n'est pas possible que j'aie bien entendu.

– Je croyais que tu m'avais dit que c'était exceptionnel la dernière fois ? Que Hobbs avait mal à l'épaule et…

– Ouais, bon. Peut-être que je ne voulais pas que tu te montes la tête si je te disais autre chose. (Il me fait un clin d'œil en riant.) Mais j'ai parlé avec Neil et avec le coach, et on pense que tu es le quarterback le plus apte à bien nous diriger contre les Steelers. C'est toi qui démarres, alors arrange-toi pour avoir les idées claires et une bonne condition mentale.

– Bien, Monsieur.

Je reste planté là, à le regarder.

– Tu voulais savoir autre chose ?

– Non.

Je pousse un soupir de soulagement.

– Faut que je m'y fasse, c'est tout.

Lonnie me tape sur l'épaule.

– Il y a du bon à devoir se battre pour arriver au sommet. J'ai toujours trouvé que c'était ces mecs-là qui appréciaient le plus d'y être.

Il s'en va et me laisse planté au milieu du stade avec une main sur la hanche, l'autre tenant mon casque, et pour la première fois le sentiment de faire partie des Raptors.

Un sentiment de fierté m'envahit.

J'y suis arrivé.

Cela m'a pris beaucoup trop longtemps, putain, mais j'ai réussi à remonter la pente. Je leur ai prouvé que j'avais du talent même sous le nom de Bowman.

– Brexton.

Il faut que je l'appelle. Que je lui dise. Que je la voie. C'est en partie grâce à elle que j'en suis là maintenant.

... arrange-toi pour avoir les idées claires et une bonne condition mentale.

Il y a une autre chose que je dois faire d'abord.

67

DREW

– Drew ?

Le visage de Maggie s'éclaire lorsqu'elle ouvre la porte.

– Salut !

Mon sourire est timide, mais sincère.

– Tu as l'air en forme.

Et c'est vrai. Elle a bonne mine et le creux de ses joues s'est rempli à mesure qu'elle a repris du poids.

– J'avance au jour le jour. Tu veux entrer ? C'est le bazar mais…

– Juste une minute.

– Si tu es venu contrôler si je consomme, je te le dis tout de suite, je suis clean.

– Je ne suis pas venu pour ça.

Je jette un coup d'œil à son appartement. Il est clair et lumineux avec les rideaux ouverts, alors que la dernière fois, on se serait cru dans un tombeau. Il y a une petite table d'enfant dans un coin avec des coloriages à moitié commencés, et des empilements de Legos.

– Elle est avec Wayne. Je veux dire, Charley. Je n'ai pas encore obtenu la garde. J'ai simplement un droit de visite pour l'instant.

Je n'ai pas le cœur de lui dire que j'ai passé plusieurs heures avec elle hier, tablant sur son innocence pour me remettre d'aplomb. Je ne suis pas sûr d'y être complètement parvenu, mais le sourire joyeux et les gloussements de Charley y ont certainement contribué.

– Ce n'est pas non plus pour parler d'elle que je suis là.

Je vais dans la cuisine et, comme d'habitude, j'ouvre la porte du réfrigérateur pour vérifier qu'il contient de la nourriture. Pas de papier d'alu. Pas de cuiller tordue. Pas de briquet.

Ça ne me plaît pas de faire ça, mais je dois le faire.

– Qu'est-ce que tu veux ?

Je me retourne vers ma sœur et je hausse les épaules.

– Je ne sais pas exactement.

Elle émet un rire inquiet et plisse les yeux.

– Drew ?

– Pourquoi ?

Un seul mot qui demande beaucoup.

– Pourquoi quoi ?

– Pourquoi es-tu tombée là-dedans ? Je veux dire, à cause de papa ? S'il n'y avait pas eu ce scandale, crois-tu que tu aurais pris ce chemin ?

– Je ne te suis pas.

Elle s'avance vers moi, l'air de plus en plus inquiet.

– Je suis amoureux, Maggs. Je suis amoureux de Brexton Kincade. Et…

Ses lèvres s'arrondissent de surprise et elle hausse les sourcils.

– Papa et maman sont au courant ?

– Oui.

Je lui raconte ce qui s'est passé l'autre soir. Elle m'écoute avec la main sur la bouche. Nos parents débarquant chez moi. La dispute. L'ultimatum. Brexton que je laisse s'en aller sans lui courir après.

– Et donc ? Qu'est-ce que tu me demandes ?

Immédiatement, je me sens stupide d'être venu la mêler à tout ça, elle qui est déjà dans un état de fragilité extrême.

– C'est idiot. Laisse tomber.

– Tu sais, en désintox tu es amené à te poser un tas de questions difficiles. Tu dois essayer de te faire pardonner tous les mensonges que tu as dits aux autres et ceux que tu t'es dits à toi-même avant de pouvoir repartir sur des bases honnêtes.

– Et si les gens à qui tu présentes des excuses ne les acceptent pas ?

– Ce n'est pas ça qui compte, ce qui est important, c'est que tu reconnaisses le mal que tu as fait et les dégâts que cela a provoqués. Ce qui compte, c'est que tu l'avoues. Après, ils en feront ce qu'ils voudront, c'est leur affaire.

Je tords ma bouche, appuyé contre le plan de travail dans sa cuisine et les mains enfoncées dans les poches de mon jean.

– Je crois que papa était coupable.

– Okay.

Elle étire le mot.

– Et je suis furieux contre moi-même parce que j'ai cru ce qu'il disait pendant toutes ces années, parce que si j'avais plutôt écouté ce qu'il ne disait pas, j'aurais peut-être pu intervenir pour nous éviter ça. Le chagrin de notre famille. Tes batailles contre l'addiction. Le ralentissement de ma carrière…

– Personne d'autre que moi n'est à blâmer pour mon addiction, Drew. (Elle vient se placer juste en face de moi.) D'accord, j'étais paumée et j'ai eu besoin de quelque chose quand notre univers est parti en vrille, mais la responsabilité m'incombe à cent pour cent. Pas à maman. Ni à papa. Ni à toi. *À moi.* Il m'a fallu du temps pour le comprendre, mais l'un des mantras de la désintox c'est : *Accorde-moi la sérénité d'accepter les choses que je ne peux pas changer, le courage de changer celles que je peux changer et la sagesse de les distinguer.*

Elle se tait, ferme les yeux et prend une profonde inspiration. Lorsqu'elle les rouvre, elle dit.

– C'est moi qui ai accepté cette première dose quand Bobby Bufford me l'a proposée. Si j'en faisais le reproche à papa, alors il faudrait aussi que je le lui accorde le mérite de *ma* guérison, et ça, je refuse de le faire. Je fais ça toute seule et tout le mérite me revient, à moi.

Je lui fais un grand sourire. Je suis excessivement fier d'elle.

– Tu as raison. Tout le mérite te revient.

– Alors, vas-y, Drew.

– Pardon ?

– Va interroger papa, une bonne fois pour toutes.

– Comment tu sais que c'est mon intention ?

Son sourire est aussi doux que ses mains qui viennent encadrer mon visage. Je suis obligé de plonger tout droit dans les yeux clairs et sans nuages de ma sœur, ce qui est une bonne nouvelle.

– Parce que tu t'es toujours occupé de moi. Et là, maintenant, tu es venu parce que tu as peur que je ne sois pas assez stable pour supporter les conséquences éventuelles de ton exigence de réponses – la possibilité que notre famille se resserre ou au contraire qu'elle implose. Tu ne veux pas que je replonge.

J'acquiesce d'un signe de tête. Je n'ai rien à ajouter parce que c'est bien pour ça que je suis ici, non ? Pour savoir qu'elle me soutient dans la décision que j'ai déjà prise.

– Nous avons toujours été deux, Drew. Ensemble et séparément. Tu mérites de vivre ta vie. Va chercher tes réponses. Tu en as besoin. Et ensuite, vis ta vie. Aime Brexton. Sors de l'ombre.

Lorsque je la prends dans mes bras et que je la serre très fort, je sais que j'avais raison de venir ici en premier. Tout ce qu'elle aurait pu dire n'aurait rien changé à ma décision d'affronter papa, mais il est clair que je ne m'attendais pas à ce qu'elle la conforte comme elle vient de le faire.

– Je t'aime, Maggs.

***

– Drew.

Ma mère ouvre de grands yeux en me voyant et sa voix monte dans les aigus.

– Je ne m'attendais pas à te voir. C'est gentil de passer nous voir.

– Ne te réjouis pas trop vite. Je dois parler à papa. *Seul à seul.*

– Oui. D'accord. Tu es sûr ?

Elle a l'air anxieuse, elle a probablement peur de ce que je suis venu dire à mon père.

– Oui. C'est une chose que j'aurais dû faire depuis longtemps.

Elle me regarde les yeux embués de larmes, en faisant un signe de tête imperceptible. Elle comprend.

– Il est dans le bureau.

Je soutiens son regard encore quelques secondes avant de me diriger vers le fond de la maison. En arrivant dans le bureau de mon père, je suis frappé de voir que tout ce qui est accroché aux murs concerne ce sport qu'on nous a interdit de mentionner. Des photos, des souvenirs, des ballons dans des vitrines tout le long des bibliothèques et des murs, et mon père est assis à son bureau au milieu de tout ça.

– Papa ?

Il sursaute et se lève aussitôt, sur la défensive, tandis que son visage exprime sa surprise.

– Drew.

– Reste assis.

J'entre et je referme la porte derrière moi. Une foule de questions se presse dans son regard, mais il ne dit pas un mot. Il se contente de me regarder, l'air inquiet. Je prends ma respiration et je dis ce que je suis venu dire.

– Est-ce que tu l'as fait ?

Ma voix est calme et impitoyable.

– On a déjà parlé de tout ça.

– Non. Tu nous as dit de la fermer et on l'a fait, mais tu ne vois pas que ton silence nous déchire, papa ? Alors, je vais te demander une fois de plus de me dire la vérité. Et si je dois ressortir d'ici sans que tu me l'aies donnée, alors ce ne sera pas la peine d'espérer me revoir un jour.

Les mots ont du mal à franchir ma gorge. Une menace immonde proférée à un homme affligé d'une maladie incurable. Mais je ne peux plus continuer comme ça. J'ai réfléchi aux paroles de ma mère l'autre jour, et je ne comprends pas en quoi il nous a protégés. Cela n'a pas de sens.

Je dois savoir.

Je dois m'éclaircir les idées.

– Fils, je…

– Demain, je jouerai en tant que titulaire. Pas parce que Hobbs est blessé, comme la dernière fois, mais parce que je l'ai mérité. C'est la première fois depuis sept ans. Aujourd'hui, j'ai besoin de connaître la vérité. Tu me dois bien ça.

Je serre les poings, frustré de toutes ces années pendant lesquelles je n'ai rien su.

– J'ai besoin d'être capable de jouer pour moi au lieu de jouer pour laver notre honneur.

– Je ne t'ai jamais demandé ça.

Sa voix est si froide, si stoïque que j'ai envie de le secouer pour lui faire exprimer un peu d'émotion.

Mais encore une fois, en est-il seulement capable ?

– Ce n'était pas nécessaire. Tu es mon père. Tu *étais* mon idole. Et quoi que je fasse dans ma vie, l'ombre qui planait sur ce que tu avais fait venait l'obscurcir. J'ai enfin une opportunité – de réaliser mon rêve sur et en dehors du terrain – et la seule façon pour moi de l'aborder en mettant de mon côté toutes les chances de réussite, c'est de connaître la vérité. Donc, je te le redemande, *est-ce que tu l'as fait ?*

Ma colère s'entend dans ma voix et je pointe du doigt sur chacun des mots.

– Ce n'était pas grand-chose au début. Quelques paris ici et là sur le base-ball, ou des matchs de football universitaire.

Putain.

– Ce qui est drôle, c'est que plus tu gagnes, plus tu paries. Ce qui représente une fortune pour certains n'est plus que de la menue monnaie pour toi.

Il soupire et se renfonce dans son fauteuil, les mains qui tremblent alors qu'il essaie de les serrer devant lui. Je n'arrive pas à en détacher mon regard.

– Je me suis mis à parier de plus en plus, j'adorais la sensation d'adrénaline que j'éprouvais quand j'attendais l'issue d'un match, pour voir si j'avais eu raison ou pas. J'avais atteint tous les sommets qu'on peut atteindre en jouant au football, et faire des paris énormes était la sensation qui se rapprochait le plus de ce qu'on ressent quand on gagne le Super Bowl, par exemple.

– Tu étais accro.

– Je ne l'ai pas compris tout de suite, mais oui, j'étais accro.

– Maman était au courant ?

– Je le lui ai caché. Du moins, c'est ce que je croyais. Mais on ne peut pas cacher ce genre de choses très longtemps.

– Alors, tu as truqué le match.

Ma voix se brise en le disant.

Je voudrais me tromper. Je voudrais qu'il me réponde n'importe quoi d'autre, parce que ce serait tellement plus facile à accepter. Tellement plus facile à digérer. Tellement plus facile pour sauver la face.

– Laisse-moi finir, tu veux ?

Comme je ne dis rien, il poursuit.

– J'ai commencé à avoir des problèmes avec les bookmakers. Ça a commencé à l'époque où nous étions dans les Keys. Pendant tout le séjour, j'ai stressé parce que je devais faire semblant d'avoir les moyens de mener la grande vie, alors que tout mon argent et même plus partait en paris. J'avais des emprunts à rembourser. De grosses sommes, et je n'avais aucun moyen de gagner plus d'argent.

– Des bookmakers ? Est-ce qu'on parle d'usuriers et de mafia…

– Oui, Drew. Je devais de l'argent – *beaucoup d'argent* – à certaines personnes peu recommandables.

Bon Dieu.

Je regarde l'homme qui se tient devant moi en me demandant comment quelqu'un d'aussi fort a pu tomber dans ce piège, comment il a pu se montrer si faible, mais il n'est pas le seul à qui c'est arrivé.

– J'étais au fond du trou, mais j'étais convaincu que si je faisais un dernier gros pari et que je le gagnais, je pourrais me refaire. Mais ça n'arrivait jamais. Je ne gagnais pas et ils réclamaient leur argent.

Il se tait un instant avant de poursuivre.

– Ils sont venus chez nous un soir. Tu étais dans la rue en train de jouer avec le petit Merriman lorsqu'ils se sont garés dans l'allée et m'ont fait savoir qu'ils avaient assez attendu. Soit je payais, soit ils s'en prendraient à toi. Toi, ma fierté et ma joie.

Le souffle court, il baisse les yeux pour regarder ses mains. Une larme tombe dessus et il prend une inspiration hésitante.

– Je n'oublierai jamais ce que j'ai ressenti quand ils ont menacé de te faire du mal.

Ces mots sont difficiles à entendre.

Des souvenirs diffus me reviennent. Mon père dans l'allée. Trois types qui lui parlent. Moi qui louche depuis la rue en me demandant qui ils sont. Le SUV qui s'éloigne et mon père qui me dit de rentrer. Je lui avais demandé ce qui se passait, mais il n'avait pas répondu.

– Ils m'ont bien fait comprendre qu'ils connaissaient tout de ton emploi du temps. L'heure à laquelle tu finissais ton entraînement. Le nom de la fille que tu avais embrassée à la soirée où tu étais allé la veille. Le trajet que tu empruntais quand tu allais faire ton jogging. Tout, putain, Drew.

Finalement, il lève les yeux pour me regarder.

– Et j'étais terrorisé parce que je savais qu'ils ne plaisantaient pas.

Je bouge pour la première fois depuis que je suis entré dans son bureau, et je me pose au bord du fauteuil en face de lui. Je vois un homme réellement anéanti. Un homme que je reconnais à peine. *Ai-je déjà vu ça chez cet homme ?*

– Pendant quelques jours, ils m'ont laissé mariner avec cette menace planant au-dessus de ma tête avant de me contacter de nouveau. C'est là qu'ils m'ont dit comment je pouvais m'acquitter de ma dette.

– En truquant un match.

– Pas n'importe quel match, un match contre les Colts. En gros, nous étions largement favoris, et une victoire contre eux nous assurait une place dans le championnat de l'AFC.

En entendant son soupir, j'ai l'impression que le poids du monde pèse soudain sur ses épaules.

– Ils allaient parier sur le moins probable, les Colts, et en gagnant l'écart de point, ils récupéreraient ce que je leur devais, plus les intérêts.

– Pourquoi tu n'es pas allé voir les flics ? La ligue…

– Parce qu'ils m'ont dit qu'ils s'en prendraient à toi. Si j'en parlais à la police, si je ne truquais pas le match… Drew.

Des frissons me courent le long de la colonne vertébrale. Cette conversation a pris un tour auquel je ne m'attendais pas. J'ai peine à intégrer tout ça.

– Bref, je l'ai fait. J'ai raté des passes. J'ai laissé passer des transferts. J'ai truqué le match alors que tout en moi se révoltait contre ça.

– Tu as vomi sur la touche pendant le match.

Le souvenir sort de mes lèvres sans que je m'en aperçoive. Je m'en souviens, pourtant. Les commentateurs qui se demandaient s'il était malade et qu'il essayait de continuer à jouer malgré tout. Les rumeurs qui ont suivi, selon lesquelles il consommait des substances – l'excuse qu'il avait donnée.

– En effet. Je me sentais affreusement mal, mais je n'avais pas le choix. C'était toi – la prunelle de mes yeux – ou le sport que j'adorais. Je n'ai pas hésité.

Il secoue la tête.

– Mais j'étais naïf. Je pensais pouvoir truquer le match sans que personne ne s'en aperçoive. Je pensais être capable de m'en tirer. Mais des semaines plus tard, quelqu'un a fait courir le bruit qu'un très gros pari avait été effectué sur ce match. Les parieurs avaient depuis longtemps disparu avec leurs gains, mais leurs menaces étaient toujours là alors que j'étais au centre de toutes les attentions.

Je me rappelle ces premiers jours après que les accusations furent connues. Les cris derrière la porte de la chambre de mes parents quand ils croyaient que nous dormions. Les journalistes qui campaient sur notre pelouse. Qui, soudain, nous suivaient partout, Maggs et moi.

– J'avais pensé que je pourrais surmonter la crise. Que ça se tasserait. Kenyon essayait de me donner des conseils, mais je l'envoyais promener. Je savais que s'il y regardait de trop près, il découvrirait la vérité. Il me connaissait trop bien, et je ne pourrais pas supporter de le décevoir. Finalement, je suis allé voir mon équipe sans lui en parler. Ils m'ont dit que la NFL allait ouvrir une enquête sur le match et mes actions. Ils m'ont dit que la NFL allait probablement retirer au club notre victoire au Super Bowl l'année précédente. Ils demandaient si j'avais laissé les Colts gagner des points parce que j'avais parié sur la différence.

– Tu l'avais fait ?

– Non. Je ne m'attends pas à ce que tu me croies, mais non. Je ne l'ai pas fait. Je leur ai dit que c'était un ramassis de conneries. Ils ont répondu par leur propre proposition. Si j'abandonnais le sport et ne reparlais jamais de cette affaire, ils me paieraient le reste de mon contrat. Ils ont dit qu'ils me croyaient, mais qu'ils ne pouvaient pas risquer que la NFL nous retire le championnat ou qu'elle enquête sur tous nos autres matchs. Ils ont dit que c'était à prendre ou à laisser, c'était ça ou je devrais me soumettre à l'enquête.

Les larmes lui montent aux yeux de nouveau.

– J'ai accepté l'offre, fils. J'étais fauché, j'avais bousillé ma carrière, et si j'acceptais le marché, j'aurais un moyen de continuer à entretenir ma famille.

Je me laisse aller dans mon fauteuil et je ferme les yeux tout en repassant ce qu'il vient de me dire dans ma tête. J'essaie de déceler les failles dans des choses que j'ignore totalement. Mais pourquoi mentirait-il ? Pourquoi mentir après tout ce temps ?

Mais là, je me souviens qu'il a déjà menti.

– Tu as fait porter le chapeau à Kenyon. Tu es même venu chez moi la semaine dernière et tu m'as ordonné de mettre Brexton à la porte, parce que c'est sa fille. Tu m'as donné un ultimatum – elle ou toi. Pourquoi ? Tu es si faible que tu as dû reporter la faute sur quelqu'un d'autre ?

– Oui.

Il secoue la tête.

– Tu te rappelles le jour où je te l'ai dit ? Tu étais furieux et moi, j'étais anéanti par ce que j'avais fait à ma famille, et parce que j'avais tourné le dos à tout ce qui avait été ma vie jusque-là. Tu m'as hurlé dessus. Tu posais des questions, tu exigeais des réponses et, pour la première fois de ta vie, tu me regardais comme si tu avais honte de moi. Je le méritais. Putain, ça oui. Mais je n'oublierai jamais ce regard dans tes yeux et, donc, quand tu as demandé si c'était Kenyon le coupable, j'ai choisi l'issue la plus lâche et j'ai saisi l'occasion. Et j'ai vendu ce mensonge, je l'ai nourri, depuis ce moment-là, parce que j'avais besoin que tu croies que j'étais un mec bien, fils. J'avais besoin de savoir que malgré tout ce qui nous arrivait, tu ne me détestais pas.

Je me lève brusquement, me croise les mains sur la nuque et je vais à la fenêtre pour scruter la nuit noire.

– Mais tu as accusé quelqu'un d'autre, je dis d'une voix stridente. Tu ne pouvais pas, pour une fois admettre que c'était toi ? Tu ne pouvais pas, putain !

La colère me dévore. Je peux comprendre pourquoi il a fait une chose, mais pas l'autre. Je peux comprendre qu'il ait pris une décision irréfléchie, en une fraction de seconde, sur le moment, mais je ne peux pas comprendre qu'il l'ait perpétuée pendant dix ans.

– Fils…

– S'il te plaît, n'essaie pas de m'attendrir, pas maintenant. S'il te plaît…

Je me passe la main sur le visage et je souffle. *Putain.* J'ai perdu les Kincade à cause de l'égoïsme de mon père. J'ai perdu deux mecs bien, et il suffit de voir comment ça a fichu ma vie en l'air. J'ai cessé de respecter un homme qui ne le méritait pas. Et ensuite Kenyon a perdu Claire. Et Brex… *Ma mère aurait dû être là pour Brex et ses sœurs lorsqu'elles ont perdu leur mère. Mais à cause de l'homme qui se tient devant moi, elle a perdu ma mère aussi.* Putain ! Quel égoïste. C'est ça que je ne peux pas admettre. Il aurait pu agir différemment.

– Donc, en supposant que tout ça soit vrai…

– C'est vrai.

– En supposant que tout ça soit vrai, cela n'explique pas pourquoi tu t'es éloigné de moi. Si j'étais menacé, si tu as fait tout ça pour me sauver, pourquoi est-ce que j'ai eu le sentiment que tu ne m'aimais plus ? Pourquoi est-ce que j'ai eu le sentiment que tu ne voulais plus avoir affaire à moi ?

C'est ça, la putain de question de l'année, non ? Parce que même si je crois tout ce qu'il me dit, je n'arrive toujours pas à comprendre pourquoi il s'est comporté comme il l'a fait avec moi.

– Ils t'ont choisi, parce que tu étais ce que j'avais de plus cher au monde. Bien sûr, j'aime ta mère et Maggs, mais toi tu étais une reproduction de moi. À tort ou à raison, Drew, tu étais toute ma vie. J'ai pensé, je me suis dit, que si je m'effaçais et que je ne montrais pas à quel point tu comptais pour moi, tu serais en sécurité. Ils penseraient que plus rien n'avait d'importance pour moi et que, par conséquent, il était inutile de se servir de toi pour me menacer.

Ma poitrine se serre et toute cette histoire me tourne la tête.

– Mais tu avais payé ta dette. La vie continuait. À un moment, cette excuse ne tenait plus.

– Au début, ils me laissaient des mots pour me prévenir qu'ils me surveillaient toujours, que si jamais je disais la vérité à quelqu'un, ils l'apprendraient… mais tu as raison. La vie a continué, pourtant je vivais avec la peur quotidienne que quelqu'un veuille te faire du mal à cause de moi.

– Là, je ne marche pas. Je ne peux pas. J'ai passé chacun des matchs que j'ai joués à regarder dans les tribunes tous les autres pères qui encourageaient et félicitaient leurs fils, priant pour qu'un jour je te voie à côté d'eux. Même tapi dans l'ombre, avec un chapeau pour dissimuler ton visage, j'aurais voulu que tu sois là. Et je continue.

Cela me tue de l'admettre, pourtant c'est vrai.

– J'ai passé toutes ces semaines à essayer de te rendre fier de moi, à essayer de te faire éprouver autre chose que de l'indifférence à mon égard. Maggie pouvait faire une overdose, avoir un gamin, faire connerie sur connerie, et tu ne lui en voulais pas, mais moi je pratiquais un sport auquel tu avais renoncé et tu me détestais pour ça.

Il secoue la tête frénétiquement.

– Je ne t'en ai jamais voulu, Drew. Jamais. J'étais extrêmement fier de toi, mais j'étais terrorisé à l'idée que tu puisses tomber dans le même piège que moi. Je m'inquiétais parce que tu me ressemblais tellement que…

– Que quoi ? Que j'allais être aussi faible que toi et foutre ma vie en l'air ? Eh bien, tu sais quoi, grâce à toi, elle a quand même été foutue en l'air.

Il hoche la tête. Ses épaules s'affaissent dans une posture de vaincu.

– Tant que la chose que tu aimes le plus au monde n'aura pas été menacée, tant que tu n'auras pas été à ma place, tu n'auras jamais la moindre idée de ce que tu serais capable de faire pour sauver tes enfants. Même si cela suppose qu'on te déteste une fois que tout est dit et terminé.

– J'aurais pensé que cela t'obligerait à te raccrocher plus fermement à ce que tu aimes.

– C'est possible.

Il hoche la tête et me regarde avec, dans les yeux, une sincérité que je ne lui ai pas vue depuis longtemps.

– J'espère seulement qu'avec le temps tu parviendras à me pardonner.

Je fixe l'homme que j'idolâtrais et je me demande si je pourrai un jour lui pardonner, ou si les années de blessure et ce que j'ai vécu comme de la négligence ont trop pesé pour que je puisse passer outre.

Je pense à ce non-dit interminable avec lequel nous avons vécu, aux mensonges qui recouvraient tout, et je me dis que les choses auraient pu être tellement différentes. Pour Maggie et Charley. Pour ma mère. Pour moi.

– Je ne sais pas.

C'est la chose la plus honnête que je puisse dire sur le moment. Et quand je croise son regard, je ne supporte pas la tristesse que j'y vois. L'espoir effacé. La prise de conscience que, bien qu'il ait dit sa vérité, cela pourrait ne pas suffire.

Ma mère a vécu dans l'ombre, plutôt que dans la société qu'elle adorait fréquenter. Maggie a perdu la présence d'un père, toutes ces années auparavant, et il a suffi d'un connard qui lui prodiguait un peu d'attention pour qu'on la perde elle aussi. *Est-ce que l'addiction de mon père a favorisé la sienne, d'une certaine façon ?* Ou bien est-ce qu'on aurait fini par la perdre de toute manière ? Et mon histoire est tout aussi décevante.

Jusqu'à présent.

Mais je refuse de me laisser faire.

Il faut que je renverse la situation.

Je vais changer le cours des choses.

Et sans ajouter un mot, je sors de cette maison. Les émotions et la prise de conscience tournent et se bousculent en moi.

Au bout du compte, j'avais raison.

Mon père et son égoïsme ont détruit notre famille. Nos vies… jusqu'à un certain point.

Bon Dieu, oui, je m'en sors bien, mais cela n'a rien à voir avec lui, et tout à voir avec moi. Je pense à Brexton et je souris.

Je ne peux pas effacer les erreurs de mon passé, mais je peux prendre de meilleures décisions pour aller de l'avant.

Je peux être l'homme que je veux être.

Je peux être l'homme qu'elle mérite, après tout.

68

DREW

JE ROULE.

Au hasard.

Sans destination prédéterminée.

Je roule, c'est tout.

Pour réfléchir aux conséquences de la vérité que je connais enfin.

Pour m'éclaircir les idées.

Pour calmer mon agitation.

Son histoire se tient, mais en même temps elle me rend fou de rage.

Les heures passent. Aussi rapides que des minutes par moments et d'une lenteur infinie à d'autres.

J'atterris à la plage où je contemple les étoiles en écoutant le bruit du ressac sur le sable.

Finalement, je trouve le courage de sortir mon portable et de composer le numéro.

– Drew ?

En entendant sa voix, je pousse un soupir qui provient de la moindre parcelle de mon corps. Elle me manque tellement. Tout en elle me manque. Son rire contagieux et son attitude sérieuse. Ses conseils muets et ses remarques pertinentes. Bon sang, je pourrais faire une liste interminable de choses qui me manquent chez elle, mais au bout du compte cela revient à un constat tout simple, elle me manque. Elle, dans sa totalité.

Et c'est le moment de remédier à ça.

69

BREXTON

Le cœur battant, je m'assieds dans mon lit dans la chambre d'hôtel à Chicago et j'attends de connaître la raison de l'appel de Drew.

– Salut.

– Tu vas bien ?

– Presque. C'est en bonne voie.

– Je suis tellement contente d'entendre ça.

Je ferme les yeux et j'ai l'impression de respirer pour la première fois depuis une semaine.

– Je suis sur la plage. Tu veux regarder les étoiles avec moi ?

Un sourire me vient, lent mais assuré.

– Je suis dans un hôtel à Chicago. J'adorerais contempler les étoiles avec toi.

Et nous restons assis en silence, avec dans le téléphone le rythme régulier de notre respiration pour nous tenir mutuellement compagnie.

Je pense à l'impression de solitude extrême que j'ai ressentie toute cette semaine en son absence, et je m'émerveille de voir qu'un simple appel, le son de sa voix – son souffle – l'a balayée d'un seul coup. J'imagine qu'il souffre, mais je suis enchantée qu'il se soit tourné vers moi quand il a eu besoin de gérer ce qui a pu se passer.

Quand il a voulu adresser un vœu aux étoiles.

Quand il n'a plus voulu être seul.

Le silence est un peu moins solitaire quand je le partage avec lui.

Au bout d'un moment, je lui demande :

– Tu souhaites m'en parler ?

– J'ai finalement obtenu des réponses, Brex. Je ne sais pas très bien ce que je ressens, mais j'ai finalement obtenu des réponses.

Assise en serrant mon oreiller contre ma poitrine, je sens une larme qui roule sur ma joue.

– Il t'a fallu dix ans pour les obtenir, il t'en faudra peut-être dix de plus pour les comprendre.

– Il faudra que je t'en parle, mais pas tout de suite. Pour l'instant, j'ai juste envie de ça. J'ai juste besoin de ça.

– Je suis là, Drew.

– Tu me manques.

Ma larme solitaire est rejointe par d'autres lorsqu'il prononce ces mots.

– Toi aussi, tu me manques.

Je t'aime. Mais en même temps, ce n'est pas nouveau. Je t'ai toujours aimé.

70

BREXTON

Dekker: T'es où ?
Moi: Dans l'avion. Pourquoi ?
Dekker : Prends le Wi-Fi.
Moi: De quoi tu parles ?
Dekker : Fais-moi confiance. Prends le Wi-Fi. Et va sur le match des Raptors.

Mon pouls s'accélère quand je lis le texto de ma sœur. Je me précipite sur mon ordi et je l'allume.

Moi : Ça y est. Pourquoi ?
Dekker : Tu comprendras dès que tu le verras.

J'ai l'impression que mon ordi met une éternité à s'allumer et qu'il lui faut un temps fou pour se connecter à internet dans l'avion.

Mais quand j'y parviens, une fois que j'ai payé le supplément pour une connexion plus rapide au Wi-Fi et que j'ai finalement le match en streaming, je suis tout excitée sur mon siège.

Le score est de sept à rien en faveur des Raptors alors que leur défense essaie d'arrêter une quatrième tentative des Steelers. Ils réussissent et je regarde fixement l'écran, m'attendant à voir Hobbs courir sur le terrain mais, à ma grande surprise, c'est Drew que je vois à sa place.

C'est lui le titulaire. *Une deuxième fois*. Oh, mon Dieu. *C'est énorme*. Deux fois en deux matchs.

Deux fois en deux matchs *qui conduisent aux séries éliminatoires*.

J'ai les yeux rivés sur l'écran où je vois Drew entrer sur le terrain en courant avec le reste de sa ligne offensive. Ils se concertent pendant un moment et juste avant qu'ils ne se séparent, la caméra montre le dos de Drew en gros plan.

C'est là que je le vois.

Dekker ne me disait pas que Drew était titulaire.

Elle me disait qu'il fallait que je voie ça.

Elle se rappelait une conversation que nous avions eue à l'époque tout comme je me la rappelle maintenant.

– Tu me vois mettre ce genre de conneries sur mon casque ?

Il grogne et croise les bras d'un air agacé.

– Même si tu étais follement amoureux ? demande-t-elle.

– Nan, dit-il en poussant un soupir exaspéré.

– Tu veux dire que même si c'était la seule façon de déclarer ta flamme éternelle à quelqu'un, tu ne le ferais pas ?

– Dekker.

Il pousse un soupir agacé.

– Alors ?

– Ben voyons. Bien sûr. C'est exactement *ce que je ferais pour déclarer ma flamme éternelle à quelqu'un. Une déclaration publique pour que tout le monde la voie, parce que je serais particulièrement ravi que les gars se foutent de moi, exactement comme je viens de le faire pour ce type à la télé.*

– Je suis sérieuse, ajoute Dekker.

– Moi aussi. Et même mieux, je pense que c'est le moyen que je choisirais pour demander sa main à la femme que je voudrais épouser. Rien de tel que des gestes aussi craignos pour rendre le moment encore plus délicieux.

– Mais tu as toujours dit que tu ne te marierais jamais.

– Précisément, dit-il avec un hochement de tête résolu et en rigolant, tout en laissant tomber la télécommande comme une star jette le micro avant de sortir à grandes enjambées.

Je pousse un petit cri étonné avant de mettre ma main sur ma bouche quand mon voisin me lance un regard en coin.

Mais je ne peux pas m'en empêcher

Comment le pourrais-je en voyant les lettres JTABK inscrites en gros caractères noirs à l'arrière du casque de Drew.

Une chose qu'il avait juré de ne jamais faire à moins qu'il ne s'agisse de la femme qu'il voulait épouser.

– Oh. My. God.

C'est la voix de Dekker qui parle dans mon oreille, mais c'est mon cœur que j'écoute.

Ce cœur qui déborde d'amour pour l'homme dont je suis folle.

L'homme que je vais épouser.

Les vœux finissent donc par se réaliser, après tout.

71

BREXTON

On frappe à ma porte et je me précipite. Je l'ouvre à toute volée pour voir Drew qui se tient là avec un grand sourire et l'air plus nonchalant que jamais.

– Salut, dis-je dans un souffle en faisant un effort considérable pour ne pas me jeter dans ses bras. Super-match. Félicitations pour la victoire.

– Tu l'as vu ?

– Des petits bouts dans l'avion.

J'incline la tête sur le côté, totalement sidérée par l'homme qui se tient devant moi et par l'effet qu'il me fait.

– Seulement des petits bouts ?

– Les plus importants.

– Ah.

– Comment tu savais que j'étais rentrée ?

Il hausse les épaules.

– Parce que c'est notre truc. Après un match, je viens ici, ou alors tu viens t'asseoir sur mon porche en tenue légère, et comme tu n'y étais pas… me voilà.

– Notre truc ?

– Ouais. On a un tas de trucs comme ça.

– Ah oui ?

Il acquiesce.

– Comme contempler les étoiles, faire tourner des bouteilles, s'écrire des initiales sur la main.

– Oh. Pour ma part, ça me plaisait assez le truc des initiales sur le casque, mais il n'y a que les bouffons pour faire ça.

Son sourire s'élargit et il avance vers moi, pose les mains de chaque côté de mon visage et presse ses lèvres sur les miennes en un baiser d'une sensualité qui me fait totalement décoller.

– Alors tu peux me traiter de bouffon, bébé, parce que je suis tout à toi.

– C'est vrai ?

Je pose un baiser sur ses lèvres entre chaque mot.

– Absolument.

Il passe le doigt le long de ma joue sans me quitter des yeux.

– Pour rien au monde je ne voudrais être ailleurs. Et jamais je n'écrirai les initiales de quelqu'un d'autre sur mon casque.

– Désolée, Ginnie Huber !

Je continue à sourire lorsqu'il m'embrasse de nouveau.

– Elle n'avait aucune chance contre toi.

– Personne n'en a jamais eu. Ça a toujours été toi pour moi, Drew Le Terrible. Il n'y a aucune autre personne avec qui je voudrais contempler les étoiles.

– Je t'aime, Brexton Kincade. Je sais qu'il m'a fallu du temps pour te trouver, pour que je me batte pour ça, mais je ne voudrais pas qu'il en soit autrement.

Et cette fois, en m'embrassant, il referme la porte d'un coup de pied, et je sais qu'il est chez lui.

Je sais que nous avons trouvé notre chez-nous – ensemble et en chacun de nous.

Je voudrais crier depuis le rooftop à toutes les femmes qui ont vécu des chagrins d'amour à répétition, qu'elles ne doivent pas cesser de croire à l'amour.

Parce qu'il existe.

Regardez Drew et moi.

Il existe vraiment.

Épilogue

DREW

Le pardon est une chose étrange.

C'est une chose que l'on penserait pouvoir accorder facilement, mais lorsque le moment se présente de le faire, c'est comme une cuillerée de beurre de cacahuète collée sur la langue, que l'on a du mal à avaler. Mais on essaie et on essaie encore et, finalement, on parvient à la faire descendre complètement.

C'est ainsi que cela se passe entre mon père et moi.

J'essaie de pardonner, le sentiment reste coincé pendant un moment jusqu'à ce que je m'aperçoive qu'il tend la main de temps en temps, alors j'essaie encore.

Je pense à l'homme qui a fait sombrer nos vies dans le chaos. Celui qui a menti sur la raison de ce chaos et qui, ensuite, a reporté la faute sur quelqu'un d'autre, et je me demande comment je peux le regarder et continuer à l'aimer. Je me demande comment je peux être dans la même pièce que lui alors que tant de personnes ont souffert à cause de lui.

Puis je me rends compte que le temps est précieux.

Je sais que lorsqu'il partira, je me sentirai coupable si j'en reste là, je m'en voudrai de ne pas l'avoir aimé plus… alors je suis heureux que nous ayons fait l'effort de nous rapprocher.

Il y a des jours où la rancœur est encore très vive. Des jours où je vois que Maggs n'a pas fini de se battre pour rester clean et je vois les conséquences… et puis il y a des jours où je reçois un texto après un match qui me dit que j'ai superbien joué, des jours où quand je regarde dans les tribunes et que je le vois, je sais qu'il est là seulement pour moi.

Et je sais qu'il essaie aussi fort que moi.

Et puis, il y a des jours comme aujourd'hui où je souffle un bon coup, je frappe à la porte et j'espère que l'homme qui l'ouvre sera tout aussi prêt que moi à pardonner.

Kenyon et moi avons un lien plus fort, maintenant que je lui ai avoué la vérité, mais je sens encore de la douleur. Plus je passe de temps avec lui dernièrement, plus je regrette toutes ces années où j'aurais pu profiter de sa présence et dont j'ai été privé. Et maintenant, je dois demander à cet homme de faire abstraction de ce dont on ne devrait pas lui demander de faire abstraction. *Une trahison que mon père n'a encore jamais abordée ni réglée avec lui.*

Lorsque la porte s'ouvre et que Kenyon Kincade est là devant moi, mon pouls se met à battre plus vite.

– Drew ? Quelle surprise ! Entre, entre.

Il s'efface pour me laisser passer.

– Je ne reste pas longtemps.

– Tu peux rester aussi longtemps que tu veux.

Courtoisement, il me propose à boire et nous échangeons des politesses avant de nous asseoir.

– Alors, qu'est-ce que je peux faire pour toi, fils ?

– Je sais qu'il y a un passé entre nous et je ne voudrais pas que tu penses que je l'oublie en venant te poser la question pour laquelle je suis venu.

– Le passé, c'est le passé, et ce n'est pas pour rien qu'on l'appelle comme ça. C'est quelque chose que nous vivons, dont nous tirons des enseignements, et puis dont nous tournons la page pour aller de l'avant. De plus, l'histoire à laquelle tu fais référence n'a absolument rien à voir avec toi.

– Je sais. (Je déglutis nerveusement.) Mais je sais aussi que Brexton est très attachée à sa famille et je travaille lentement à réparer la mienne.

– Et ?

Il boit une gorgée de bière.

– Et je l'aime. J'aime tout chez elle. Même les choses qu'elle n'aime pas elle-même. J'aime tout.

Je passe mes mains moites sur les cuisses de mon jean.

– Et je veux te demander sa main.

– Vraiment ? demande-t-il en haussant les sourcils.

– Oui. Et je ne peux pas te poser cette question sans mentionner qu'il pourrait y avoir des moments où nous devrons nous retrouver tous ensemble avec ma famille, comme par exemple un mariage.

Je ris nerveusement.

– Mais ils ont dit qu'ils se tiendraient en retrait pour ne pas te mettre mal à l'aise. Ils ont dit qu'ils savaient qu'elle est tout pour moi et que, donc, ils feront ce que tu voudras…

– Drew, dit-il avec un sourire. Tu l'aimes, fiston ? Non ?

– Je crois que je l'ai toujours aimée.

– Alors, le reste s'arrangera tout seul.

– Est-ce que tu veux dire…

– Je ne l'ai jamais vue aussi heureuse. C'est grâce à toi. Tu as ma bénédiction.

Épilogue 2

BREXTON

– Et si on venait passer tous nos étés ici ?

Je ris alors que mes cheveux poussés par la brise venue du lac me chatouillent la joue. Alors que le lac s'étend devant nous dans toute sa splendeur, le ponton sur lequel nous sommes assis conserve encore la chaleur du soleil qui l'a frappé toute la journée, mais le jour décline.

Cela fait un an que nous sommes venus pour la dernière fois. Une année faite de hauts et de bas et de perfection absolue. Je suis ici, en ce moment, avec celui avec qui je veux être.

L'homme qui tolère mes mauvais jours aussi positivement que mes bons jours. Celui qui m'aime follement et arbore mes initiales sur son casque en bravant ses coéquipiers qui le traitent de bouffon. C'est justifié et c'est drôle, mais c'est génial quand même. L'amant qui est l'autre moitié de moi-même. Nous nous complétons.

– Tous les étés ? Ce n'est pas moi qui m'opposerais à cette requête, dit Drew en changeant de position pour m'attirer contre lui de façon à ce que mon dos repose contre son torse. Ses jambes de chaque côté des miennes et ses bras autour de moi.

– En fait, j'ai déjà consulté les dates de réservation pour l'été prochain.

– Les grands esprits, Drew Bowman, les grands esprits !

Je presse son bras et appuie ma tête contre son épaule.

– L'été prochain, on pourrait peut-être amener Charley avec nous. Elle sera assez grande pour faire toutes les activités. Du paddle, du kayak, de la glissade sur des blocs de glace du haut de la colline.

– Et manger des crèmes glacées jusqu'à en avoir mal au cœur, ajoute-t-il en posant sur ma joue un baiser qui chauffe certaines parties de mon anatomie encore plus que le ponton.

– Ça lui plairait.

Un autre baiser dans mon cou.

– Ça me plairait.

Nous restons assis en silence et je repense aux sept jours que nous venons de passer ici. Les heures à lézarder au soleil et à faire de la voile sur le lac. Les barbecues et les feux d'artifice. Les nuits passionnées et les réveils alanguis.

Les joueurs de l'équipe sont venus passer une soirée, ajoutant leurs rires à ceux qui emplissaient cette maison de bois grise au bord du lac.

– Comment avons-nous fait pour arriver jusqu'ici, Brex La Peste ? demande Drew tendrement. (J'entends son sourire dans le son de sa voix.) Comment un jeu de la bouteille qui tourne a-t-il trouvé sa conclusion ici, onze ans plus tard ?

– En partie grâce à beaucoup de persévérance. Beaucoup de patience. Et aussi, beaucoup à une fille de quinze ans qui promettait de sacrifier tel ou tel truc aux puissances supérieures pour que *Drew Le Rêveur* la remarque.

– Tu promettais de sacrifier des choses ?

– Absolument.

Nous restons silencieux un moment. J'ai toujours le sentiment que je devrais me pincer pour être sûre que tout ceci est bien réel. Que cette vie est réelle.

– Tu avais raison, tu sais.

– À quel propos ?

– Des trucs de Brexton.

– Qu'est-ce que tu veux dire ?

Je rigole, essayant de le suivre.

– À l'époque, tu m'avais dit que quand on regardait les étoiles, on se sentait moins seul.

– Je croyais qu'on avait dit que c'était des trucs de mère.

Je souris en pensant à ma mère.

– C'est vrai. Mais tu ne m'as pas laissé finir. Tu te souviens de ce que tu as dit d'autre ce soir-là ?

– Qu'il fallait faire un vœu ?

– Mm-Hmm. Qu'il fallait faire un vœu. Les *trucs de Brexton*.

– Je m'en souviens vaguement.

– Tu m'as dit que je devrais faire un vœu, parce que peut-être que quelqu'un d'autre regardant les étoiles en même temps, l'entendrait et pourrait m'aider.

– On dirait le genre de choses que je disais pour essayer de t'impressionner.

Il pose un petit baiser chaste sur mon épaule.

– Tu avais raison, Brex, murmure-t-il sur ma peau. Quand j'étais ado, j'ai souhaité qu'une fille tombe éperdument amoureuse de moi. Devenu adulte, l'année dernière, j'ai souhaité que cette fille, ce soit toi. Et aujourd'hui, je vais faire un nouveau vœu et je verrai s'il sera exaucé.

– Drew…

– Brex, veux-tu m'épouser ?

Je pousse un petit cri étouffé en me contorsionnant pour me tourner vers lui. Je le regarde droit dans les yeux et, à la lueur de la lune, je vois tout ce que je souhaite y trouver, de l'amour, de la dévotion, de l'amitié et du respect.

– Je sais que nous avons traversé des moments difficiles, poursuit-il, et je ne doute pas que nous en traverserons d'autres, mais personne ne m'a jamais rendu aussi heureux. Personne d'autre que toi ne m'a donné l'envie d'être quelqu'un de meilleur. Personne avant toi n'a été ma dernière pensée avant de m'endormir et ma première pensée lorsque je m'éveille. Fais-moi l'honneur de devenir ma femme. Exauce mon vœu une fois pour toutes.

En un battement de cœur, mes lèvres trouvent celles de Drew.

Les larmes ruissellent sur mes joues lorsque je penche la tête en arrière pour contempler l'homme que j'aime. Il est la seule personne avec qui je veux être.

– Oui.

Je hoquète quand il passe une bague ridiculement magnifique à mon doigt.

– Oui.

Mes lèvres sont sur les siennes de nouveau.

– Oui.

Et encore :

– Oui

Et encore :

– Oui.

– Je t'aime, Brexton La Peste.

– Je t'aime, Drew Le Terrible. Et ça, c'est un *truc de Brexton.*

Et lorsque nos lèvres se joignent de nouveau, lorsque nous nous abîmons dans ce baiser, lorsque nos âmes soupirent d'aise devant ce commencement totalement raccord avec nous deux, ce qui me vient à l'esprit, c'est la perfection avec laquelle tout ceci *nous* correspond.

Ce baiser sur un ponton.
À Lake George.
Sous les étoiles.
Réunis.

FIN

REMERCIEMENTS

Je me dois de prendre un moment pour remercier l'équipe qui m'aide à me maintenir à flot la plupart du temps :

Chrisstine, qui aiguillonne toujours ma créativité et me pousse à aller plus loin.

Alison, Stephanie, Marjorie, Michele, Ninfa, Janice, et Chrisstine, parce qu'elles sont toujours les premières à voir et à m'aider à rattraper les choses que j'ai manquées.

Christy, qui maîtrise toutes choses et en particulier les texto tardifs demandant une aide technique.

VP Pit Crew Admins, qui aident à maintenir notre groupe de lectrices actif.

Stacey, grâce à qui mes mots sont jolis sur la page.

Marion, qui polit mon écriture dont le premier jet lui arrive en piteux état.

Helen, qui compose de si jolies couvertures pour vous donner envie de lire ce que j'écris.

Valentine PR, qui veille à ma visibilité.

Et VOUS !! Mes lecteurs-rices parce que, sans vous, je n'aurais personne pour qui écrire à part moi-même… ce qui pourrait devenir un peu ennuyeux à la longue.

Kristy

DU MÊME AUTEUR
HUGO NEW ROMANCE

Vous avez aimé l'histoire de Drew et Brexton dans *Hard To Score* ? Vous adorerez celles des autres sœurs Kincade et de leurs aventures amoureuses dans les autres romans de la série « Play Hard » :

Hard To Handle, Play Hard tome 1

Hard to Hold, Play Hard tome 2

Hard to Lose, Play Hard, tome 4 (à paraître le 10 juin 2021)

À PROPOS DES ROMANS DE K. BROMBERG

« Un style étincelant, une émotion intense et beaucoup de sensualité… comme toujours dans les romances de K. Bomberg… » *USA Today*

« K. Bromberg vous aide à croire au pouvoir de l'amour véritable. » Audrey Carlan, auteur à succès # 1 du *New York Times*

« Un roman magnifique et poignant qui parle de survie, de seconde chance et du pouvoir de guérison de l'amour. Une lecture incontournable. » Helena Hunting, auteur à succès du *New York Times*

« Une romance irrésistiblement sexy, qui vous poursuit longtemps après avoir refermé le livre. » Jennifer L. Armentrout, auteur à succès # 1 du *New York Times*

« Bromberg est passée maître dans l'art de faire monter la température. » Katy Evans, auteur à succès du *New York Times*

« Torride et émouvant. Bromberg fait un carton de la première à la dernière page. » Kylie Scott, auteur à succès du *New York Times*

À PROPOS DE L'AUTEURE

Auteure de best-sellers soutenus par le *New York Times*, K. Bromberg écrit des romances contemporaines contenant un savant mélange de douceur, d'émotion, d'une bonne dose de sexe et d'une pointe de réalisme. Elle aime mettre en scène des héroïnes fortes côtoyant des héros abîmés que nous adorons détester mais ne pouvons nous empêcher d'aimer.

Mère de trois enfants, elle concocte ses romans entre deux trajets vers l'école et les entraînements de football, le plus souvent en emportant son ordinateur portable avec elle et l'esprit qui part dans toutes les directions.

Depuis la publication de son premier roman en 2013, K. a vendu plus d'un million et demi d'exemplaires de ses livres dans plus de vingt pays et est apparue plus de trente fois sur les listes des best-sellers du *New York Times*, de *USA Today* et du *Wall Street Journal*. Sa trilogie « Driven » (*Driven, Fueled* et *Crashed*) est en cours d'adaptation pour le cinéma par la plateforme de streaming, Passionflix.

Son imagination débordante ne la laissant jamais en repos, elle est déjà en train de mijoter, de façonner, de se pâmer devant son nouveau héros. Pour en savoir plus sur lui ou converser avec Kristy, rendez-vous sur tous ses comptes de réseaux sociaux. La façon la plus simple de vous tenir au courant des sorties de ses romans est de vous abonner à sa newsletter ou de la suivre sur Bookbub.

Composition et mise en pages
Nord Compo à Villeneuve-d'Ascq